U0000777

夢 境 跳 傘

特朗斯特羅默的詩歌境界

傅正明 著

A Parachute Jump from Dreams

The Poetic World of Tomas Tranströmer

「詩人中的詩人」
2011 年諾貝爾文學獎得主特朗斯特羅默
色彩詩學、神話原型、詩的神學、佛學、
禪宗和密宗的多角度透視

目錄

005　自　序

009　序　詩　致特朗斯特羅默

011　序　曲　驚醒是從夢境跳傘

017　第一章　黑暗詩人：色彩美學與特朗斯特羅默詩歌的黑色意象

063　第二章　奧菲斯再世：特朗斯特羅默的藝術家原型與變異

091　第三章　途中的詩人：特朗斯特羅默的歷史感與人文關懷

133　第四章　推磨的詩人：特朗斯特羅默的精神信仰與自由的悖論

169　第五章　法門入口：特朗斯特羅默詩歌的佛學闡釋

219　第六章　茶杯裡的宇宙：特朗斯特羅默的綠色體驗與詩的禪趣

273　第七章　頭骨碗裡的驚濤：特朗斯特羅默詩歌的中陰之旅

327　尾　聲　無目的之旅的終點

333　附錄
　　　本書涉及特朗斯特羅默的著作之書題和詩題中譯原文對照

CONTENTS

005   Self Preface

009   Poetic Proem:
To Tomas Tranströmer

011   Prelude:
Waking Up Is A Parachute Jump from Dreams

017   Chapter I Dark Poet:
Color Aesthetics and the Black Images in Tranströmer's Poems

063   Chapter II Descending Orpheus:
The Artist Archetype and Variations in Tranströmer's Poems

091   Chapter III Poet On the Road:
Tranströmer's Historical Sense and Humanistic Concerns

133   Chapter IV Poet Pushing the Mill:
Tranströmer's Spiritual Faith and Paradox of Freedom

169   Chapter V At the Gate of Dharma:
Buddhist Explanations for Tranströmer's Poems

219   Chapter VI The Universe in a Teacup:
Tranströmer's Green Experience and Zenlike Poems

273   Chapter VII The Storm in a Skullcup:
The Bardo-Death Journey in Tranströmer's Poems

327   Epilogue:
Toward the End of Journey without Goal

333   Appendix
The Original and Translated Titles of the Books and Poems of
Tranströmer Dealed With or Quoted in This Book

自序

　　二十年前，我移居瑞典初通瑞典文之後，就開始閱讀特朗斯特羅默詩歌原文了，有時似懂非懂，不求甚解。後來，有了瑞典的中國詩人李笠的譯本，我就瑞漢對照閱讀。2004 年，拙著《百年桂冠——諾貝爾文學獎世紀評說》（允晨文化）出版之後，我仍然為一些報刊雜誌撰寫有關諾獎預測和評論的文章。每年諾獎公佈前，我都要重溫幾位熱門入選人的作品，以便在頒獎之後寫出中肯的評論。我每年重讀特朗斯特羅默的重要詩歌時，往往隨手重譯、新譯或寫下讀書筆記。但我從未發表譯作和評論。我慣於厚積薄發，例如譯著《英美抒情詩新譯》（臺灣商務印書館，2012 年）中的不少譯作，都是二十年前翻譯的。英美詩歌的翻譯、整理和出版，有助於我了解特朗斯特羅默在世界詩壇的地位，以及他對西方傳統的承傳和發展。

　　關於詩歌翻譯，特朗斯特羅默在美國接受 1990 年「Neustadt 國際文學獎」的答謝詞中談到這樣一個悖論：「在理論上我們可以把詩歌翻譯視為一件荒謬的事情。但是，在實踐上我們必須相信詩歌翻譯——如果我們相信世界文學的話。」從這裡可以看出，美國詩人佛洛斯特關於詩歌翻譯的名言——「詩是在翻譯中失去的東西」這句話，表達的只是二律背反的

一個方面，以其片面的深刻引人注意。為了矯正其片面性，精通多種語言自己動手翻譯的布羅茨基指出：「詩是在翻譯中得到的東西。」這句話更值得注意，因為布羅茨基看重的不是在翻譯中簡直無法對等轉換的韻律、雙關、諧音等形式和語言方面的因素，而是可以以另一種語言轉換的意象、意境和思想。依照翻譯理論家勒菲弗爾（Andre Lefevere）的觀點，翻譯是一種改寫（rewriting）。在詩歌翻譯中的形神俱似，是有可能達到的，譯作勝於原作也是可能的。這才是值得推崇的譯詩。

葛拉斯說過，納粹對德國最嚴重的傷害，是對德語的傷害。紅色意識形態對漢語的傷害，同樣嚴重。因此，我致力於翻譯，在某種意義上，是把翻譯作為吸取中國古典文學的精華和外來營養為漢語療傷的一個過程。我在〈致特朗斯特羅默〉一詩中寫到：「受創的方塊字／誤讀禿鷹的掃描黑鶇的炭筆」。由於文化背景不同，翻譯與原作之間的差異等各方面的原因，中文譯者、讀者和評論者，包括我自己在內，難免誤讀特朗斯特羅默。

對這位詩人的誤讀，也曾發生在瑞典。在中國文革期間，瑞典左翼人士十分活躍。筆者收藏了一本「革命樣板戲」的瑞典文譯本。插圖中的戲劇裝扮，曾經是瑞典左翼青年的時尚。當時有位青年頭戴一頂紅軍八角帽，詰問特朗斯特羅默說：在這樣一個時代，你怎能寫作這樣內省的詩歌？這樣非政治？你像一隻把頭埋在沙裡的鴕鳥！今天，曾經批評特朗斯特羅默的瑞典人也成熟了，有的還向詩人道歉。

從色彩詩學的角度來看，我把特朗斯特羅默視為一位富於啟蒙思想的黑暗詩人，置於歐洲戰後的大時代背景來考察。「超現實的植物園圍墻上／有奧斯維辛焚屍爐的殘磚」。這種人文關懷，正是中國現代詩人和學者

最缺乏的。

我游離於東方文化與西方文化之間，多年來學佛參禪，愛好比較分析。特朗斯特羅默在我心目中留下「半是基督徒半是禪修者」的深刻印象，他那令人驚異的超現實的詩歌意象給我以強烈的審美撞擊。在文化意義上，特朗斯特羅默的某些詩歌，只有從佛學禪宗和密宗的角度來看，只有與某些日本俳句和中國古典詩歌進行比較，才能深入理解。儘管瑞典出了多本研究他的著作，這種比較卻很少見，因為瑞典專家有深厚的西學修養，卻不是佛教學者或禪修者。瑞典境外的特朗斯特羅默的譯介，有翻譯豐富、評論貧瘠的現象。迄今還沒有英美學者研究特朗斯特羅默的專著。

在現有的瑞典學者研究特朗斯特羅默的著作的基礎上，我還引進了不少他們沒有提及卻值得從比較文學的角度進行影響研究的西方詩歌，例如密爾頓的〈利西達〉，雪萊的〈奧西曼德斯〉，拜倫的〈黑暗〉，威廉斯的〈群鳥〉，等等。

在世界詩壇，特朗斯特羅默有許多讀者和未曾面授的「弟子」，其中最著名的是三位諾貝爾桂冠詩人：聖盧西亞的德里克・沃爾科特、俄羅斯的約瑟夫・布羅茨基和愛爾蘭的謝默斯・希尼。在特朗斯特羅默獲得諾貝爾文學獎之前，許多瑞典記者和讀者不約而同地提出了這個問題：當特朗斯特羅默的三位弟子獲得諾獎時，他們的老師為什麼沒有獲獎？

了解諾獎歷史的人，不難回答這個問題。瑞典學院曾經至少遺漏了近在眼前的兩位北歐偉大作家：瑞典的「國寶」級作家斯特林堡和挪威劇作家易卜生。後來獲獎的不少作家或劇作家，都是斯特林堡和易卜生的弟子。今天的瑞典學院不等於百年前的那個評獎機構，但同樣會有疏漏大作

家的問題。

　　幸好特朗斯特羅默於 1990 年罹患腦溢血，導致失語和偏癱之後，仍然以頑強的生命力，開朗地活著並繼續寫作，還能用左手彈奏鋼琴美妙的旋律。而瑞典學院延遲多年之後，終於作出了正確的選擇，使得詩人在輪椅上接受了諾貝爾文學獎。

　　我有心全面研究、評論特朗斯特羅默的詩歌的這本著作，是在詩人獲獎之後開始的，在多年積累的學習筆記的基礎上，本書從謀篇佈局到完成寫作用了一年多時間。最後與臺灣商務印書館編輯多次討論，書名定為《夢境跳傘──特朗斯特羅默的詩歌境界》。「驚醒是從夢境跳傘」──詩人的成名詩集《十七首詩》的起句，是這位「意象大師」的詩歌中最令人驚異的意象之一，我把他視為一種動中靜修的跳傘禪。

　　最後，臺灣商務印書館再次出版拙著，謹此深表感謝。

序詩：致特朗斯特羅默

淺邊的八角帽
質疑意象的浩瀚深邃
受創的方塊字
誤讀禿鷹的掃描黑鵜的炭筆
世界樹的老根新枝
綠色導火索引爆的花朵
基督禪半開半掩的關門
通向茶杯裡的宇宙
奧菲斯越界的詩琴
破解生死的密碼
超現實的植物園圍牆上
有奧斯維辛焚屍爐的殘磚
你告訴參訪者要在哪裡簽名
因為你自己早已多次捧著頭骨碗
在那裡簽名：
Tomas Tranströmer

傅正明
2012 年 11 月於瑞典

驚醒是從夢境跳傘

1954 年，青年特朗斯特羅默以處女作《十七首詩》蜚聲詩壇。詩集的〈序曲〉，起句如爆，奇峰突起：

驚醒是從夢境跳傘
掙脫令人窒息的漩渦
雲遊者降落清晨的綠地
萬物火焰升騰。像戰慄的雲雀俯瞰
他覺察到，強壯樹根的譜系
在地底燭火搖曳的燈盞。但大地的
青蔥，以熱帶的茂盛聳立
手臂高舉，聆聽
無形水泵的韻律。他
向夏日沉落，沉入
它眩目的火山口，沉入
在太陽的熔爐下顫抖的
濕漉漉的綠色工事的通道。然後停住
瞬息間徑直下行的旅行，在急流之上
趨向魚鷹靜息的翅膀
青銅時代的小號

不協和的旋律
懸掛在無底深淵的上空
破曉過後知覺可以把握世界
像一手抓住一塊太陽般灼熱的石頭
雲遊者站在樹下。穿行
死亡的旋渦墜毀過後
他頭頂將有一道宏光鋪展？

　　這首全文引用的詩可以視為特朗斯特羅默全部作品的序曲。不言而喻，從超現實非理性的夢中高空跳傘，在一陣頭昏眼花、漫天漂遊之後，跳傘員就會落在現實的大地。詩人寫的是「令人窒息」的噩夢，醒來後見到「清晨的綠地」。現實原來並不那麼可怕，恐懼往往是我們自添的煩惱。這首詩的要義可以概括為下述幾點：

　　首先，這首詩表現了詩人的縱橫馳騁、上天入地的想像。從心理學角度來看，詩人經歷了馬斯洛（Abraham Maslow）所說的那種「高峰體驗」（peak experiences），帶有迷亂過後的興奮、和諧感與頓悟感。懂得這一點，就不難理解特朗斯特羅默對詩的界定：「一首詩無非是我在守夜時做的一個夢。」這句話暗示出他的詩歌游離於理性與非理性之間，與超現實主義、表現主義、意象派等西方詩潮有密切聯繫。

　　其次，這首詩的瑞典文原文節奏鮮明，音韻鏗鏘，琅琅上口，彰顯了詩歌的音樂美。酷愛音樂的特朗斯特羅默本人就是一位鋼琴家，他的不少詩歌以音樂家和音樂作品為題材。詩中的「不協和的旋律」，一般來說，需要得到「解決」，即在運動過程中達成和諧。

再次，特朗斯特羅默也喜歡畫畫，他熟悉作為繪畫語言的線條和色彩。從色彩詩學的角度來看，這首詩奠定的他的詩歌色彩的主調之一，即詩中兩次出現的綠色：「清晨的綠地」和「綠色工事的通道」。他作品中常有的「綠色體驗」，是作者酷愛大自然，與大自然融為一體的精神色彩或情緒色彩。詩中深淵的黑色，是他的詩歌色彩另一主調。此外，多次出現的火紅，表明他的詩歌具有外冷內熱、明暗對比的特色。

最後，詩人在這首詩的結尾提出了人生精神之旅的大問題：「死亡的漩渦墜毀過後／他頭頂將有一道宏光鋪展？」。這是一個無法明晰解答的神祕的終極問題。詩人提出這個問題，表明他的詩歌裡的更深層次的主題，是關於人類的生與死的冥想或靜修（meditation），相當於禪修。依照禪法，打坐是禪，茶飯是禪，文字是禪，弓道是站立禪，散步是步行禪，跳舞是法舞禪，……。現在，我們又看到一種不妨稱為「跳傘禪」的特殊的動中靜修。

詩人承認，他的《十七首詩》是「自我中心的」，成長期的，但也有「立志」的一面，即嘗試如何避免自我，寫一種「物件化的詩」（objektive dikt）。[1] 詩人後來的作品中出現作為主旨的西方意義上的「頓悟」（epiphany），一種接近佛教禪宗的「開悟」，已經在這首「喚醒」的詩中見出端倪。

繼成名詩集之後，特朗斯特羅默先後出版了《途中的祕密》（1958）、《半完成的天空》（1962）、《鐘聲與足跡》（1966）、《黑暗景觀》（1970）、《小路》（1973）、長詩《波羅的海》（1974）、《真實的柵欄》（1978）、《野蠻的廣場》（1983）、《為生者和死者》（1989）

《葬禮小舟》（1996）、《監獄：寫於少管所的九首俳句》（2001）、《大謎團》（2004）等十多部詩集。他每次出版一本新詩集，都是瑞典的一次引人注目的文學事件。詩人惜墨如金，這些詩集總共只有一百六十多首詩歌，被廣泛地翻譯為六十多種語言。

特朗斯特羅默被視為繼瑞典科學家、哲學家和神學家斯威登堡（Emanuel Swedenborg, 1688-1772）和著名戲劇家斯特林堡（August Strindberg, 1849-1912）之後第三位影響了世界文學的瑞典人。作為瑞典現代派詩人，他是繼二十世紀的埃格勒夫（Gunnar Ekelöf）和馬丁松（Harry Martinson）之後的第三位詩壇泰斗──一位「詩人中的詩人」，傑出的「隱喻大師」。擁抱世界文學的特朗斯特羅默被世界文學擁抱，對世界詩壇發生如此深刻的影響，沒有翻譯，是不可能發生的。

在特朗斯特羅默研究領域，本書涉及並引用的專題研究著作、論文和訪問錄將在後文各個章節論及並在注釋中注明，這裡只能提到幾部瑞典文專著。

埃斯普馬克（Kjell Espmark）的《旅行的形式：特朗斯特羅默的詩歌研究》[2]是對特朗斯特羅默1983年之前的詩歌所作的全面研究。作者為詩人、評論家，瑞典學院院士，擔任過上一屆諾獎評委主席。

瑞典作家和評論家伯斯登（Staffan Bergsten）於1989年出版了《令人慰藉的謎語：特朗斯特羅默抒情詩十論》。十多年後，作者在此基礎上寫成一本評傳，題為《特朗斯特羅默的詩歌肖像》[3]，穿梭於詩人的生平與詩作之間。

瑞典作家和評論家謝爾勒（Niklas Schiöler）的《凝練的藝術：特朗斯

特羅默最近的詩作》[4] 著重於研究詩人的語言藝術。

瑞典學者卡爾斯崔（Lennart Karlström）編輯的兩卷本《特朗斯特羅默研究資料》[5]，收集了見於報刊的各種關於特朗斯特羅默的報導和短文。

英語界唯一一部專題研究是瑞典女學者班吉爾（Joanna Bankier）的《特朗斯特羅默詩歌中的時間感》。[6]

特朗斯特羅默往往被視為表現主義、超現實主義和象徵主義詩人，被推崇為意象大師和隱喻大師。在英語詩壇，他被廣泛地稱為瑞典「夢詩人」（dream-poet）。實際上，他的詩歌很難明顯地歸入哪一個流派，他是一位博采眾家富於獨創風格的詩人。這一點，已經是不少學者達成的共識。

作為一位中國學者，我多年來閱讀特朗斯特羅默時，很自然地帶有特殊的東方眼光。在參照上述著作的基礎上，我力求另闢蹊徑，從少有人涉及的色彩詩學、神話原型批評的角度切入特朗斯特羅默的詩歌，並且著重以比較文學的研究方法，以佛學、禪宗和密宗的眼光來透視特朗斯特羅默的詩歌。

1. Börje Lindström. ' Ur ett samtal med Tomas Tranströmer' , *Lyrikvännen* 1981:5, p. 263.

2. Kjell Espmark.*Resans formler : en studie i Tomas Tranströmers poesi.* Stockholm: Norstedt, 1983.

3. Staffan Bergsten.*Den trösterika gåtan : tio essäer om Tomas Tranströmers lyric,* Stockholm: FIB : s lyrikklubb, 1989 ; *Tomas Tranströmer : ett diktarporträtt.* Stockholm : Bonnier,2011.

4. Niklas Schiöler.*Koncentrationens konst : Tomas Tranströmers senare poesi.* Stockholm : Bonnier,1999.

5. Lennart Karlström.*Tomas Tranströmer : en bibliografi.* Stockholm: Kungl. bibl., 1990-2001, 2 vol..

6. Joanna Bankier. *The Sense of Time in the Poetry of Tomas Tranströmer,* Ann Arbor, MI. : UMI, 1993.

第一章

黑暗詩人：
黑暗美學與特朗斯特羅默詩歌的黑色意象

1.1

　　中國色彩學奠基於道家探討宇宙生成的陰陽五行說。陰陽之分，已經暗示色彩有冷色和暖色之別。金、木、水、火、土各有其相應的色彩、季節、方位和情緒，但這並非一成不變。例如，黑色屬水，是指水的條件色，即深水的色彩。水可以隨條件變化而改變其色彩。宋朝郭思父子合撰的《林泉高致》說：「水色：春綠，夏碧，秋青，冬黑。」

　　佛教色彩學奠基於四大皆空或五蘊皆空的觀念。密宗在地、水、火、風四大之外加上空，合稱五大，各有其相應的色彩、季節、方位和情緒。在特朗斯特羅默的〈臉對著臉〉（1962）一詩中，色彩本身可以燃燒。詩人還在〈夜曲〉（1962）中寫到林中的樹木「有火光中的戲劇般的色彩」，這正好可以作為色彩的空假本質的說明。但是，在修行中輔之以色彩的調動，可以將五蘊化為五智或五德，有助於開悟。這種色彩學與詩學是相通的。

　　西方色彩學奠基於希臘四根說。依照哲學家恩培多克勒的說法，土、水、火、空氣四根的構成，根植於「愛」與「爭」兩極既相斥又互補的原則。四根各有其相應的氣質和性格、季節、星座和色彩，但所屬色彩，各

家說法不一，可以變易。關於四根與各個方面的歸屬關係，這裡參照各家之說，列一簡表如次：

四根	火	空氣	水	土
四色	白／紅	紅／黃	黑／白	黃／綠／黑
四種氣質	膽汁質	多血質	黏液質	憂鬱質
四種性格	激情／暴躁	樂觀／膚淺	冷靜／冷漠	深沉／抑鬱
四星座	白羊	雙子	巨蟹	金牛
四季	夏	春	冬	秋
四象	人	獅子	鷹	牛
四才	直覺	技藝	理性	敏感

在文藝復興之後的科學革命中，牛頓以其著名的「日光－棱鏡折射實驗」，把白光分解為七色，不但刷新了科學色彩學，而且啟動了詩人的想像。特朗斯特羅默在〈冬天的目光〉（1983）中描繪的「太陽敲響的多彩的鐘」，可以稱為赤橙黃綠青藍紫的「白光鐘」。

在科學色彩學之外另闢蹊徑的德國文豪歌德，在《浮士德》中就有一首「四根讚歌」，描繪大海與聖火交並的奇觀，自由漂浮的「光的空氣」和「大地神祕的洞穴」。他還集多年心力寫成《色彩學》（1807），從中可以見出三類主要色彩：生理色彩，物理色彩和化學色彩。歌德力求以畫面、象徵和宏大敘事來捕捉「真實的幻想」。他強調色彩與心靈情緒的直接聯繫及其道德效果。

從光學角度來看，黑色是光的缺席，白光囊括了可見光譜上的全部光線，兩者都沒有彩度。因此，某些色彩學家把黑色和白色視為「非彩色」。

但是，在詩學中，我們必須把黑色視為重要色彩，否則，就會忽略人類存在的黑暗面，就難以創造出深刻的悲劇性作品。

1.2

色彩美學和色彩詩學就是建立在色彩學的基礎上的。關於色彩美學，這裡只涉及作為它的一個分支的黑暗美學，其美學精神和黑色形象體現在各種藝術門類中，可以與黑暗詩歌進行比較。

在戲劇舞臺上，上承希臘傳統的莎士比亞的某些悲劇，例如《李爾王》、《馬克白》等，可以視為黑暗戲劇。在電影中，瑞典電影大師英格瑪・伯格曼（Ingmar Bergman）的《第七封印》等影片，屬於典型的黑暗電影。特朗斯特羅默的〈中世紀主題〉（1989）寫人與象徵死神的骷髏弈棋，暫時殺了個平局，明顯受到《第七封印》的影響。

蘇俄電影大師塔可夫斯基（Andrei Tarkovsky）的超現實主義科幻影片《潛行者》（1979）也可以稱為黑暗電影，因為這位導演以色彩轉換的手法，探索外部世界的變故和人的潛意識——以一顆隕星墜落地球後形成的神祕區域及其「內室」為象徵。而潛意識，依照心理學家榮格的觀點，是人內在的黑暗深處，是意識的基礎。真正的黑暗詩人，正如布羅茨基在〈我坐在窗前〉（詩集《言語的一部分》）一詩中寫到的那樣：「我坐在黑暗裡，很難斷定／哪裡更糟糕：內在的還是外在的黑暗」。作為塔可夫斯基和榮格的「弟子」，作為布羅茨基的「先生」，特朗斯特羅默表示，詩集《野蠻廣場》（1983）的寫作，主要來自《潛行者》的激發。「我突然被遠方的一股寒流擊中／即刻發黑」（〈冬天的目光〉），這裡捕捉

的就是觀看《潛行者》的藝術效果。

1949年，德國哲學家阿多諾出版《新音樂哲學》，這時青年特朗斯特羅默除了彈鋼琴之外，剛開始學習作曲，想把音樂作為一種「驅魔」方式。該書對特朗斯特羅默和當時瑞典的前衛作曲家產生了深遠影響。在《新音樂哲學》中，阿多諾深刻地指出：

強力的文化工業為了自身的目的而篡奪啟蒙的原則，並且在對人的處理過程中敗壞啟蒙的原則以便延續黑暗，可是，文化工業愈這樣做，藝術就會愈奮發起來抵抗這種虛假的光明；它使得被壓制的黑暗輪廓與無所不在的霓虹燈風格對峙起來，它僅僅通過宣判黑暗世界假冒亮麗的罪名，就能有助於啟蒙。

這裡體現的音樂美學，像阿多諾死後出版的《美學理論》所生發的「否定的美學」一樣，屬於黑暗美學，在形成過程中深受愛倫坡、波德萊爾等黑暗詩人的影響。阿多諾宣導的黑暗音樂，是荀白克（Arnold Schönberg）那種毫不掩飾地表現現代人的苦難和焦慮的作品，是以十二個半音的無調性，以不予解決的不協和和弦的衝突來與史特拉文斯基（Igor Stravinsky）的虛偽的和諧相對峙的作品。

在繪畫中，哥雅（Francisco Goya）曾把他晚期的一組繪畫題為「黑色繪畫」（Pinturas negras），他的蝕刻系列版畫《狂想曲》同樣以黑色為主調。特朗斯特羅默的〈狂想曲〉（1958）寫於詩人1956年西班牙之旅，其中的黑色意象的靈感，主要來他在韋爾瓦城（Huelva）看到的哥雅《狂想曲》，並借用這一畫題為詩題。

梵谷的〈刁煙捲的骷髏〉，雖然畫面上的骷髏是暗黃色的，但背景全黑，可以視為典型的黑暗繪畫。特朗斯特羅默在〈歐洲深處〉（1989）中寫道：

> …… 他們想說什麼，那些死者
> 他們吸煙但不飲食，他們呼吸但沒留下鼻息
> 我將作為他們中的一員匆匆穿過街道
> 變黑的大教堂，沉重如月亮，遙控潮起潮落

詩人描寫的吸煙的死者意象很可能受到梵谷繪畫的啟迪。在這裡，仿佛月亮也被染黑了。就像在「紅星亂紫煙」的情境中，星星被爐火紫煙染色一樣。

在小說領域，哥特小說也可以視為黑暗小說。這類文學中的恐怖、神祕、死亡的因素也滲入黑暗詩歌。特朗斯特羅默在〈六個冬天〉（1989）中以哥特式意象來渲染戰爭和戰後的恐怖氣氛，詩中的冰淩仿佛不是晶瑩剔透的，而是幽暗玄奧的：

> 屋簷下垂掛的
> 冰淩：倒掛的哥特雕刻
> 怪誕的牛，玻璃乳頭

這裡，一個哥特風格的意象卻像牛奶一樣具有哺育人類的作用。

像黑暗美學和各種黑暗藝術一樣，植根於色彩學的黑暗詩學，應給予宇宙學、社會學、啟蒙哲學、情緒心理學或潛意識心理學等多角度的闡釋。

就筆者所知，在英文中，僅僅有人在研究造型藝術時採用過「色彩詩學」（color poetics）的概念，他們的著眼點是如何在造型藝術中「詩意地」運用色彩。我的著眼點是反過來，研究在詩歌中如何「畫意地」運用傳達、喚起色彩感的語言。這種色彩詩學，也許還只能從色彩學、美學、詩學或繪畫理論中窺見一點散金碎玉，尚未連綴成一個自成系統的整體。2003 年，我在研究中國詩人黃翔的專著《黑暗詩人》中對建構色彩詩學體系作了初步嘗試。臺灣學者謝欣怡 2011 年出版的《色彩詞的文化審美性及其運用》，以建構色彩詞的審美與文化系統的理論為主要目的，作者指出：色彩詞的修辭技巧包含敷彩修辭、比喻修辭、象徵修辭等。[1] 有關理論，對於閱讀特朗斯特羅默的詩歌亦有幫助。

　　大自然和人類社會色彩斑斕。人類情感的全部音域，也許都可以找到相應的色彩。但是，白紙黑字的詩歌怎能傳達色彩？首先，是因為人有所謂的「通感」，詩人的通感尤為敏銳。特朗斯特羅默在〈冰雪消融〉（1962）中寫道：「灌木叢中聽見詞語以新的語言呢喃：／『母音是藍天輔音是黑枝椏，在雪地上緩慢交談』」。這樣的詩句顯然受到法國詩人蘭波的名詩〈母音字母〉的影響。特朗斯特羅默像蘭波一樣「打亂一切感覺」，消解聲音與色彩的邊界，以捕捉「未知」的幻景。

　　就筆者所知，評論特朗斯特羅默的瑞典學者沒有採用色彩詩學的說法，但也有人涉及到有關問題。例如，伯斯登論及特朗斯特羅默的兩首詩時，把〈C 大調〉（1962）看作白色的，原因之一是 C 大調七聲音階在鋼琴鍵盤上完全採用白色琴鍵，簡單易學，便利新手。而〈活潑的快板〉中的 F 小調則是綠色的。[2]

在此之前，俄羅斯作曲家高沙可夫（Nikolai Rimsky-Korsakov）在他的調性色彩體系中已經把 C 大調定為白色，F 小調定為綠色。可是，特朗斯特羅默推崇的俄羅斯作曲家斯克里亞賓（Alexander Scriabin）說，C 大調是紅色的。斯克里亞賓的音樂，甚至採用可以投影色彩的鍵盤，用以渲染神祕狂喜的氣氛。由此可見，這種通感，因人而異。

1.3

以色彩美學和色彩詩學的眼光，參看上述關於四根的簡表，特朗斯特羅默及其詩歌的特徵可以歸納如下：

第一，在四根中，水是他的本根。他生於有「北歐威尼斯」之稱的水城斯德哥爾摩，一生傍水而居，經常獨立孤島，以觀滄海。用陰陽五行的觀點來說，他是一位水旺的詩人，在宮、商、角、徵、羽五音中以屬於小調的羽音或羽調為主，換言之，不屬於宏大敘事的大調系統；在仁、義、禮、智、信五性中以「智」見長。用佛教五大的觀點來看，在慈愛、善良、尊重、節儉、利他的五德中，屬於水的德行是善良。詩人和藝術家經由水的死亡和復活，即奧菲斯原型的現代變異是他的詩歌的重要主題。

第二，黑色是他的詩歌主調，詩人長於以語言繪聲繪色，長於借鑒繪畫中的明暗對比藝術。綠色是他的詩歌的另一主調。從西方占星術來看，詩人生於 1931 年 4 月 15 日，屬白羊座，火根，夏天是他的季節。

第三，冬天也是他的季節，詩人常出沒於黑色森林之間。用諾普羅斯‧弗萊的神話原型的觀點來看，他的詩歌大多屬於冬天的神話（主要是反諷），帶有超現實主義的荒誕色彩。

第四，黑色老鷹或禿鷹是他的重要意象或詩人的自況，詩人因此被稱為「老鷹詩人」，有高飛的羽翼和俯瞰大地的敏銳目光。詩人從小喜愛收集昆蟲標本，八十歲壽辰時，一種黑色甲蟲在瑞典被命名為「特朗斯特羅默花蚤」（Mordellistena transtroemeriana），作為獻給詩人的雅號。這種珍稀甲蟲愛美戀花，多見於花瓣上，面臨外來攻擊就會從「高空」「跳傘」——翻一個筋斗滾落地上，緊緊擁抱大地，因此，它在英文中俗稱為Tumbling Flower Beetles，中文稱為「三色波帶花蚤」。

第五，冷靜是詩人性格的主要方面及其詩歌的主要特色。但是，這種冷靜不等於冷漠，而是外冷內熱。詩人從小就有抑鬱傾向，但這一面不斷被他自己的詩的禪修克服了，沖淡了，不斷趨向樂觀主義。

最後，他的詩歌重理性，重思想，但詩人首先跟著富於通感的直覺走，經常徘徊於直覺與理性之間的邊界。

1.4

在詩歌體裁上，特朗斯特羅默時而採用獨特的「薩福詩節」（Sapphic stanza），即古希臘女詩人薩福首創的四行詩節，但是，最能體現特朗斯特羅默的希臘精神的作品，是他的〈四種氣質〉（1958）。

這首詩是對德國作曲家亨德密特（Paul Hindemith, 1895 － 1963）的樂曲〈四種氣質〉的一種詩的「補充」和生發。亨德密特是為鋼琴和弦樂創作的一個主題四個變奏，特朗斯特羅默的詩歌表現了多種色彩的變換，在黑暗中尋找綠色的希冀。全詩如下：

一

審視的眼睛把一束束陽光變成一根根警棍
入夜：樓下宴會的笑語
像虛幻之花穿越地板綻放

驅車原野。黑暗。車好像沒有啟動駛來
鳥非鳥，在星空的虛無中啼叫
患白化病的太陽佇立在黑浪涌起的湖泊之上

二

一個人像一株拔起的樹沙沙作響
一道立正的閃電看到散發野獸臭味的
太陽在世間拍擊的翅膀中升起

懸掛岩石島上，峭壁在泡沫的旗幟背後日夜洶湧
夜伏晝出的白色水鳥鳴叫
甲板上人人手持駛向「混沌」的船票

三

只要閉目養神你就能清晰地聆聽
在大海無邊的教區之上海鷗敲鐘的星期天
一把吉他在灌木叢中彈撥，白雲悠悠

像暮春的綠色雪橇漫步
挾一束笑吟吟的光芒
溜到冰雪之上

四

夢中同女友高跟鞋的鳴響一同醒來
窗外兩堆雪像冬日被遺忘的一雙手套
還有太陽在城市上空散發的傳單

道路從來沒有盡頭。地平線匆匆向前
鳥群搖曳樹枝。塵土繞車輪旋轉
那是抗衡死亡的所有的車輪！

詩人沒有以小標題標明哪一節寫哪一種氣質，評論家有不同的解讀，甚至視之為民間謎語或巴羅克詩歌的文字遊戲。因此，我也不必一一道出我的理解，以免誤導讀者自己的猜測領會。在這裡，我僅僅從色彩詩學的角度簡析其中的幾個意象。特朗斯特羅默自己對意象的解釋是：

我從事物或情境中造型，換言之，意象是詩歌的「基礎」。這也可以是一個特別的地方。詩有時從一個明晰的意象中浮現。意象是一個複雜情境的揉合，它是具體化的。[3]

在〈四種氣質〉中，詩人把人的氣質和性格的抽象概括具體化了。詩的第一節中的「警棍」，「患白化病的太陽」，象徵恨的力量。因為白化病人通常視力低下，懼怕光芒。詩歌中常見的是患白化病的老鼠的黑色形象，這無疑是貼切卻尋常的比喻。說太陽患了白化病，則是大膽新奇的比喻。因為，極為反諷的是，原本光芒之極的太陽，仿佛成了「黑暗的戀人」（Lover of darkness）──這是懼怕光芒的暴君的變態的黑色之戀，如法國

殖民時代突尼斯詩人艾-沙比（Abu al-Qasim al-Shabbi）在〈給世界的暴君〉中寫到的那樣：

> 呸，你們這些無道的暴君
> 你們這些黑暗的戀人
> 生命的敵人……

　　暴君的黑暗之戀與黑暗詩人的黑暗之戀是截然相反的，因為前者導致毀滅，後者引領完成。例如，在里爾克的《奧菲斯組詩》、〈愛我的存在的黑暗時刻〉等詩作中，詩人之所以熱愛黑暗，是因為黑暗可以使人充實起來，或精神上成熟起來而臻於完成。

　　第二節「立正的閃電」是特朗斯特羅默詩歌中最精彩的意象之一。電光屬於火根，極白之色。希臘神話中宙斯的原形就是電光霹靂。詩人騁情入幻，想像整個天庭好比一個演兵場，正在進行軍訓。一道道「立正的閃電」，成了相對持久、凝固的白色，與風雨如晦的天空的黑色形成鮮明對比，結果在一首詩中造成令人震驚的繪畫的視象效果。但這畫面是動態的，富於強烈的戲劇性。因此，天庭也像一個舞臺，扮演著懲惡揚善的道德劇。接著跳出來的太陽，成了野蠻的獨裁者的象徵。反諷的是，人仍然要航向「混沌」的黑暗。從另一個角度來看，如瑞典浪漫主義詩人斯塔格內留斯（Erik Johan Stagnelius）在〈朋友！在荒蕪的瞬間〉（Vän! I förödelsens stund）中寫到的那樣：「黑夜是白日之母，混沌是上帝比鄰。」

　　也許就是在這種意義上，在該詩第三節，各種愛的力量聚合起來。像歌德的〈四根讚歌〉一樣，「讓催動火光的愛得到榮耀加冕為王！」詩人

仿佛進入「閉目養神」的禪修狀態，或隨著教堂鐘聲走進教堂做禮拜，聽宣講愛的佈道，領基督血和肉的聖餐，唱讚美詩。詩人同時拆除了教堂內外的邊界，把教區移到海空，讓海鷗敲響洪鐘，接著有「一把吉他在灌木叢中彈撥」，仿佛整個大自然成了無比遼闊的教區。

變換後的主要色彩，是雲彩的白色與雪橇的綠色。「一束笑呵呵的光芒」表現了詩人的「通感」，即從沒有聲音的光芒中聽到一種聲音。佈滿白雲的天空與點綴著綠色雪橇的大地，這幅畫面是大自然與人類文明之間的和諧關係的象徵。在色彩的配合中，白色適應於作任何色彩的底色，換言之，把任何一種色彩置於白色背景上，都不會顯得牴牾。

但在最後一節，大自然和人類仍然在搬演既和諧又衝突的戲劇，並且以「車輪旋轉」的意象暗示出神聖的「存在大鏈」（the Great Chain of Being）：蘊含四根的萬事萬物在宇宙秩序中各得其所，在上下四方占據何種處所依賴其自身所包含的「精神」與「物質」的比例，人的四種氣質將始終存在，人類的發展，社會的色彩，像春夏秋冬一樣循環不已。

〈四種氣質〉一詩，表明詩人長於運用各種色彩。基於他的詩歌文本豐富的內證，黑色和綠色是他作品的兩個相輔相成的主調。因此，我把特朗斯特羅默稱為「半個黑暗詩人半個綠色詩人」。

1.5

在中國文化中，玄色用來泛指黑色或黑中帶赤的顏色，可以象徵幽遠深奧。道家「天玄地黃」，「宇宙洪荒」之說，在宇宙學意義上，已經把宇宙的起源或宇宙（天）的本色視為一種黑色物質。在宇宙大爆炸理論中

科學家猜測的「暗能量」是黑中帶赤的，相當於玄色。

今天，不少科學家認為，宇宙主要是由黑色物質和黑色能量造就賦形。科學的宇宙學與佛教的說法頗為接近。據《長阿含經》，在上一大劫末，天地崩壞，所有的生命都往生到光音天上，成為「自然化生」即非父母所生的光音天人。「其後此地盡變為水，無不周遍。當於爾時，無複日月星辰，亦無晝夜年月歲數，唯有大冥。」「大冥」，猶如盲人眼前的極度黑暗。後來，汪洋大海中浮出了陸地，光音天人的壽命終結，就降生到地球上。他們像先前一樣，自身能夠發出清淨殊勝的光明。

這種佛教的「創世紀」，儘管上帝缺席，也可以與西方描繪宇宙特性的「存在大鏈」的神創論進行比較，因為它體現了宇宙發展環環相扣的連續性和漸變性的特徵。

在北歐的創世紀神話中，人類的第一個女人愛布拉（Embla）是由花楸樹造成的，同樣是「自然化生」的人。常見於瑞典的山野庭園的花楸樹，有東方人較為生疏的豐富的象徵意義。瑞典高中文學課本摘引特朗斯特羅默的〈風暴〉（1954）一詩時指出：這首詩描寫的，不僅僅是瑞典花楸果成熟的季節，而且是整個宇宙。全詩如下：

漫遊者驀然遇見蒼老的
參天橡樹——像一頭石化的麋鹿
面對九月大海墨綠的要塞
　　伸出宏闊的花冠

北國風暴。時值花楸果一串串

般紅飄香。黑暗中醒著的人聆聽
星座的意象揚蹄猛然踏進自己的畜欄——
樹上空高築的家園

橡樹和花楸，是詩中兩個重要的植物意象，在歐洲文學和信仰中與古老的凱爾特（Celt）文化有密切聯繫。

凱爾特神職人員德魯伊高僧（Druids of eld），詞的原義為「橡樹的賢者」或「深諳樹理之人」。他們不僅掌管祭祀，同時也是巫醫、魔法師、占卜者、詩人、樂師和部族歷史的記錄者。因此，在後世詩文中，凱爾特高僧常以橡樹精的形象出現。

在星相學中，花楸代表水星及其溝通的原則，往往象徵人與靈界或冥土的溝通，在民間信仰中具有驅邪福佑的功能，因此凱爾特人和北歐人的魔法器具往往以花楸樹為材料。它也是製作鉛筆的材料，因此與文學和靈感有密切聯繫。可以食用釀酒的花楸果，有潤喉等藥用價值。花楸果呈五角星形，象徵「五根」，在希臘哲學中的「四根」之外，還要加上一個「靈根」。北歐神話中的雷神索爾（Thor）在冥土之旅中掉入激流，是岸邊的花楸樹枝彎曲下來救他上岸。這樣的雷神，像曾經因為羅馬帝國入侵而遭受宗教迫害的德魯伊高僧一樣，是上天入地的「漫遊者」。但是，〈風暴〉中加了定冠詞的「漫遊者」，並不是特指雷神或一位德魯伊高僧，而是黑暗宇宙中人類「過客」的代表，有詩人自己的影子，是黑暗中警醒的人。人有「靈根」，才有可能化為星星。而詩人筆下的星座意象，仍然與人的動物性割捨不開，被喻為莽撞地尋找自己的老櫪舊欄的牛馬，由此形成天地顛倒的奇觀。作為人性的黑暗面的人的獸性，仍然需要馴化，馴化的工

具之一，就是經常用來製作牛鞭馬鞭的花楸樹枝條。

1.6

特朗斯特羅默的〈交界處〉（1978）一詩，同樣是典型的黑暗詩歌，
更明顯地體現了黑色對於宇宙學的意義：

冷冰如風吹眼，陽光起舞
在淚眼的萬花筒中，我穿過
久久跟蹤我的街道，街上
冰島的夏日在水塘裡閃爍

蜂擁而來包圍我的街道的全力
無事可追憶無事想記住
在車輛下面的大地深處
未生的森林靜靜等候千年

我想到街道在看著我
目光那樣渾濁連太陽也染色
化為黑暗宇宙中一個灰色毛線球
但此刻我在閃光！街道看著我。

這首詩捕捉的景觀，主要是在火山甚為活躍的冰島。詩人的「黑色宇
宙」的見解接近科學真理，同時接近存在著無數個宇宙的佛教觀點。詩中
說的「一個黑色宇宙」，指我們所處的太陽系宇宙，其中的地球並不是一
個光明的地球。象徵人類活動和文明成就的街道，其渾濁的目光甚至可以

把光明的太陽染黑，染成一個灰色毛線球。介於黑色與白色之間的灰色，是沒有任何彩度的令人沮喪的色彩。

在特朗斯特羅默的詩歌中，大地有時也是灰色的，例如在〈悲歌〉中：「唉，灰色大地像博克森人的大衣／那個島嶼在水煙的黑暗中漂浮」。瑞典發現的屬於歐洲中世紀人類骨骼的那個博克森人（Bockstensmannen），今天已被證明死於暴力謀殺。特朗斯特羅默圍繞博克森人建構的獨特的神話屬於黑色神話。詩人筆下「黑色宇宙」和「灰色大地」的浩瀚意象，接近佛教「苦海無邊」的比喻，可以與拜倫的〈黑暗〉（Darkness）一詩進行比較。〈黑暗〉描寫一個半是夢境半是現實的黑暗世界：

明亮的太陽熄滅了，群星
在永夜太空的黑暗中流浪，
無光無路瞎眼的冰凍大地
搖搖晃晃，在無月的氛圍中變黑
……

森林著火，一個時辰接著一個時辰，
樹木坍塌枯萎，爆裂的枝幹
隨著一陣碰撞倒地，一切燒成焦黑。
……

眾水的女主人──月亮早就咽氣了；
風在凝滯的空氣中枯萎，
雲一片片腐爛；黑暗無須
淒風愁雲的輔助──她就是宇宙。

拜倫寫到的現實，是位於印尼的坦博拉火山於 1816 年爆發後造成的巨大的人類災難，加上詩人的世界末日的黑色噩夢。詩人預言起源於黑暗的宇宙將歸於黑暗。我們將拜倫的〈黑暗〉與特朗斯特羅默的〈交界處〉進行比較，就可以看到，拜倫寫到的那個「沒有夏季的一年」，大地冰凍日月星辰昏暗，略有不同的是，拜倫的太陽完全熄滅了，特朗斯特羅默的冰島夏季還在閃光，太陽尚有灰色的餘燼；拜倫的地上森林正在烈火中死亡，特朗斯特羅默的地下森林的胚胎尚未重生。把兩者並置起來看，就好像宇宙的「存在大鏈」的發展環節一樣。非常接近的是，兩首詩中的宇宙本身就是黑暗的。儘管拜倫在詩中有不少聖經用典，但有些批評家認為這首詩有反基督傾向。特朗斯特羅默雖然沒有反基督傾向，但他看重自身的「內光」，有向佛的傾向。詩我 [4] 就像地球原初的光音天人一樣：周遭一片黑暗，「但此刻我在閃光！」這個閃光的「我」，就像〈風暴〉中的花楸一樣，是黑暗中的一點殷紅。

1.7

特朗斯特羅默的另一首可以與拜倫的〈黑暗〉相比較的詩，是他的帶有宇宙學意味的〈黃昏－早晨〉（1954）。詩人在詩中塗抹的是黃昏之後到黎明之前的夜的色彩：

> 月亮的檣桅腐爛，風帆萎縮
> 沉醉的海鷗振翼飛離海面
> 碼頭棧橋沉重的矩陣燒成木炭。灌木叢
> 　　在黑暗中坍塌

門階外面。黎明在敲打，敲進
大海的花崗岩大門，太陽火花閃耀
靠近世界。半窒息的夏日諸神
　　　在海霧中摸索前行

這首詩，兩節詩是兩幅畫面的對比。

與拜倫滲透全篇的黑暗色彩有所不同的是，特朗斯特羅默在詩中塗抹了幾筆亮色，沖淡了陰鬱色彩。他筆下醜陋的月亮形象顯然帶有浪漫主義反諷（romantic irony），因為通常被視為美好甚至崇高的月亮，在詩人的心靈中幻滅了。但是，腐爛的月亮並不意味著詩人心靈的腐爛或他的精神內光的燃盡，相反，它折射了詩人心靈的昇華。這個形象，像斯塔格內留斯的〈致腐爛〉中被人格化為一位新娘的「腐爛」：已經被世界和上帝遺棄的新娘，仍然是詩人心中「唯一的希望」。但是，詩的形象沒有後來的波德萊爾的〈腐屍〉那麼頹廢。在特朗斯特羅默的詩中，既然有陽光，就必然有新生而新鮮的月光。更值得注意的是，在這裡，人被提升到神的層次，甚至高於神的層次，因為「半窒息的夏日諸神／在海霧中摸索前行」的形象，特別富於浪漫主義反諷中偶爾帶有的喜劇色彩。而詩人仿佛在鳥瞰一齣神的喜劇。

拜倫的〈黑暗〉堪稱黑暗詩學的典型作品。從上述詩句中，不難發現特朗斯特羅默承傳了黑暗詩學的核心精神。

1.8

特朗斯特羅默的上述兩首詩與拜倫的〈黑暗〉共有的另一個特點，是

把宇宙學與社會學的眼光結合起來。從社會學的角度來看，也許有人會感到奇怪，在一個高度發展的現代化國家，在兩百年沒有戰爭的酷愛和平的瑞典，在自由而寧靜、被視為「歐洲的最後一塊綠地」的瑞典，為什麼她最具代表性的一位詩人在相當程度上是一位黑暗詩人？

要回答這個問題，我們首先必須懂得，這是由人類的普遍狀況決定的。簡言之，是因為社會學家鮑曼（Zygmunt Bauman）所說的那種現代性：我們要麼受到民主的操控，要麼受到專制的擺佈，囿於等級制度的樊籬。工業和科技的令人炫目的發展雖然給人類帶來便利，卻把人囚禁在找不到出路的高級監獄中。[5]

特朗斯特羅默的詩友索德堡（Lasse Söderberg）在〈特朗斯特羅默的瑞典特色〉一文中，首先強調的，就是詩人面對的國際性，接著，索德堡探討了特朗斯特羅默的瑞典特色，提出了究竟什麼是瑞典特色的問題：

是傳聞中我們的難以溝通和矜持嗎？是我們聞名的對大自然的熱愛？臭名遠揚的自殺傾向？我們為世界和平所作的勤勉的但卻矛盾的工作？不純的特殊體貌及其次要的表現，我們的藍眼睛──容易上當受騙的輕信？除了這些方面，還有我們在自己身上看到的任何別的因素，能應用於特朗斯特羅默的詩歌，從而清晰地照見它們嗎？[6]

從索德堡以設問句勾勒的瑞典特色中，至少可以看出籠罩在瑞典上空的兩道陰影。

首先，二戰期間，儘管和平的瑞典給反法西斯戰士和猶太難民提供了庇護所，但它的中立政策和軍火工業也助長了納粹的氣焰，給侵略者長

驅直入蘇聯、挪威和芬蘭提供了鐵道的便利。因此，瑞典為世界和平所作的努力有時是矛盾的，帶來反諷效果的。正像最早一代浪漫主義詩人中的「青春危機」是法國革命引起的反應一樣，特朗斯特羅默的「青春危機」是二戰引起的反應，是戰後發展中的瑞典的集體焦慮和負罪感的一種折射。這一點，鮮明地體現在他的《為生者和死者》的詩集題目和內容中。為受難的生者和無辜的死者寫作的詩歌，就是一種精神上的贖罪或救贖。

其次，是特朗斯特羅默難免感染的瑞典人的自殺傾向和憂鬱症。除了西方世界週期發生的經濟危機導致的失業等社會問題之外，還有一個重要原因，即瑞典人酷愛的大自然。在這裡，春日的綠意，夏花的絢爛令人陶醉，秋天的蕭索，冬季的冰封雪裹、漫長黑夜和黑暗森林，卻容易給人帶來憂鬱和死寂的體驗。例如，在十七首詩的〈尾聲〉中，詩人以電影蒙太奇的手法描繪了瑞典冬天的黑暗畫面，把瑞典比喻為「一艘拖上岸的破船」，最後，一幅幅黑暗畫面消失時，「如同黑暗中電影膠片斷裂」。〈孤獨的瑞典小屋〉（1958）有類似的黑暗畫面：

一團黑色雲杉的困惑
煙濛濛的月光
這裡躺臥的小屋
沒有生命的跡象

在希臘神話中，豐產女神地米忒的女兒佩爾塞福涅是被冥王綁架到冥土為后的，幾經周折之後，她可以在每年春天回歸大地，帶來遍地花香，在秋季重返冥土，身後留下一片死氣沉沉。冥后的處境就是瑞典人的半年

光明半年黑暗的四季心態的一種絕妙寫照。在〈紅尾蜂〉（1989）中，
特朗斯特羅默寫道：

> 在我熟悉的深處人既是囚徒又是主宰，像佩爾塞福涅一樣
> 我經常躺在僵硬的草叢裡，看頭上籠罩
> 大地的拱頂
> 這，經常是人生的一半

詩人把冥后的處境作為人類普遍狀況的一種象徵。詩人自己也是這樣，一方面，他陶醉在春天的綠意中，但是，春天的歡樂，並不是不染一絲憂鬱的歡樂，因為如恩培多克勒在〈四根說〉（Tetrasomia）中寫到的那樣，冥后「以她的眼淚滋潤人類的春天」。另一方面，一旦冰封雪蓋，特朗斯特羅默就有可能體驗到「用死亡線來丈量的雪的深度」（〈臉對著臉〉），在這裡，表層的銀白之下隱匿著深層的黑暗。

在特朗斯特羅默的詩歌中，時而可以見到把死亡神格化為冥王、冥后或人格化的情形。其形象自然是黑色的。他的〈黑色明信片〉（1983）含有多重隱喻，首先，這個詩題就是死亡的隱喻。詩的第二節，死亡被人格化了：

> 人生中途死亡走來
> 丈量身材。警示的拜訪被忘卻後
> 人生繼續。但屍衣
> 　　已悄悄縫製

在這裡，死亡被喻為身穿緇衣的裁縫師。

導致特朗斯特羅默的黑暗詩歌色彩更為濃厚的第三個原因，是詩人於 1990 年秋天因腦溢血導致中風而半邊癱瘓，同時引起失語的併發症，此後只能靠書寫或手勢與善解人意的妻子莫妮卡交流。從此詩人步入黃昏歲月，死亡的陰影加深了。從晚期出版的兩本詩集《葬禮小舟》和《大謎團》中可以明顯地看出這一點。

特朗斯特羅默的這種生死兩界的狀況，也有點像柏拉圖《會飲篇》中的海庇里安（Hyperion）──富裕之神與窮困女神的兒子，父母的遺傳使他帶有悖論色彩：既富有又貧窮，既永生不朽又不斷死亡。

雖然特朗斯特羅默在精神上是富有的，但他在獲得諾獎大筆獎金之前，曾經歷過物質上的貧窮，生活儉樸。那時的處境，在詩人的〈教堂樂鐘〉（1983，或音譯為嘉里隆）一詩中可見一斑：

女老闆輕蔑自己的房客，因為他們想住她破爛的旅館
我的房間在二樓拐角處：
一張簡陋的床，天花板下一個燈泡
奇怪的是二十五萬隻隱形蟎蟲在沉重的窗簾上威武進軍

這裡寫的就是詩人自己於 1983 年旅遊到比利時文化名城布魯日（Brügge）的親身體驗。

此外，據詩人自述：在很長一段時期裡，他和當護士的妻子莫妮卡每到月底尚未領到工資之前，總要翻看每一件衣服，看口袋裡有沒有硬幣零錢，好湊起來購買日常生活用品。

1.9

英國哲學家法蘭西斯‧培根早就說過：「黑暗必須出現以便光明燦爛地閃耀。」瑞典現代作家和藝術史家布羅堡（Erik Blomberg）的詩集《大地》（*Jorden*，1920）中的一首小詩，很好地說明了黑暗與光明的辯證法和黑暗詩人的人生觀。詩人勸告大家別害怕黑暗，「因為光明在那裡小憩」，「因為黑暗像光明一樣／懷抱不安的希冀」，「它深藏光明的果核」。他的另一首詩〈人類家園〉（Människans hem）有「黑暗沒有邊界」的詩句，更表達了黑暗詩人的普世眼光。

這種洞悉世界的眼光，既要為黑暗賦形繪色，也要捕捉黑暗中的人性之光——哪怕是螢火蟲之光，他也會把它當作太陽來歌唱。瑞典評論家雖然沒有採用「黑暗詩人」之類的概念來評論特朗斯特羅默，但有些見解把握了他黑暗詩歌的特徵。例如，1995 年，特朗斯特羅默獲得「古斯塔夫‧弗勒丁之友年度抒情詩獎」（Gustaf Fröding-sällskapets årliga lyrikpris），評委表彰他的「抒情詩傑作以詩的鮮明意象讓光明穿透黑暗洞悉無形大象」。

這一頒獎詞貼近特朗斯特羅默的藝術觀，詩人曾明確主張：「把藝術作品創造得十分強大，力求在接受者的心裡倖存。藝術應當以銳利的目光洞穿黑暗，同時對那些無法描繪的現象給予情感的表達，給予唯一可能的染指。」[7]

遺憾的是，特朗斯特羅默的黑暗詩學（雖然他自己沒有這樣命名）及其筆下的「黑暗景觀」，沒有引起瑞典批評家的充分注意。一篇未署名作者的瑞典文網文，深刻指出了特朗斯特羅默研究中的這一缺失：「黑暗，

作為含義豐富的一個因素，在特朗斯特羅默的研究中被低估了，很少有人涉及。在詩集《黑暗景觀》（1970）旁邊，或在他所有詩集中不難發現的無數提及黑暗的詩行旁邊，現有的研究似乎無意去品味；如果我們確認：黑暗對於特朗斯特羅默是意味深長的，那麼，這方面還沒有多多論及。」**8**

1.10

特朗斯特羅默的「穿透黑暗」的眼光，既向外看，也向內看。他在〈管風琴音樂會的休息〉（1983）中寫道：

> 家裡有淵博的《百科全書》，擺在書架上
> 長達一米，我學會讀它
> 但每個人都應當寫自己的百科
> 它從每一顆靈魂裡生長出來

這裡即使不是實指法國哲學家狄德羅主編的《百科全書》，也可以視為對啟蒙思想的一種提示。尤其值得注意的是，它已經表明，在特朗斯特羅默思想中「啟蒙」的概念，是一種雙向啟蒙。這正是黑暗美學的要義：黑暗詩歌應當是雙向啟蒙和雙向燭照的詩歌：向外看，燭照社會的弊端邪惡；向內看，燭照自我的心理暗角。

在心理學方面對特朗斯特羅默頗有影響的榮格，在散文〈哲學樹〉中指出：「人不是靠想像光明的形象來啟蒙，而是靠意識到黑暗來啟蒙。」**9** 這是一種介於哲學與心理學之間的美學要求。

俄羅斯藝術家康定斯基在《論藝術的精神》（1914）中闡釋表現主

義色彩學時，強調說：「色彩是觸及靈魂的力量。色彩是鍵盤，眼睛是和聲，靈魂是繃緊琴弦的鋼琴。藝術家是彈奏的琴手，觸到一個琴鍵，另一個就引起靈魂的震顫」。康定斯基認為黑色所象徵的，是「一種沒有任何可能性的寂滅」，「黑色是燒焦過後的東西，像葬禮的柴堆上的灰燼，像一具一動不動的屍體。」[10] 與此類似的是，漢字「黑」，本義就是「火所熏之色也」（《說文解字》）。「早晨的空氣捎來一封郵票燒灼的信件」，這是特朗斯特羅默〈冰雪消融〉（1962）的起句。這裡的信件比喻的是氣化而成的凝結物，是早晨的空氣捎來的大自然的資訊，燒灼的紅色暗示了黑色作為一種物質的特徵。但是，康定斯基過於強調黑色的負面意義，沒有看到長生鳥從灰燼中復活的可能性。

1.11

特朗斯特羅默詩中重生的可能性無所不在。在〈禮讚〉（1966）中，櫻桃的死亡是可以逢春重生的。結尾兩行，是運用情緒色彩的妙句：

我看見頭上樹枝擺動
白色海鷗啄食黑色櫻桃

詩人運用明暗對比的繪畫手法，創造了一幅既令人炫目又觸及靈魂的畫面。謝爾勒認為：在這首詩的語境中，粉筆的色彩染色到海鷗身上，海鷗啄食的櫻桃帶上了死亡的色彩。像正岡子規的俳句一樣，以白色沖淡了生存狀況的過於黑暗的力量。[11] 這幅畫面中的櫻桃，成熟時原本顏色鮮紅，玲瓏剔透，但是，當櫻桃被啄食時，在詩人的視覺中，櫻桃的紅豔幻

化為黑色。由此可見，這裡的黑色完全是一種象徵死亡的情緒色彩，可以見出詩人用色的匠心。

櫻桃樹即使不被海鷗啄食，也會在冬季凋零。冬季，尤其的北國冬季，即使在晴空之下，也是一片白雪茫茫，但其情緒色彩卻往往是黑色。

1.12

一般來說，藝術家的晚期風格難免染上深秋和冬天的陰鬱，禪宗詩人則比較圓融。特朗斯特羅默的某些晚期作品，像貝多芬的「晚期風格」一樣，也可以「減少」樂曲的和諧，對不協和的因素不予「解決」，以強化詩歌的張力。阿多諾在〈貝多芬晚期風格〉一文中認為，貝多芬晚期的《第九交響曲》、《莊嚴彌撒》、最後的鋼琴奏鳴曲和弦樂四重奏等作品，有直面死亡的災難感。德國音樂家施波爾（Louis Spohr）曾經把貝多芬的弦樂四重奏稱為「難以破譯、未加調整的恐怖」。我們將看到的是，在特朗斯特羅默的詩集《葬禮小舟》和《大謎團》中表現的晚期風格，其中的災難感、恐怖感和圓融暢達兼而有之。

特朗斯特羅默詩歌中，直接或間接地表明冬天的詩題，以黑色為主調的詩歌不少。〈冬夜〉（1962）中的孩子在黑暗中睜大眼睛。〈1966 年，寫於融雪之際〉（1973）一詩寫了一座「橋：一隻揚帆駛過死亡的大鐵鳥」。

與死亡的色彩更接近的，是特朗斯特羅默的〈六個冬天〉（1989）。這首詩通過一個「黑色旅館」的孩子的視角來回眸二戰期間的六個冬天：

一群死難的精英
在卡塞林娜教堂公墓化為石頭
風蕭蕭搖動來自施瓦堡的盔甲

戰爭的冬日裡我病倒在床
一個巨大的冰淩在窗外生長
鄰居和魚叉，費解的記憶

　　卡塞林娜教堂公墓是位於瑞典的公墓，在那裡長眠的，有挪威最北部施瓦堡群島遭遇納粹奇襲時死難的烈士。因此，這首詩像一首黑色挽歌。

　　此外，〈冬天的程式〉（1966）中所描寫的冬夜凌晨的黑暗和嚴酷，可謂入骨三分：

凌晨四點
生存的剔淨血肉的骨頭們
在嚴寒中互相取暖

　　這樣的時刻，或許相當於辛波絲卡在〈凌晨四點鐘〉中所描繪的那種黑暗：這是「燃燒殆盡的星辰正在喘息的鐘點／……無聲的，荒涼的／一切鐘點的深淵。」辛波絲卡在那首詩中期待和呼喚：「讓五點鐘最後到來」。像特朗斯特羅默一樣，辛波絲卡想把人們從夢中喚醒。

1.13

　　上文已經談到，作為情緒色彩的黑色，也是夢的色彩，潛意識的色

彩。斯威登堡是前佛洛伊德的解夢專家，在其《夢書》（*Drömboken*）記載的夢中，他經歷了一種「醒悟的狂喜」。佛洛伊德把夢視為「願望的達成」，重在美夢的精神分析。榮格進一步把夢與潛意識的欲望聯繫起來。對於埃格勒夫來說，人生只有兩種選擇：「要麼借毒去死要麼靠夢而活」。

特朗斯特羅默雖然瞭解這些夢的理論和說法，並且像埃格勒夫一樣是個「靠夢而活」靠夢寫詩的詩人，但他寫作〈夢的講座〉（1983）一詩的靈感，主要來自美國心理學家厄爾曼（Montague Ullman）。厄爾曼於上世紀七〇年代訪問瑞典，開辦夢的講座，強調夢中的象徵和隱喻在創造活動中的重要作用。

在〈夢的講座〉中，特朗斯特羅默捕捉到一個讀書人常見的入夢情景：

這是臥室。這是夜
黑暗的天空飛越房間
某人入睡時扔下的書
仍然翻開在那裡
帶著槍傷躺在床邊

埃斯普馬克認為，〈夢的講座〉與〈教堂樂鐘〉和〈畫廊〉幾乎形成了一幅三聯畫。[12]

在後面的章節中，我們將清楚地看到，這幅三聯畫令人想起但丁《神曲》中的黑暗森林和地獄之旅。

特朗斯特羅默詩中常見的夢，往往不是美夢而是噩夢，在《大謎團》的一首俳句中，仍然可以看到這一點：

上帝風拂背
槍彈無聲地來了──
一個夢太長

複音節的日文俳句由五、七、五三行十七個音組成，特朗斯特羅默的瑞典文俳句仿效日文體制。中譯改十七個音為三行十七個字。詩的第一、二兩行，形成一種反諷的對比，即兩個極端之間帶有諷刺色彩的對比，因為二十世紀狂熱地發動歷次戰爭和參與戰爭的人，不少是信仰上帝的人──至少在口頭上如此，但他們違背了基督教的和平主義精神。因此，詩人的夢是黑色的噩夢。二戰過去這麼多年了，槍彈的夢魘仍然糾纏特朗斯特羅默，可見這個夢的確太長了。這就應了一句瑞典文成語：「災難把白日黑夜拉長」。從相對論的時間觀來看，對於遭遇災難的人來說，難免感到度日如年，甚至夜不能寐。相反，處在美景良辰中，一個人不會感到時間太長，而只會覺得時間太快了。試比較特朗斯特羅默讀過的日本詩人橫井的一首俳句：

人生太短嗎？
可我的夢化膿了
拖延得太長

詩中「化膿」的比喻非常精彩，它是對拉丁文格言「人生短，藝術長」的一種反撥。這也是反浪漫主義的，因為詩人的人生，噩夢多，美夢少。這是人類的普遍境遇。特朗斯特羅默的俳句同樣可以置於更深遠更遼闊的時空中。但是，在詩人那裡，黑色的噩夢正好孕育了醒悟或啟蒙的晨曦。

1.14

黑暗詩人的黑暗感不僅投射在黑夜、墳墓、黑色森林的黑暗中，而且投射在燦爛的陽光，明麗的景觀中，投射在詩人自身的內心深處。帕斯捷爾納克在〈《原野之書》題記〉中寫道：「日午的黑夜，暴雨是她的梳子」。這裡的反諷在於自然美與社會黑暗的對比。這種表現情緒色彩的寫法，有點類似於中國美學所說的「以樂景寫哀」，結果是倍增其哀。在特朗斯特羅默的散文詩〈復信〉（1983）中，就可以看到這種寫法：

　　一間房舍五扇窗：白日的明亮和靜謐穿過四扇窗閃光。第五扇窗對著一片黑色天空、雷霆和風暴。我站在第五扇窗前。這封信。

這裡寫到的第五扇窗前的黑色，完全是一種情緒色彩，是詩我翻出來的一封二十六年前的舊信染成的。詩人沒有說到這封信的具體內容和寄件人的情況，僅僅告訴讀者：那是一封在驚恐中寫的信，而詩我卻可能沒有回復。因此，天空明亮，人心卻烏雲密佈，雷聲大作，風暴陡起。因為把心靈的天空抹黑的，不止一封信，而是「那些堆得高高的未曾回復的信，像預告暴雨的捲層雲。它們遮蔽了陽光。」詩我感到歉疚，借此契機來更好地認識自己。這就是黑暗詩人難能可貴的一種自我燭照。

1.15

現在，我們可以更為仔細地觀賞特朗斯特羅默詩歌中幾個最重要的黑色意象。

首先值得一讀的是特朗斯特羅默的短詩〈挽歌〉（1973），這首詩

以極為精練的語言和意象，體現了黑暗詩學的要義：

我打開第一扇門
一間陽光明媚的大房間
一輛沉重的車駛過街道
瓷器震顫

我打開第二扇門
朋友！你們啜飲黑暗
成了看得見的形象

第三扇門。一間狹窄的旅館房間
面對小巷風景
瀝青上閃耀一盞路燈
它美好體驗的熔渣

　　這首詩的詩題表明它是一首悼亡詩，但詩人哀悼的不是他的某個親屬
而是多個朋友。他們是「啜飲黑暗」的人，他們對生活和人類有敏銳的黑
暗眼光，他們消失在黑暗中，卻音容宛在。他們曾經擁有的亮麗，曾經帶
給人們的震驚或撞擊，曾經創造的美，永遠留在生者的回憶中。

　　這樣的人，就是黑暗詩人，他們及其黑暗詩歌的代表作，可以從浪漫
主義的先驅排起：布萊克和他的〈一株毒樹〉，柯爾律治和他的〈沮喪〉、
〈忽必烈汗〉，拜倫和他的〈黑暗〉，雪萊和他的〈1819 年的英國〉，
阿諾德和他的〈多佛海灘〉，愛倫坡和他的〈渡鴉〉，波德萊爾和他的《惡
之花》，特拉克爾和他的〈靈魂，大地上的陌生人〉，葉慈和他的〈死亡〉，

T.S. 艾略特和他的長詩《荒原》，猶太詩人保爾‧策蘭和他的〈死亡賦格曲〉……。

這個名單錄還可以大大延長。正如狄金森在一首詩（編號 883）中寫到的那樣，「詩人只是點亮燈盞——／他們自己——退場」。黑暗詩人是點亮燈盞的啟蒙者。在特朗斯特羅默的〈挽歌〉中，「在瀝青上閃耀一盞路燈」，就是黑暗詩人點燃的，它給後來的夜行者照亮一條精神之路，引領他們走向黎明。

1.16

特朗斯特羅默〈晨鳥〉（1966）中的比喻與狄金森的詩有異曲同工之妙：詩人像一隻鳥，詩完成之後就退出鳥窩。這首詩可以視為一首別出心裁的論詩詩，以生動的黑色意象巧妙地表達了詩人的黑暗詩學的觀點，全詩如下：

> 我喚醒我的車
> 車前擋風玻璃覆蓋著花粉
> 我戴上遮陽墨鏡
> 鳥歌變成一片灰黑
> 此刻有人在買報紙
> 在火車站
> 靠近一輛大貨車
> 它通體紅鏽斑斑
> 在陽光中閃爍

這裡沒有空地

春暖穿越一道料峭的走廊
有人匆匆走來
抱怨別人詆毀他
鬧到理事會

穿過風景的後門
飛來的寒鵲
黑白相間，死亡王國的女王之鳥
飛來飛去的黑鶇
滿天塗抹出一幅木炭畫
只有曬衣繩上的白衣服：
一支帕萊斯特里那的合唱曲

這裡沒有空地

真奇怪，我感覺到詩在怎樣長大
而我自己在縮小
詩體膨脹，占據我的地盤
它推開我
把我扔出鳥窩
詩成

　　詩的開頭幾節寫景紀事，表明詩人的詩歌是在冬春之交的自然環境中
形成的，是在詩人的個人生活中，在對社會人際關係的關注中形成的。
　　譯為「寒鵲」（瑞典文 skata，英文 magpie）的鳥，有黑白相間的羽毛，

中國人稱為喜鵲，但在北歐神話中，它的象徵意義完全不同。它是死亡王國的女王赫爾（Hel）身邊的鳥，是不幸、悲哀、危難和疾病的象徵。因此，它不是喜鵲而是「兇鵲」，可以活譯為在中國文化中象徵兇險的烏鴉。

特朗斯特羅默多次寫到這樣的鵲鳥。在《大謎團》的一首俳句中，

> 一隻黑白鵲
> 固執地來回飛跑
> 橫穿田野上

試比較原文和馬悅然先生在《巨大的謎語》中的中譯：

> *En svartvit skata*
> *springer envist i sick-sack*
> *tvärs över fälten.*

> 黑白的喜鵲
> 固執地跑來跑去
> 橫穿過田野

如上所述，這樣的鵲鳥，不宜像馬悅然先生這樣譯為「喜鵲」，因為，它無異於田野上生命的殺手。它跑得愈快，就愈不吉利，見到它的別的生命就愈短暫。

在〈冬天的目光〉中：「我比四只寒鵲更快地毀滅了四只殷紅的果子」。這一行詩歌也許與歐洲民俗信仰有關。歐洲人認為，鵲鳥的數目不

同，象徵意義也隨之變化：一只象徵危難，兩只象徵結合，三只象徵旅途順利，四只象徵新的開端……。[13] 每個終點都是另一個新的起點。消滅果子的四只寒鵲，正好透露了毀滅後將贏得新生的信息。

在〈晨鳥〉中，詩人描繪了鵲鳥之後，接著寫到另一只象徵意義不同的鳥：黑鶇（瑞典文 koltrast，英文 blakbird），這是英語詩歌中經常出現的意象，意涵豐富。英國詩人史蒂文斯（Wallace Stevens）在〈看一隻黑鶇的十三種方式〉（13 Ways of Looking at a Blackbird）中，寫到的一種方式是：「我有三顆心／像一棵樹上／有三隻黑鶇」。這個意象顯然暗示了基督教聖父聖子聖靈的三位一體。美國詩人威廉斯（W.C.Williams）的短詩〈群鳥〉（The Birds），描寫的就是黑鶇：

世界又開始了！
沒有完全緩過氣來
那株活樹
樹梢垂死的枝條上
雨中的幾只黑鶇
迅疾沖向低雲
給破曉打個記號
它們昭示欲望的
尖亮的啼聲
滴落在彎枝的薔薇間
滴落在流翠的草葉上

這首詩是意象派的代表作之一，有助於我們理解特朗斯特羅默筆下以黑鶇自況的意象。對於久在寒冬裡的瑞典人來說，黑鶇是殘冬的報春鳥，

歌聲憂鬱卻甜美。牠是在 1962 年被選為瑞典國鳥的，但早在十四世紀，鐫刻的黑鶇形象就出現在瑞典北方的教區圖章上。由此可見，黑鶇在北歐，也許不像在西歐那樣，往往是誘惑的象徵。二十世紀，繁衍的黑鶇開始從黑色森林飛向城區，遍布瑞典，正好象徵著瑞典飛速的工業化過程。

特朗斯特羅默像黑鶇一樣，是飛來飛去到處塗抹木炭畫的黑暗畫家，那木炭畫，往往像陰陽太極球的陰半球一樣，陰中有陽，展現的是「萬黑叢中一點白」的景觀。黎明前黑暗裡的「白衣服」，是純潔的瑞典人的象徵，也可以視為冬夜裡東方「魚肚白」的象徵，光明天使的象徵。這種明暗對照的藝術，透露的是人間即將從死亡王國走向生命王國的信息。因此，詩人接著把這幅圖畫比喻為帕萊斯特里那的合唱曲。意大利文藝復興時期的這位天主教聖樂作曲家，是那個時代的「音樂之王」。他的合唱曲劃破了中世紀的黑暗，透露了人文主義啟蒙的曙光。

特朗斯特羅默以鳥和鳥窩的意象啟迪我們，詩人要成為啟蒙者，不是靠自己現身說法，而是靠詩的意象說話，靠詩成之後贏得獨立意義的作品說話。這樣的詩歌，對作者對讀者都可以起到自省和啟蒙的作用。

1.17

特朗斯特羅默最早的詩歌啟蒙者是古羅馬詩人賀拉斯。據詩人在回憶錄《記憶看著我》中的記述，四十年代他在拉丁文學習班初步掌握拉丁文後，就經常大聲朗誦賀拉斯的詩歌，並嘗試譯為瑞典文。賀拉斯認為詩人所寫的一切，都應當是從盈滿的胸懷流溢出來的（《詩藝》337）。這種類似於中國美學的「充實之為美」的詩藝要求，深刻影響了特朗斯特羅默

的詩學觀點，用他自己評論賀拉斯的話來說：

奇妙的準確。常見的平凡與充實的崇高之間的這種相互滲透教會我許多東西。這是詩的前提。這是生活的前提。通過形態（形態！）某些方面可以得到昇華。滾動的履帶消失了，飛翔的翅膀張開了。

特朗斯特羅默張開的是雄鷹或禿鷹的翅膀。他於高空鳥瞰人間戲劇的眼光，除了受益於賀拉斯之外，還受益於青少年時代熟讀的另一位作家：1909 年獲諾貝爾文學獎的瑞典女作家拉格洛夫（Selma Lagerlof）。在她的童話小說《尼爾斯騎鵝旅行記》中，被精靈變為小矮人的頑童尼爾斯，騎在一隻家鵝背上隨著野雁飛翔，周遊各地。尼爾斯騎鵝的形象，變成了特朗斯特羅默用來自況的禿鷹或鷹的意象。因此，當我們看到特朗斯特羅默詩中的鷹或禿鷹，就要想到有一位詩人騎在鳥背上。特朗斯特羅默後來被當代瑞典詩人瑟德貝里（Lasse Söderberg）稱為「禿鷹詩人」，大概就是因為這樣的原因。

黑色是鷹的本色。一種色彩可以兼有正面積極的和負面消極的象徵意義。每種色彩傳統的象徵意義，在不同文化中有所不同，詩人也可以賦予其新的創造性寓意。黑色的象徵意義一般來說是負面的，但中世紀基督教的淨化派（Catharism）把黑色視為完美的色彩。在日本文化中，黑色可以象徵榮譽。特朗斯特羅默的某些黑色意象，同樣給人以高貴、莊嚴和沉穩的感覺。例如，詩人在〈濃縮咖啡〉（1962）中寫到這種黑色咖啡提神的功用：「它們像靈魂有時採集到的／黑色玄奧的點滴」，因此可以啟迪詩人的靈感。瞭解這些方面，有助於我們理解特朗斯特羅默筆下的鷹這個

黑色意象的正面意涵。

在西方詩歌史上最傑出的鷹的意象，首推英國詩人丁尼生的短詩〈鷹〉（The Eagle），筆者曾以詞體「攤破浣溪沙」迻譯：

利爪雙鉤扣絕崗，
蠻荒孤影近斜陽，
天界周身一環套，色蒼蒼。

腳底海波蟲豸動，
居高雄視立山牆，
雲端俯衝雷暴落，野茫茫。**14**

這首詩的原文只用了一個表現色彩的詞，即譯為「色蒼蒼」的蔚藍色。但是，在這底色上塗抹的鷹，是一個墨濃筆飽的黑色意象，可以視為浪漫主義孤獨的局外人的寫照。鷹眼俯瞰的一個錯覺是，它腳下大海的微波細浪成了爬行的蟲豸。與丁尼生的鷹比較，特朗斯特羅默的鷹同樣是一隻孤獨的鷹，往往在黃昏斜陽中獨立絕崗懸崖。但是，特朗斯特羅默的鷹沒有丁尼生的鷹的那種大胃口大幻覺，而是更多的以敏銳的目光俯瞰人世的黑暗。

1.18

特朗斯特羅默的〈重複的主旋律〉（1954），是他最早描寫禿鷹的詩作，我們藉以看到這位「鷹詩人」最初是怎樣起飛的：

在禿鷹盤旋的靜止點下
大海揚蹄向前滾進光芒裡
瞎咬自己海草的韁繩，泡沫
　　從鼻孔裡噴向海岸

大地從蝙蝠測量的黑暗裡
升起。禿鷹收翅化為一顆星辰
大海揚蹄向前，泡沫
　　從鼻孔裡噴向海岸

　　這是從早到晚的海岸一日景觀，是從光明到黑暗瞬息變幻的戲劇。詩中無「我」，但作為詩人自況的禿鷹，兼有劇中人和觀眾的雙重角色。人在夜色或黑暗中見物的眼力不如鷹、貓頭鷹和夜鶯等動物，詩人因此借用它們的眼光，實際上是借重詩人自己的藝術想像。把鷹化為星星，更加強了它高瞻遠矚的眼力，同時有康德式的道德律隱含其中。詩人把大海比喻為一匹野馬，這一主導意象（controlling image）貫穿全詩，此後描寫大海的動詞和別的隱喻均從屬於這一主導意象，形成一匹有聲有色碩大無朋的野馬形象。由於星星的隱喻意義，大自然的戲劇已經變為人類歷史戲劇的隱喻。因此，野馬的野性力量，既是一種宇宙力量，又是一種歷史力量。

　　拜倫長詩《恰爾德・哈樂德遊記》有一段獨立成篇的「贊大海」，同樣把大海喻為野馬，氣勢磅薄：

滾動吧，你這幽深的大海──向前滾動！
在你身上掠過的戰艦，千萬艘也是枉然；

人類用廢墟給大地打上標記——人力的操縱

在海邊止步不前——在這一片汪洋的平原

一切廢墟都是你興風作浪的蹄印，何曾看見

人類施暴的鞭影，只有人類自身的孤影

如一滴苦雨，在歷史的瞬間，

夾著泡沫的呻吟沉入你的滄溟，

沒有墳塋不敲喪鐘無需棺槨無人知情。

　　這裡搬演的，同樣是一幕幕大自然和歷史的宏大戲劇。特朗斯特羅默筆下孤獨的禿鷹，同時也是一個群體即「人類自身的孤影」的寫照。詩人像拜倫一樣採用主導意象的表現手法。拜倫在這段詩的最後一節表明，對大海浩瀚形象的渲染，只是一種鋪墊而已，為的是彰顯詩人自己的狂傲之氣，因為他以大海的馭手自況，這樣對大海致辭：

我曾愛過你呵，大海！……

撫弄你奔騰的鬃毛——我要把你降伏。

　　從以上比較可以看出，〈重複的主旋律〉一詩，既帶有浪漫主義的哥特風格的一面，又屬於反浪漫主義的現代主義，因為詩中沒有拜倫的那種狂傲，它鮮明地體現了艾略特所說的現代主義的「無個人性」的特徵。詩人捕捉的意象，是詩人的心境的「客觀對應物」。

1.19

　　特朗斯特羅默詩歌中最常被引用和朗誦的〈半完成的天空〉（1962），

同樣以禿鷹的意象著稱，全詩如下：

怯懦中斷路程
焦慮中斷路程
兀鷹中斷飛行

熱望的燭光流溢
連鬼魂也啜飲一口

我們的繪畫見天日了
我們冰河世紀畫室的紅色野獸

眾生開始環顧
我們數百人步入太陽

每個人都是一扇半開半掩的門
引向為大家安頓的房間

我們腳下沒有盡頭的大地

水在樹間閃光

湖泊是面對大地的一扇視窗

這首詩可以從不同的角度來解讀。首先，詩題是一個隱喻，言在天空意在人類及其個體。如弗洛姆所言，「我們甚至可以說，大部分人在死的

時候還沒有完全誕生」。因為，以具體的年月日和時辰來定人的「誕生」，顯然是有問題的。人的誕生，人類的誕生，都是一個進化的歷程。[15]

詩的開筆三行是三個黑色意象，人格化的怯懦和焦慮的情緒狀態，一般來說是黑色的。從人生哲學和藝術哲學的角度來看，三行詩雖然並列，但前二行與第三行可以理解為一種假設關係或條件從句。禿鷹是詩的眼光的一種象徵。因此此處隱含的意思是：假如每個人都勇敢無懼，解除焦慮，那麼，詩歌藝術就可以暫時中斷停步，像禿鷹中斷飛行一樣。

瑞典人對怯懦和焦慮都有比喻的說法。一位瑞典作家寫道：「怯懦是個竊賊，從我們這裡偷竊歡樂、處理問題的能力和願景」。瑞典詩人拉格克維斯特（Pär Lagerkvist）在詩集《焦慮》（Ångest，1916）的一首詩中寫道：「我的焦慮是一座盤根錯節的森林／林中泣血的鳥群尖叫」。借用這兩個比喻來說，特朗斯特羅默的詩行中有這樣一種假設關係：如果天下沒有「怯懦」那樣的盜賊，如果別的「泣血的鳥群」不再尖叫，禿鷹就可以不再關注而回到它自己的安樂窩裡去。換言之，詩的功能在於消解人的怯懦，鼓舞人的勇氣，解除人的焦慮，而非叫人意氣消沉，龜縮在角落裡，陷身在憂鬱的泥潭裡不能自拔。只要這個世界有怯懦，有焦慮，詩人就不會歇息。

「熱望的燭光流溢／連鬼魂也啜飲一口」這兩行詩，可能受到日本「物哀」美學的啟迪，可以借東方美學來解讀。鐘嶸《詩品序》：「氣之動物，物之感人，故搖盪性情，形諸舞詠。……動天地，感鬼神，莫近於詩。」日本學者本居宣長在《源氏物語玉の小櫛》中闡釋「物哀」美學時說：不管好事壞事，心中有所觸動，就是「物哀」。他還提到漢文中有「感

鬼神」之說，在《古今和歌集》中，也有〈使鬼神也為之心動（鬼神をもあはれと思はせ）〉這樣的文章。從本居宣長的闡釋來看，當我們流連山水，看到人生變故乃至欣賞藝術作品時，只要心動神搖，就是「物哀」。

特朗斯特羅默筆下的「熱望的燭光」，上文緊接禿鷹的意象，下文緊扣原始的洞窟藝術，即西班牙阿爾塔米拉洞（Cueva de Altamira）洞內一萬多年前舊石器時代晚期遺留的「紅色野獸」壁畫，因此可以視為藝術之光或啟悟之光的象徵。藝術，千百年來炬火相傳，「動天地，感鬼神」，從來沒有熄滅。因此，「禿鷹中斷飛行」只是一種有條件的假設而已。這一隻鷹中斷了飛行，那一隻鷹就會一躍而起，接續其航程。就像濟慈在〈蟈蟈和蛐蛐〉中寫到的那樣，「大地的詩歌永遠不會消亡」，蟈蟈的歌聲中斷其路程，蛐蛐的歌聲就會從火爐旁響起。

跟著禿鷹鳥瞰的，是開始環顧四方的眾生和步入太陽的「我們」。此後的景觀，是翻譯家色林（Eric Sellin）所說的那種宏大的「宇宙意象」（cosmic image），「在詩的結尾打開了各種可能性的遼闊遠景」。[16]

1.20

特朗斯特羅默筆下的鷹，不僅有深遠的宏觀眼光，而且有敏銳的微觀眼光。用布萊克的長詩《希孩書》（*The Book of Thel*）的開篇〈希孩銘〉中的兩個意象來說，特朗斯特羅默既是鷹又是鼴鼠，既有雲空中鳥瞰的眼光和理論知識，又有地窖裡躬行的體驗和經驗知識。這樣的鷹，同樣看到了丁尼生的鷹所看到的爬行的蟲豸，但特朗斯特羅默的立意與丁尼生完全不同。例如〈老鷹巖〉（2004）的景觀：

玻璃缸裡的
爬蟲
不可思議的安靜

一個女子晾衣服
在清寂中
死亡靜止如風

大地深處
閃現我的靈魂
靜如一顆彗星

　　詩行中沒有出現詩題中獨立絕壁的「鷹」的意象，但「我的靈魂」就是點題之筆。這首詩最初發表於瑞典雜誌《詞語和意象》（*Ord & Bild*，NR 2, 1995）的原稿，與詩集《大謎團》中的改稿有所不同，原稿第一節是：「我有各種不同的意志／不可思議的安靜／像植物園玻璃缸裡的爬蟲」。這裡的「意志」可能是來自叔本華名著《意志與表像的世界》中的哲學概念。在這部「精神小說和思想交響樂」（托馬斯曼語）中，叔本華以康德哲學為出發點，把「物自體」視為意志，即世界萬物內在於自我的原始的盲目驅動力。這種解釋帶有特朗斯特羅默贊同的泛神論色彩。詩人把自己或一般人的意志喻為爬蟲，這一比喻，像英國浪漫主義詩人柯爾律治在〈普緒克〉（Psyche）一詩中的比喻：人類肉體的命運像塵世的毛蟲，但是，希臘人創造的名為普緒克的蝴蝶，卻是靈魂美的象徵。特朗斯特羅默的老鷹就是靈魂美的象徵，是詩人自身的靈魂，是康德內在的道德星

辰，是詩人觀察和約束自身的盲動性的靈力。詩人的鷹眼同時觀察到外界黑暗中的景象，看到一個晾衣服的女子，由此聯想到死亡和死的靜美。

在下面幾章，我們仍然會不斷看到特朗斯特羅默的黑色意象和蘊含其中黑暗詩學的精神，例如他最重要的黑暗森林的意象，我們將在第七章討論。

注 釋

1. 參看傅正明著《黑暗詩人——黃翔和他的多彩世界》（柯捷出版社，2003 年），頁 96-104；謝欣怡著《色彩詞的文化審美性及其運用——以新詩的閱讀與寫作教學為例》（秀威資訊出版社，2011 年），頁 6。

2. Staffan Bergsten.*Tomas Tranströmer : ett diktarporträtt*, Stockholm : Bonnier. 2011, pp.252-254.

3. 見 Jan Johansson、、Att jöra gåtan tydlig'，*Motala Tidning*, 31 July 1975.

4. 中文習慣於以加引號的「我」來指稱小說或詩歌中不等同於作家或詩人的我的單數第一人稱，本書為簡便起見，把「詩中的『我』」這一表述簡稱為不加引號的詩我，並建議詩歌評論家接受和採用這一稱謂。

5. 參見格蒙特·鮑曼（Zygmunt Bauman）《後現代倫理學》（*Postmodern Ethics*, 1993）。轉引自 Agneta Pleijel,' Med Sorgegondolen mot det okända'，*Signum* 1996:5.

6. Lasse Söderberg. 'Tomas Tranströmers svenskhet'，*Moderna Tider* 23 / 1992, Stockholm.

7. Lennart Karlström.*Tomas Tranströmer : en bibliografi*. Stockholm : Kungl. bibl., 1990-2001, 2 vol., 2, p. 348.

8. http://snabbisen.blogspot.se/2011/12/tomas-transtromer-2011.html

9. Carl Gustav Jung.' The Philosophical Tree'，*Collected Works* Vol. 13, translated by R. F. C. Hull, Princeton University Press, 1967, p. 265.

10. 康定斯基的《論藝術的精神》是以德文寫作的，本書引述根據瑞典文譯本：Wassily Kandinsky. *Om det andliga i konsten*, Vinga Press, 1994, Översättning Ulf Linde, Sonja Martinson, p. 58, p. 90.

11. 參看 Niklas Schiöler *Koncentrationens konst :Tomas Tranströmers senare poesi*, Stockholm : Bonnier, 1999, p.253.

12. Kjell Espmark.*Resans formler:en studie i Tomas Tranströmers poesi*, Stockholm : Norstedt, 1983，p. 310.

13. http://www.whats-your-sign.com/magpie-symbolic-meanings.html

14. 見傅正明譯《英美抒情詩新譯》（臺灣商務印書館，2012 年），丁尼生原文如下：He clasps the crag with crooked hands；/ Close to the sun in lonely lands, / Ring' d with the azure world, he stands. / / The wrinkled sea beneath him crawls；/ He watches from his mountain walls, / And like a thunderbolt he falls.

15. 參看 E. 弗洛姆《人類的破壞性剖析》，中央民族大學出版社，2000 年，頁 275。

16. 參看 Eric Sellin 'Musical Tranströmer', *World Literature Today*, Volume : 64. Issue: 4, 1990, p.598.

第二章

奧菲斯再世：
特朗斯特羅默的藝術家原型與變異

2.1

1997 年，特朗斯特羅默的詩集《為生者和死者》英譯本出版後，批評家謝爾曼（Kenneth Sherman）在〈不知名目的潛望鏡〉一文中，把特朗斯特羅默稱為希臘神話中的琴師和歌手「奧菲斯再世」。[1]

愛爾蘭詩人謝默斯·希尼也曾將特朗斯特羅默的詩歌與奧菲斯的音樂相比：這種神聖的音樂在敏感的傾聽者的內心深處建造了一座神殿，像里爾克的《奧菲斯組詩》第一首所描寫的那樣，其動人的曲調甚至可以感動動物。[2]因此，希尼獲得諾獎後早就提名特朗斯特羅默為候選人。

相傳奧菲斯前往冥土營救他的亡妻尤莉狄斯，以絕妙的音樂感動了冥王，允許他帶妻子還陽。但他無意中違背了冥王提出的條件，在出冥土途中回頭張望亡妻，結果得而復失。奧菲斯救妻失敗後不再喜歡女人，變成同性戀者。因此，在奧菲斯彈琴歌唱時，憤怒的酒神的狂女向他扔樹枝石塊，可是，由於音樂的魔力，連樹枝石塊也不願擊中他。那些狂女蜂擁而上，把奧菲斯撕碎吞吃了。他的頭顱被扔進河流，卻在水面歌唱不已。

從神話原型的角度來看，英國詩人密爾頓的〈利西達〉（Lysidas）是奧菲斯和這一神話原型的集大成者。利西達的形象塑造最值得注意的是，

第一，詩人傳承、生發了在他之前奧菲斯作為藝術家詩人的原型及其變異，把牧者形象與基督精神揉合進來。第二，詩人把利西達死於水而必將復活的這一主題表現得淋漓盡致，不斷啟迪了後世詩歌。濟慈自選墓石碑文「此地長眠之人／名字寫在水上」，也許取義於此。艾略特在〈四個四重奏・乾燥的薩爾維吉斯〉中寫道：「我們無法想像一個沒有海洋的時代」。水或海成了艾略特詩中極為重要的隱喻，而且往往取譬於聖經。

在《約翰福音》（3:1-21）中，耶穌就「重生」的奧義為尼哥底母解惑，從詩學的角度來看，最值得注意的，是耶穌說的：「我實實在在地告訴你，人若不是從水裡和聖靈生的，就不能進神的國。」或認為，這裡的水指潔淨的水，是洗禮的暗示，或認為，這裡的水是神的道（太初之道或太初之言）的隱喻。神的道能像潔淨的水一樣潔淨我們心身一切的污穢，能像作為生命之母的水一樣讓人重生。

不管怎樣解釋，都可以看出，奧菲斯原型與基督精神融合起來時，彰顯的就是「重生」的奧義，是文學藝術作為精神洗禮的意義，是經由水的死亡和復活的主題。

伯斯登在專著中的「一種詩的尼哥底母」這一章節認為：特朗斯特羅默的詩歌有點像尼哥底母從耶穌那裡得到的回答：像謎語卻帶有讓人信服的力量。

特朗斯特羅默面對西方精神傳統和詩歌傳統的大海時，他舀取的一瓢頗有滋味的水，是對藝術作品的繪聲繪色的描繪，其文體相當於希臘文的Ekphrasis（有人音義兼顧譯為「藝格敷詞」）。文藝復興以來的這類詩歌，與該詞的希臘文原義略有不同的是，詩人往往「知人論世」，以詩筆把藝

術家的形象描繪出來。這種詩歌形式大約相當於中國傳統的題畫詩、品藝詩，或以詩論詩的詩歌。

特朗斯特羅默承傳了這一詩歌形式，他筆下出現的詩人、作家、音樂家和畫家的形象及其作品的鑒賞，大都可以視為奧菲斯原型的現代變異和迴響。這方面的重要詩歌有成名詩集中的〈歌〉、〈致梭羅五章〉、〈果戈里〉，〈一個貝寧男人〉（1958），〈葬禮小舟（二號）〉（1996）、〈一位北方藝術家〉（1966）、〈C大調〉（1966）、〈維米爾〉（1989）、〈舒伯特幻想曲〉（1978）、〈陽光下的風景〉（1990）等。這些詩作很少有「以文為詩」的傾向，而是意象鮮明、情理相生，雜以妙論警策，慧語名言，讀來給人審美愉悅和思想啟迪。本書將根據專題研究的方便，在下面的不同章節中或詳或略地涉及這些詩作。

2.2

特朗斯特羅默的〈歌〉，以芬蘭民族史詩《卡勒瓦拉》（*Kalevala*）為題材，但是，依照詩人自己的說法，在寫作這首詩時，艾略特的幽靈仿佛浮現在他眼前，他想寫出一首長詩，後來才一分為三，即《十七首詩》中的〈歌〉、〈悲歌〉和〈尾聲〉。[3]

《卡勒瓦拉》的主人公維納莫甯，原本就是一個類似於奧菲斯的「永恆的游吟詩人」。他的琴聲和歌聲，可以征服敵人，也引來森林中所有鳥獸和植物靜靜聆聽。最後，他同樣死於水，但他把詩琴留給人類，讓位給來到芬蘭的基督，同時許諾人類：他會在人們需要他的藝術力量時再次降臨。

特朗斯特羅默深感歐洲正處在一個需要卡勒瓦拉再世的時代。詩人首先以但丁式的三行體描寫這位傳奇詩人的奇跡和死亡。他筆下的波羅的海的自然風暴，已經成為歐洲社會風暴的諷喻，維納莫寧的藝術形象帶有現代特徵：

維納莫寧旅行在往昔歲月
在大海之上在古老的光芒裡閃耀
他一路馳騁。馬蹄從來沒有沾濕

身影背後是他歌聲的森林，綠色旋律
千年之間橡樹疾駛而過
飛鳥的歌聲推動巨大的水磨

……

死亡的時刻逼近：當他的坐騎突然
僵硬，穿越水面踏碎浪花
像一片藍雲在雷霆的觸角下翻滾

維納莫寧沉重地跳入海中
……

維納莫寧的飛騎在海上馳騁卻不會沾濕馬蹄，這類似於福音書中耶穌行於海面的神跡。密爾頓在〈利西達〉中勸牧羊人為利西達之死節哀時，引用了聖經的這個典故：「利西達這樣沉落下去了，卻會高攀上來，／借

重祂那行於波浪之上的愛的神力」。像利西達沉海一樣，特朗斯特羅默的維納莫寧不會真正死亡，他只是海床上的「沉睡者」：「波浪興起之際就是死亡和再生之時」。詩人一唱三歎，不斷重複了這一行詩。最後，詩人以夜空與大地遙相呼應的奇觀結束全詩：

> 一棵強壯的樹滿身鱗光的枝葉
> 一目了然，背後
> 遙遠的星球鼓滿片片白帆
>
> 在恍惚中滑行。此刻雄鷹一躍而起。

在這首詩裡，死而復活的主題表現在新一代雄鷹敏捷的英姿中。

2.3

藝術家的精神是永恆的。另一首在立意方面與這一主題類似的，是特朗斯特羅默的短詩〈陽光下的風景〉（1996）。這首詩是詩人於 1990 年 3 月旅遊到奧地利因斯布魯克（Innsbruck）時所作。詩人對這個古老的城市心儀已久，主要是因為它與文藝復興時期荷蘭作曲家伊薩克（Henrich Isaac）有不解之緣。伊薩克一度是因斯布魯克一位公爵的歌手，不久就告別此地四處漂泊，在一首著名歌曲中留下這樣的詩行：

> 因斯布魯克，我必須離開你
> 我在途中撤離
> 撤離到陌生的國度

伊薩克在因斯布魯克的傳說給特朗斯特羅默留下深刻印象，伊薩克的藝術精神，啟迪他寫作了〈陽光下的風景〉：

太陽在院牆背後閃現
停在街道當中
以它紅色的風
呼吸我們
因斯布魯克，我必須離開你
但明天
一輪灼熱的太陽將升起
照臨半死不活的灰色森林
我們將在此工作和生活的地方

特朗斯特羅默在詩中引用了伊薩克的詩句，似乎藉以暗示出：藝術是不能被權貴雇用的。藝術必須走向民間，走向街道，甚至要直面死亡。因此，這一古老的城市，在這首詩中已經成為塵世的一種象徵。

從歷史回到現實，詩人感覺到塵世仿佛是一座「半死不活的灰色森林」。這一灰暗的情緒色彩的生成，主要是因為寫作這首詩的年代，前蘇聯和東歐山雨欲來，前景未明，尤其是立陶宛的政局，他在那裡有不少朋友，那裡的藝術被雇用被役使被摧殘，這是二十世紀真正的藝術家最心痛的悲劇。因此，「一輪灼熱的太陽將升起」的意象，可以從兩個角度來解讀，從政治角度來看，就是前蘇聯和東歐的死而復活，從藝術的角度來看，就是藝術家和詩人的死而復活。特朗斯特羅默在這裡同樣把伊薩克與奧菲斯原型聯繫起來。詩人掃除灰色情調的樂觀精神，可以與密爾頓的〈利西

達〉的結尾進行比較：

> 節哀吧，悲傷的牧人，別再哭泣，
> 因為你們哀悼的利西達，是不會死的，
> 他雖然沉落於水淋淋的河床，
> 卻如西沉的落日一樣夜宿海底，
> 明朝破曉時，他將抬起頭來，
> 刷新一道道光束，展示新敷的金珀，
> 燦爛的火焰將在長天的眉宇燃燒

2.4

在特朗斯特羅默以藝術家為題材的詩歌中，奧菲斯原型的變異和發展，〈利西達〉和艾略特的影響，時而可見。艾略特對特朗斯特羅默的重要影響，評論家多有論述，而奧菲斯原型和〈利西達〉可能有過的影響，就我所知，沒有人論及。

〈活潑的快板〉（1962），是特朗斯特羅默以德國音樂家海頓為題材的短詩。這首詩結尾的超現實主義圖景，只有從奧菲斯原型的角度才能給予合理的解釋：

> 音樂是山坡上一間玻璃房
> 石頭在周圍飛舞滾動
>
> 石頭穿透房屋
> 但每塊玻璃完整無損

玻璃房原本象徵經不起暴力的脆弱之處。西諺云：自己住在玻璃房，莫向他人扔石頭。但是，詩人筆下的玻璃房成了超現實的銅牆鐵壁。這個比喻，也可以用芬蘭批評家 Jukka Petäjä 在短文〈一位詩人的肖像〉中的比喻來解讀：「特朗斯特羅默巧妙地建構了一間存在的鏡面房，在房子裡外部現實不斷反射出來，但房主同時留有一片未知的不能觸及的地盤，神祕地載有世俗的神聖。」[4]

　　不難想像，當那些狂女向奧菲斯扔石頭而奧菲斯卻毫髮無損時，他仿佛處在類似的透明的防彈玻璃房或鏡面房中。但是，當暴力達到極端程度時，奧菲斯是無法抵禦的。密爾頓在〈利西達〉中責怪那些水澤仙女：當她們目睹利西達落水沉落時，竟然沒有伸出援手！但是，詩人很快就明白了一個道理：連繆思女神也救不了她的兒子奧菲斯，怎麼能責怪水澤仙女沒有救利西達呢？這正好表明，藝術的功用是有限的。任何一個詩人和藝術家終歸死亡，真正不死的是詩歌和藝術。這一點，是神話原型批評的一個要義。

2.5

　　特朗斯特羅默表現音樂家李斯特和華格納的最後歲月的〈葬禮小舟（二號）〉（1996），也應從神話原型的角度來解讀。這裡意譯為「小舟」的 Gondola 一詞，或音譯為「貢朵拉」，是水城威尼斯的一種兩頭尖的傳統平底小舟，可以用來運載靈柩。這首詩的寫作背景及其中涉及的兩位音樂家的黃昏歲月，對於理解其詩意極為重要。

　　1990 年 1 月 8 日，特朗斯特羅默寫信給身在威尼斯的俄羅斯流亡詩

人布羅茨基，請他為他們夫婦在那裡租間房子。在這封信中，特朗斯特羅默還提到他經常守候在電視螢幕前面，看到東歐的紅色堡壘正在倒塌。

承認自己不止一次「偷竊」過特朗斯特羅默的意象的布羅茨基，於1987年獲得諾貝爾文學獎時，就在斯德哥爾摩結識了他佩服的這位詩人，後來還為其提名諾獎。但布羅茨基也許潦倒慣了，無論在哪個窮角落裡都可以安心寫作，花錢大方不起來。他為朋友租了間很廉價的房子。1990年3月19日，特朗斯特羅默夫婦在威尼斯下榻，一看，布羅茨基看好的租房裡，傢俱破舊不堪。疲憊的特朗斯特羅默差不多病倒了，在日記中，詩人問他自己：「我還能寫作嗎？這需要保持神經的健全。一間鬼屋。」

幾天後，特朗斯特羅默在為政局危難的立陶宛擔憂的同時，想起李斯特和華格納在威尼斯的日子，開始寫這首詩。

1882年年底，李斯特旅行到他女兒科絲瑪和女婿華格納所在的威尼斯休息。在此之前，多病的李斯特在魏瑪不幸從樓梯上跌下來，再也沒有完全恢復健康，死亡的陰影籠罩在他的頭上。年屆七十的李斯特比他的女婿華格納僅僅年長兩歲，此刻，兩個巨人已是「兩個老頭」，在大運河岸邊的溫德拉敏宮共度殘年。李斯特看到運河上小舟送葬，在心靈的深度悲哀必須以樂音爆發出來的衝動下，創作了鋼琴曲〈葬禮小舟〉。次年，李斯特離開威尼斯後，華格納沒多久就因心臟病發作而逝世。悲痛中的科絲瑪剪下一束金髮——那是有「點金術」的音樂之王撫愛過的金髮，置於亡夫靈柩中陪伴亡靈。接著是由葬禮小舟護送死者上天國的單程之旅，還有兩個親人，即遺孀和兒子齊格弗里德的往返之旅，一直護送靈柩經由慕尼黑歸葬華格納曾經定居的拜羅伊特。靈柩沿途所經之處，無數華格納崇拜

者為之默默祈禱，或嚎啕痛哭。

幾年後，李斯特又為身後備受哀榮的女婿寫了〈葬禮小舟（二號）〉。特朗斯特羅默採用了與琴曲題目相同的這首詩，全詩如下：

一

兩個老頭，岳父和女婿，李斯特和華格納
棲息大運河旁邊
還有那個心神不安的婦女（她的夫君彌達斯國王
可以把他觸摸過的一切化為華格納）
大海綠色的寒意襲入宮中地板
華格納被打上絕症的烙印，這個滑稽名角比先前更脆弱了
面容如一面白旗
小舟沉重地載著他們的人生，兩個往返一個單程

二

宮殿一扇窗戶飛開，遭遇奇襲的人
做了個鬼臉
殿宇外運河上兩個劃單槳的強盜劃著垃圾小舟出現，
李斯特寫下重如石塊的和弦，應當送到帕多瓦礦物研究所化驗
天外隕石！
重得無法小憩，它們只能下沉、下沉、穿越歷史沉入
褐色襯衫黨徒的時代
小舟沉重地載動未來的蹲伏的石頭

三

面對 1990 年的洞孔

3月25日。為立陶宛擔憂
夢見我在探視一所大醫院
沒有職員。每個人都是病人

夢見一個剛出生的女孩
用完整的語句說話

四

在一代俊傑的女婿旁邊，李斯特是個破落貴族
那是一種裝扮
為他作此選擇的，是遴選不同面具的深度——
意欲深入人心卻不露真容的深度

五

李斯特神父慣於提著自己的行李穿過雪地和陽光
斷氣時也不會有人到車站接他
一瓶多才的白蘭地散發的和風把傳道的他擄走
他始終肩負使命
一年兩千封信！
學童拼錯了詞要重寫一百遍才能回家
素樸的黑色小舟載動生命

六

重回1990年

夢見我無故驅車兩百公里
然後一切都長大了。麻雀

大如母雞拚命啼唱

夢見我把鋼琴鍵盤
畫在廚房餐桌上。我悄悄彈琴
鄰居進門聆聽

七

在《帕西法爾》劇中保持沉默的鍵盤
（但它已經被聽到了）終於允許開口
歎息……一聲義大利語：sospiri
李斯特當晚演奏時腳踩大海的踏板
海的綠色力量因此經由地板上升並且與大樓的磚石融合
晚安，美麗的深水！
素樸的黑色小舟沉重地載動生命

八

我夢見上學遲到
教室裡每個人戴一張白色面具
沒法告訴你誰是老師

　　詩的第一節，隱約體現了利西達死於水而必將復活的主題，因為在
詩人筆下，襲入溫德拉敏宮的，是「大海綠色的寒意」。綠色一般象徵春
天、生命、青春、和平、安詳、新鮮等，可以視為中性偏暖的色彩，詩人
反過來說，以綠色暗示死亡。這種表現手法，西方修辭學上稱為「矛盾語」
（oxymoron），錢鍾書先生把該詞譯為「冤親詞」，意思是前後兩個詞既

是冤家，又像親家一樣撮合在一起。

特朗斯特羅默的用法，有點像狄蘭·托馬斯（Dylan Thomas）的名詩〈引爆花朵的綠色導火索的力〉（The Force that Through the Green Fuse Drives the Flower）中類似的詩語：「綠色的衰年」（green age），「寒冷的狂熱」（wintry fever）。如果說，托馬斯的詩有強說愁的一面，那麼，特朗斯特羅默已經真切地感覺到催命的病蟲，像奪去李斯特和華格納的生命的病床蟲豸一樣：「同一條病蟲怎樣在我的被單上蠕動」。

但是，特朗斯特羅默也像當年的李斯特一樣，創作力並未衰竭，這首奇特的詩就是明證。它既是李斯特精神面貌的寫照，又揉進了詩人的自畫像。當詩人誇張地描繪李斯特格外沉重的音樂時，雜以幽默的筆法和「鬼臉」的意象，並且把一段音樂的歷史與政治意識形態的歷史聯繫起來。

眾所周知，華格納是希特勒推崇的音樂家之一。在十二年的納粹德國時期，即「褐色襯衫黨徒的時代」，到處奏響的是華格納富於激情的音樂。但這並不是他的音樂的錯誤，儘管他的排猶傾向是一個矛盾現象，一個有爭議的問題。實際上，華格納一生中不少猶太人朋友、同事和支持者。把音樂視為「救贖的藝術」的華格納，不僅是偉大的作曲家，而且是傑出的知識份子，他的著作廣泛涉及哲學、政治、歷史和藝術。他創作的最後一部歌劇《帕西法爾》，以中世紀騎士和聖杯傳說為題材，以對人類命運和苦難的「同情」為關鍵字。正如他自己在 1858 年的《威尼斯日記》中寫到的那樣：「同情是我最重要的道德品格，因此也是我的藝術源泉。」這部音樂劇奠定了「華格納崇拜」的道德基石，儘管這塊基石後來被「褐色襯衫黨徒」挖掉了。

因此，特朗斯特羅默不會像以色列人或猶太人那樣拒絕華格納的音樂。但是，當詩人在彈奏李斯特和華格納沉重的鋼琴曲時，他無疑是一個拒絕納粹，拒絕極權主義的人。他處在這樣一種「分心走神」狀態，一種同情狀態：手在鋼琴鍵盤上，心在李斯特的匈牙利故鄉或華格納的德國故鄉，他的神思穿越了整個歐洲的歷史：從奧匈帝國的解體到 1830 年法國的七月革命（李斯特曾經為之譜寫革命交響樂），從納粹興起、二戰烽煙到匈牙利 1946 年建國，從 1956 年的十月事件再到 1990 年的社會巨變……。詩人想像的翅膀甚至進入整個蘇聯和東歐的歷史和現狀，那裡有疾病和死亡，也有奇跡般的新生，詩人仿佛聽見立陶宛議會大廈門前蘇軍坦克滾動的驚雷！

　　歷史的那一幕充滿驚險：立陶宛於 1990 年 3 月 11 日宣佈獨立後，3 月 25 日蘇軍坦克駛入立陶宛首都維爾紐斯的街道，在立陶宛議會大廈門前來來往往，但只有幾個小時就撤離了。在特朗斯特羅默的詩中，李斯特的鋼琴曲與詩中隱形的坦克是以跳躍性的蒙太奇組合起來的，可以令人想到希尼的那句關於詩與坦克的名言。借奧菲斯原型和所謂「時代錯亂」（anachronism）的修辭手法來說，作為繆思女神的奧菲斯的母親也阻止不了坦克。但是，維爾紐斯街上，坦克沒有碾血，這或多或少地表明，抒情詩的功用並非等於零，而是在漫長的人類歷史上發揮了間接的「無限的」的作用，發揮了「救贖的」作用。

　　詩人在音樂與政治之間來來回回。早在十九世紀中葉，聲譽中天的李斯特把他的收入大都投入人道捐助和宗教慈善事業，熱情資助流亡中陷入困境的華格納，還曾為科隆大教堂的建築基金慷慨解囊。在正式皈依天主

教後，李斯特就被人以法文戲稱為「神父」。寫到李斯特最後一次乘坐火車的旅行，特朗斯特羅默特意採用這個綽號：李斯特神父到華格納長眠之地拜羅伊特出席夏季慶典演奏，罹患重感冒，不久便在那裡死於肺炎。詩人在這裡強調了李斯特一生中扮演的兩個角色：實在的藝術家牧師和象徵性的天主教牧師。

特朗斯特羅默同樣擔任了這兩類牧師的角色，同樣肩負著對世界的使命。

2.6

〈舒伯特幻想曲〉是詩人的另一首以音樂家及其音樂為題材的重要詩歌。這首詩與水的聯繫，在於詩人把舒伯特浩浩蕩蕩的音樂喻為一條河流：

> 他在弦樂五重奏和諧的一生中捕捉種種信號
> 他讓一條河流穿過針眼
> 這位來自維也納的矮胖先生，朋友戲稱為「蘑菇」
> 他戴著眼鏡睡覺，每天早晨準時坐在寫字臺前
> 音符的神奇蜈蚣開始爬行

「河流穿過針眼」的奇特意象有多方面的豐富的含義。由於這一比喻，像蜈蚣一樣的音符仿佛在水中河道爬行。從藝術的角度來看，這個意象給人的啟迪在於：藝術的嫻熟來之不易。例如鋼琴之類的器樂，沒有刻苦而艱難的訓練，就不可能有運用自如的演奏。當詩人從水域轉到陸地時，音樂仍然沒有擺脫與水的隱祕聯繫：

弦樂五重奏。我穿過暖和的森林回家

腳下是溫順的土地

如胎兒捲縮，睡去，輕飄飄滾進

未來，突然覺得植物有豐饒的思想

這裡間接寫到胎兒捲縮其中的母腹。伯斯登在評論特朗斯特羅默的〈葬禮小舟（二號）〉時，借鑒榮格的原型觀點，指出詩中的「水和深海不僅象徵死亡，同時也象徵創造的子宮和靈魂的深邃。」[5] 因此，〈舒伯特幻想曲〉中陶醉在音樂中的詩我「輕飄飄滾進／未來」，有歸於母腹而重生的含義。

2.7

在後世文學中也有失明的奧菲斯形象，這就把奧菲斯與荷馬史詩中的航海遠征和奧德修斯的漂流聯繫起來了。奧菲斯原型與航海的隱祕的聯繫在於，他那被撕下來扔在水裡的頭顱，就是一艘詩的航船。在詩人的航海中，故事的波折和情感的起伏，往往如水路的洶湧顛簸。龐德的長詩《詩章》（The Cantos）以領航員對水手的吩咐開始：「那就下船吧，／把龍骨置於浪花上，航向神性的海／我們豎起桅杆在黝黑的船上張帆」。這裡仍然可以看出航海的浪漫色彩。但是，策蘭詩中的航海，帶有鮮明的反浪漫傾向。他的詩集《換氣》（Atemwende），寫於詩人人生長夜最黑暗的時刻，短詩〈歌吟的檣桅〉中的帆船的指向，與龐德的人間帆船的上揚截然相反：

歌吟的牆桅指向大地
失事的天舟揚起殘破的風帆

沉入這木頭的歌聲裡
你用牙齒咬緊

你是繫緊歌聲的
信號旗

作為奧斯維辛的倖存者，策蘭充滿對上帝的質疑。特朗斯特羅默則懷
著對基督半信半疑的態度揚起他詩歌的風帆。他的〈船長的故事〉（1954）
同樣寫航船失事，同樣以航海喻詩歌：

冬日蒼茫，大海連著
山區，羽毛般的灰暗中
瞬間的蔚藍，接著是數小時蒼白的波浪
如猞猁，試圖在沙礫的海岸站穩

當天的沉船浮出海面尋找船長
停泊在小鎮的警號裡，溺水的船員
隨風漂向陸地，比煙斗吐出的煙更稀薄

（北國真實的猞猁漫步，有利爪
和夢的眼睛。北國的日子
日日夜夜棲居在一個坑裡

孤獨的倖存者
坐在北極光的火爐邊，聆聽
來自凍死的夥伴們的音樂）

這樣的詩人就像個丹青高手。黑色是詩的主調：冬天的黑暗，夜的黑暗，夢的黑暗，死亡的黑暗，形同墳墓的坑的黑暗，再加上陪襯的冷色，即灰暗和蒼白。與之對比的暖色，是瞬間的海天的蔚藍和持久的猞猁的琥珀色，而最暖和的色彩，則是倖存者為自己同時也為亡靈生起的火爐的紅色。

值得注意的是，猞猁在西方文化中有特殊而神祕的象徵意義。它被視為有敏銳視力和聽力的動物，甚至可以穿牆洞見，喜歡聆聽甜美的牧歌，因此被視為基督的象徵。猞猁同時有實用功能：猞猁腸可用來製作豎琴的琴弦，神祕的猞猁石（lycurium）可用來治癒多種身心疾病。在希臘神話中，隨伊阿宋航海尋找金羊毛的阿爾戈英雄之一，目光如炬，因此以猞猁命名。在特朗斯特羅默的這首詩中，猞猁和倖存的水手已經融為一體。

2.8

特朗斯特羅默之所以對航海與詩歌的聯繫這一主題感興趣，原因之一，是從小對他影響很大的外祖父就是個領航員。外祖父每次出海前和歸來後，總是棲身斯德哥爾摩附近一個小島的「藍房子」裡。這間祖傳的藍色房子後來成為特朗斯特羅默消夏的別墅。帶有家史色彩的長詩《波羅的海》的主題之一，就是航海與詩歌的關係。

這首詩的主人公的外祖父，像詩人自己的外祖父一樣，是一個領航

員。他引領許多人出波羅的海,「穿過島嶼與海水的奇異的迷宮」,「用拼錯的英語交流,理解與誤解,但很少撒謊」。領航與詩歌的聯繫,明顯地表現在這一行詩中:「暗礁和小島像讚美詩一樣背得滾瓜爛熟。」

　　詩中的外祖父,同時也是一個基督徒,讚美詩好比他精神上的羅盤、海圖一樣。用特朗斯特羅默〈在尼羅河三角洲〉(1962)的那個航海者的形象來說,他是「一個可以不帶仇恨看一切的人」。他引領所有的船員穿越的海上風暴,是歷史風暴和戰爭烽煙的隱喻,如《波羅的海》第二節所寫到的那樣:

> 風呼號著是與非,誤解與理解
> 風呼號著三個健康的孩子,一個在養病兩個死了
> 強風拋擲生命,或拋入火焰或拋出火焰
> 　　　　種種狀況
> 風呼號:拯救我吧,主啊!海水把我推進生命的邊緣

　　這裡的詩的祈禱消解了一個邊界:生與死的邊界。因為,海水把我推進死亡的邊緣,無異於把我推進生命的邊緣。

　　類似的生死邊界的模糊在〈室內無盡頭〉(1989)中也可以發現,特朗斯特羅默這樣寫到貝多芬之死:

> 那是 1827 年春,貝多芬
> 升起他死亡的面具,揚帆出海

　　貝多芬雖然死了,但貝多芬的音樂不死,那一曲曲雄渾的樂曲,隨大

雁飛到了特朗斯特羅默的故鄉。

2.9

在特朗斯特羅默三首以繪畫為題材的詩歌中，也可以隱約看到藝術與航海的聯繫。

〈維米爾〉一詩，以十七世紀荷蘭風俗畫家維米爾（Jan Vermeer）為題材，寫於特朗斯特羅默八十年代到畫家的故鄉台夫特小鎮旅遊之後。開頭兩節是這樣的：

> 沒有蔭庇的世界……隔壁的警報開始
> 麥酒房開始
> 蕩起笑聲和吵嚷，一排排牙齒，一把把眼淚，雷鳴的警鐘
> 精神失常的小舅子，人人害怕的殺手
>
> 大規模爆炸和遲到的救援腳步
> 港口得意洋洋的航船，掉錯口袋的錢幣
> 層層堆積的欲望
> 在戰爭的預感中冒汗張嘴的紅色花瓣

要理解這首詩，必須「知人論世」。十七世紀中葉，維米爾同他的岳母、妻子和兒女同住一個樓房，其中有他自己的一間畫室。一家麥酒房，就在畫室隔壁。1654 年 10 月，台夫特的一個火藥庫爆炸，小鎮多處被夷為平地，百多人遇難，傷者數千。此後，法荷戰爭的陰影逼近，許多城鎮經濟衰竭，藝術交易市場隨之崩解。更不順心的是維米爾的家事：他岳母

的家族家產散盡，親屬爭鬥，畫家一家大小靠舉債度日。但是，維米爾仍然沉浸於藝術天地。一牆之隔的兩個世界，即混亂的現實世界與維米爾畫室內明媚的藝術世界，在特朗斯特羅默筆下形成鮮明對比。詩中提到維米爾的兩幅繪畫：

那些繪畫自稱為〈音樂課〉
或〈穿藍衣讀信的婦女〉──
她有八個月身孕，兩顆心在體內踢打
背後牆上掛著一幅皺巴巴的「未知地域」的地圖

特朗斯特羅默像維米爾一樣，長於捕捉日常生活的鏡頭，並給予詩意的表現。〈音樂課〉畫面上有兩個人物：一個老師正在指導一個背對觀賞者的青年女學生彈奏小鍵琴，琴蓋上有句拉丁文銘刻，大意是：音樂是歡樂的夥伴解苦的良藥。〈穿藍衣讀信的婦女〉描繪一位中年婦女站在一張桌子旁邊讀一封遠方來信。她身著的寬大藍衣裳，一般認為是孕婦衣裝，但也有藝術史家認為那只是依照當時風俗穿著的寬大衣裳而已。

詩人筆下婦女背後地圖的來由是：十六世紀時，一位德國地圖製作者曾把探險家發現的美洲新大陸以拉丁文標示為「未知地域」（terra incognita）。但畫中的地圖，據藝術史家的分析，實際上是一幅荷蘭地圖。特朗斯特羅默是有所不知還是特意改變了畫中地圖？如果詩人是有意為之，那就意味著，在詩人的想像中，那位婦女的丈夫是一個富於探險精神的航海者，可以視為藝術家的隱喻。

特朗斯特羅默曾表示，他的夢想是當探險家。雖然沒有如願，但他實

際上充當了精神探險家的角色。這樣的航海者——探險家——藝術家的角色，與同一首詩中寫到的「港口得意洋洋的航船」的航海者是不同的，因為「商人重利輕別離」，他們看不起不能掙錢的藝術家和詩人。

由此可見，這首詩與上述詩作的不同之處，在於觸及兩種不同意義的航海。詩人還將商業的欺詐，尤其是軍火工業的危險性與藝術美進行對比，最後在全詩的關鍵字「牆」上面繼續做文章，這些我們將在後文繼續討論。

2.10

特朗斯特羅默的〈1844年的速寫〉（1996），以英國畫家泰納（William Turner）及其油畫〈雨、蒸汽及速度：大西方鐵路〉為題材，但是，詩人也把其中的一個場景設置在水面：

> 他在碎浪中支起畫架
> 我們跟著這銀綠色的電纜跌入深水區

更為獨特的，是〈劫後〉（1958）一詩，詩中梵谷的悲劇形象與他的麥田風景畫的靜美形成對比：

> 他背靠麥田風景畫坐著
> 下巴的繃帶使人想起屍體的防腐香油
> 眼鏡厚得像潛水鏡。一切都沒有回答
> 倉促像黑暗中鳴響的電話
> 但背後的畫，風光寧靜
> 麥穗蕩漾金色的風暴

藍天抹著幾朵流雲，雲底金浪起伏

白色襯衣揚起風帆……

特朗斯特羅默把梵谷的厚眼鏡比喻為潛水員的防護鏡，已經隱約地把繪畫與航海聯繫起來。接著，詩人更為明朗地把襯衣喻為風帆。可是，潛水鏡並不能幫助梵谷免除死於水的劫難，儘管這位偉大畫家實際上倒在麥田上他自己的槍口下。

梵谷的潛水員形象，也可以視為詩人的自況。現任諾獎評委主席、作家維斯伯格（Per Wästberg）在寫於六十年代的回憶錄中就這樣寫道：特朗斯特羅默「並不尋求疏離現實，而是深入現實——好像一個潛水員在審視航船底部。他讓我們從若即若離的靈魂中發現破曉的信號。」**6**

儘管人類潛水的歷史久遠，但是，特朗斯特羅默在奧菲斯原型中揉進潛水員的影子，是一種現代創新。

2.11

除了音樂家和畫家以外，特朗斯特羅默把鏡頭對準文學家及其作品的詩歌，主要有〈果戈里〉（1954）。這首詩涉及的作家生活片段，是果戈里1836年出版諷刺喜劇《欽差大臣》之後被迫去國離鄉的情形。全詩如下：

像群狼在野的襤褸外套

如雲石碎裂的清瘦面容

坐在一堆叢莽的信件裡

在雜草起哄的嘲笑和誤解中

一顆心像一頁紙飄過無人接納的過道

此刻的落日像狐狸溜過瘠土

剎那間點燃荒草

暮天布滿獸角野蹄，蒼茫中

影影綽綽的馬車

穿過父輩教化的莊園

聖彼德堡與毀滅位於同一緯度

（你從斜塔上看到這美景）

繞著冰封的街巷轉，漂流如海蜇

裹著外套的潦倒

被饑餓夾緊的他，就是先前那個

被嘲笑的獸群團團圍困的人

但那聲浪早已飄到森林上空

人們搖晃的餐桌

看，黑暗怎樣著火，燒出一條靈魂的銀河

登上你燃燒的馬車吧，離開這個國度！

　　詩人勾勒的裹著襤褸外套的落魄潦倒的作家畫像，自然令人想到果戈里短篇小說〈外套〉中的主人公——那個可憐的九等文官的形象。屠格涅夫、托爾斯泰和杜斯妥也夫斯基都曾承認：他們「是從果戈里的『外套』裡走出來的」。在這裡我們同樣看到從一件破舊的外套裡走出來的青年特朗斯特羅默——看到他作為現實主義詩人的一個面相。

　　但是，反諷的是，當時果戈里接到的無數讀者或批評家的來信，卻充滿冷嘲熱諷和謾罵詆毀。他的《欽差大臣》，雖然贏得一些喝彩，但其諷刺的鞭子，卻刺痛了沙皇尼古拉一世，刺痛了全俄羅斯腐敗的官吏和庸俗的觀眾。誤解和圍攻果戈里的「獸群」是些什麼東西呢？這也許可以從馬

雅可夫斯基的〈果戈里與魔鬼〉一文中找到答案。作者寫道：

> 果戈里是第一個發現了暗藏之惡的人，那是最可怕的最持久的惡，不是在悲劇中而是在悲劇性缺席的場合中，不是在強力中而是在陽痿中，不是在瘋狂的極端中，而是在精明的圓滑中，不是在劇烈和深奧中，而是在淺薄和俗氣中，在一切人的情緒和思想的平庸中，不是在偉大的事件中，而是在瑣碎小事中。[7]

由於遭到自己發現的「暗藏之惡」的圍攻，果戈里不得不設法擺脫絕境。去國後的果戈里充當了流亡中的預言家角色。奧菲斯兼為酒神和日神的祭司，同樣是一個預言家，古希臘人還把他奉為所謂「奧菲斯祕教」（Orphism）的始祖和先知，能在靈視中預知人的來世。特朗斯特羅默賦予果戈里的一個靈視，是他流亡到義大利後從比薩斜塔看到的聖彼得堡即將毀滅的「美景」。如此反諷的筆法，體現了象徵性的死亡－新生這一古老的文學母題。這個母題貫穿在荷馬史詩中。果戈里在祖國的街巷漂流，在異國他鄉回望故鄉，就像奧德修斯在海上漂流指望回歸故國一樣，經歷了不止一次的象徵性死亡。

在〈果戈里〉的結尾，詩人展示的黑暗燃燒的景觀，瑞典評論家大都認為詩人指的是果戈里焚燒《死魂靈》第二部手稿的情形。[8] 據果戈里傳記資料顯示，果戈里焚稿的動機，是他從宗教角度懷疑某些內容對讀者可能有不良的道德影響，相信自己焚稿後重寫會寫得更好，如使徒所說的那樣，「不死豈能重生」。果戈里原本打算燒掉一部分，卻不慎全燒掉了，因此有悔意。特朗斯特羅默從中發現的是，果戈里燒出了自己星光燦爛的

「靈魂」。

詩的最後一行「燃燒的馬車」的意象，典出《舊約‧列王記下》。列王時代，以色列處在民族國家分裂、極度混亂、墮落和腐敗的黑暗時期，因此出現許多教化百姓的先知，以利亞是其中重要的一位。他在危難中乘旋風升天之前，有燃燒的馬車出現，將他與另一位先知以利沙分開。果戈里的〈狂人日記〉的主人公波普里希欽，在狂想逃離時對上帝高聲呼叫：

> 救救我吧，帶我離開！給我一輛三駕馬車，讓駿馬迅如疾風！帶上那韁繩吧，我的馭夫，敲響我的鈴鐺，高高飛騰吧，駿馬，帶我出離這個世界！遠走高飛，這樣，所有的一切，通通，通通不要再讓我看見！

這個「狂人」不想再看見那裡的污濁，想要回到「俄羅斯小屋」，回到母親的懷抱。「狂人」的兩難，既是作者果戈里自身心態的寫照，又預告了後來蘇俄的真正作家之兩難選擇。索忍尼辛和帕斯捷納克的去留，都是典型的例子。

特朗斯特羅默完全能夠理解流亡者的這種兩難，他寫出了果戈里的烏克蘭／俄羅斯精神。詩人讓預言家果戈里看到的，不僅僅是聖彼得堡的毀滅，而且是整個俄羅斯的毀滅和新生。

2.12

從聖誕節到復活節，是西方人不斷重溫毀滅後的新生或死後復活的生命哲學的最佳時令。2011 年 12 月，瑞典 Tolvnitton 出版社出版了《致特朗斯特羅默的 181 首詩歌》（*181 Dikter till Tranströmer*），選入一百多位

瑞典作家、詩人和普通讀者的詩歌。這本書已經成為瑞典人送給親友的最佳聖誕禮物。下面是選譯的女作家羅斯－瑪利亞（Rose-Marie）的短詩〈神祕的密碼〉：

聆聽星辰演奏！
璀璨悠揚的琴弦
光閃閃的曲調
浩瀚無垠深邃無底的和諧裡
傳來神祕的密碼
命運女神知道
柳樹的葉綠素懂得
人類驚問
誰是巧妙地揮舞指揮棒的
音樂大師？

　　杜甫〈贈花卿〉有「此曲只應天上有，人間能得幾回聞」的名句。羅斯－瑪利亞的這首詩就像是杜詩的生發。天上有人間稀聞的曲調，或羅斯－瑪利亞憑她的「通感」既看到又聽到的星辰的「光閃閃的曲調」，用希臘哲學家畢達哥拉斯的理論來說，就是「天體的音樂」，宇宙交響樂。但是，這種渾然一體的和諧音樂，在特朗斯特羅默那裡同時是人間凡曲。羅斯－瑪利亞以北歐神話中的命運女神（Nornan）把神與人聯系起來，暗示了這樣的悖論：不協和的和諧，必死的永生。因為，儘管命運女神的紡織品可以把整個宇宙連為一體，有點像東方神話中重重無盡互相含攝的因陀羅網，但瑞典人常說：命運女神給人類帶來許多難題，既使人快樂也使人痛苦。

在一篇短文中，瑞典中文作家茉莉也談到閱讀特朗斯特羅默詩歌的類似的審美體驗。她提到一位瑞典青年在沮喪中意欲自殺，因為讀了特朗斯特羅默的一首詩而打消了輕生的念頭。在諸如此類的情況下，「仿佛是天上拋下來的一個個神奇的救生圈，我們浮躁的靈魂被他詩歌的力量震懾，因而歸於安寧。他的詩解釋生命中發生的一切，緩解人靈魂中最深的痛苦。」[9]

在許多情形中，特朗斯特羅默的詩歌帶來的審美愉悅，就是這樣一種帶有痛感的快感，或化痛感為快感的悲劇性愉悅。這正是奧菲斯音樂的神祕的審美特徵。

注 釋

1. Kenneth Sherman. 'Unidentified Periscopes', *Books in Canada*, Sep 97, Vol. 26 Issue 6, p.54.

2. 見 *The great enigma : new collected poems By Tomas Tranströmer*, transleted by Robin Fulton, New Direction, 2006, 封底。

3. Kjell Espmark. *Resans formler : en studie i Tomas Tranströmers poesi*, Stockholm : Norstedt, 1983,p.269.

4. Jukka Petäjä. 'The portrait of a poet', *Helsingin Sanomat* / First published in print 7.12.2011.

5. Carl Gustav Jung. *Man and his Symbols*, London : 1964, p. 164 ; Staffan Bergsten. *Tomas Tranströmer : ett diktarporträtt*, Stockholm: Bonnier, 2011, p.341.

6. Per Wästberg. *Vägarna till Afrika*, Albert Bonniers, 2007.

7. Dmitry Merezhkovsky. ' Gogol and the Devil', in *Gogol from the Twentieth Century : Eleven Essays*, edited by Robert A. Maguire, 55-102. Princeton : Princeton University Press, 1976.p. 58.

8. 參看 Kjell Espmark, *Resans formler : en studie i Tomas Tranströmers poesi*, Stockholm : Norstedt, 1983,p.177.

9. 茉莉：〈神祕的慰藉──讀特朗斯特羅默的詩歌〉，香港《開放》雜誌 2012 年 4 月號。

第三章

途中的詩人：
特朗斯特羅默的歷史感與人文關懷

3.1

在希臘神話中，繆思九姊妹都是記憶女神的女兒。保存奧林匹克諸神戰勝泰坦巨神以來的各種事件的歷史記憶，是繆思女神的首要責任。文學和藝術的各種功能，都是繞著這個軸心轉。

「記憶」和「歷史」，在特朗斯特羅默那裡有時是的同義語。雪萊在〈為詩一辯〉中說：「歷史是時間在人的記憶中寫下的一首循環的詩」。義大利哲學家克羅齊早就說過，「一切歷史都是當代史」。因此，詩歌與歷史和現實難分難解。

承傳這種「歷史感」的艾略特，把「歷史感」當作他的「非個人化」（Impersonal）詩學的支柱之一。在他的論文〈傳統與個人才華〉中，艾略特強調作家應當具有這樣一種歷史感：「不僅要意識到過去的過去式，而且要意識到過去的現在式，……這種歷史感，既是一種無時間感又是一種瞬間的時間感，以及兩者的同在，這樣才能造就不脫離傳統的作家。與此同時，它使得一個作家最敏銳地意識到他在時間中的處所，意識到他自己的同時代感」。[1]

特朗斯特羅默體現在他的詩歌中的歷史感，主要就是在艾略特的影響

下形成的。在他看來，歷史就像一片採伐地帶，「在那裡，人們冒著迷路的危險，感到害怕，不確定，面對著悠閒狀態和無時間性的對立面：回憶往昔，在時間中倒退，進入歷史，想起所有那些死者，甚至要面對未知的未來。」[2]

詩人的《波羅的海》第三節的下述詩行，鮮明地體現了這種歷史感：

> 我不知道我們是在起點還是終點
> 總結不能做，總結不可能。
> 總結是毒參茄——
> （見迷信百科全書：
>
> 　　毒參茄
> 　　　功效神祕的植物
> 從地裡拔出來會發出一聲尖叫
> 人應聲倒地死去。狗得了這份差使……）

總結，相當於基督教的末日審判，道德或法律意義上公正的歷史審判。可是，歷史在做階段性的總結時，總是在尋找替罪羊，而真正的罪犯卻逍遙法外，甚至被供上神壇。因此，詩人把「總結」喻為毒參茄。毒參茄（學名 Mandragora of ficinarum），既有治病的功效，又有令人昏迷的毒性。但人們往往情願經由昏迷抵達通靈的勝境。這裡原文首字母沒有大寫的「迷信百科全書」，並非實指一本瑞典文書籍或英文書籍。詩人的詞條解釋依照古老的傳說。在莎士比亞戲劇中就多次提到毒參茄，例如在《羅密歐與茱麗葉》中，茱麗葉擔心自己假死在墳墓裡醒來得太早的話，就難以忍受「那股惡臭，那片土地裡挖出來的毒參茄一樣的尖叫，那是叫活人

聽了就發瘋的。」

　　挖毒參茄有生命之虞，後來，人要想得手，就先把一塊肉綁在它那形如人體的根莖上，再讓一隻餓狗聞肉香而拚命去拖扯，結果，餓狗充當了為他人犧牲的替死狗。

　　林格仁認為，「狗得了這份差使」的情景，無疑來自絞刑場，因為絞刑場一帶是最容易找到毒參茄的地方。[3] 德文把毒參茄稱為「絞架旁的小行刑吏」（galgemannchen），也許就是因為這樣的原因。這一掌故本身就是一個意味深長的寓言。

　　歷史同樣像「半完成的天空」。如果說，歷史的完成或「總結」是相對的圓滿，那麼，這個圓滿是經由歷史的冒險得來的。藝術家，是歷史領域的精神冒險家。

3.2

　　在特朗斯特羅默的〈手抄本〉（1983）中，詩我打著手電筒穿行在一個教堂漆黑的走廊裡，在牆上發現了一些書寫潦草的名字，他們「不是標題而是註腳中的人」，不是那麼顯要著名的人物，其中有被官方歷史忽略了的藝術家，他們在歷史的沉船中消失了，但他們的作品卻倖存下來。詩我覺得此處：

> 既不是墳地也不是集市，卻兩者兼有
> 甚至是一間溫室
> 氧份充盈
> 腳註的死者可以深呼吸，他們像先前一樣納入生態系統

這首詩涉及歷史與政治的關係，仿佛是一個民間歷史學家對官方歷史提出的挑戰，從道德角度對權力提出的挑戰。詩人致力於挖掘湮沒無聞的歷史和思想上的失蹤者，表達了一種重寫真實歷史的欲望，一種明知「總結」不可為卻要嘗試的欲望。

3.3

特朗斯特羅默的外出旅行，是詩人尋覓歷史遺跡回溯往昔的機遇。他的〈旅行〉（1962）寫一次奇特的地鐵之旅，詩我在陰暗的光線下隨擁擠的人群踏上地鐵：

> 下一站是黑暗。我們像塑像
> 坐在車廂裡
> 車廂被拖進山洞裡
> 被迫，做夢，被迫
>
> 在海平線下面的車站
> 有人在兜售黑色新聞

在這一成不變的旅途中，終於有「自由的黃蜂開始嗡嗡歌唱」，而最後抵達終點站時，只剩下五、六個人。詩人以此來暗示，他們是黑暗的歷史之旅的倖存者。

在特朗斯特羅默那裡，記憶功能與古老的繆思女神稍有不同，他認為更重要的，是要記錄失敗的歷史，受難者的歷史，與官方歷史不同的民

間歷史，同時也是與意識形態的歷史不同的歷史。詩歌功能的軸心在此已經變成了審美，變成了人的心靈的歷史。

3.4

儘管特朗斯特羅默的歷史之旅有時會步入古代社會和中世紀，但我們撇開那些遠的不說，只從詩人筆下法國革命的側寫開始，因為這場革命對近代史具有揭幕意義。

在〈公民〉（1978）中，詩人寫到他夢見了丹東和羅伯斯庇爾——法國革命中的兩個英雄人物，他們本來一起分享革命果實，後來卻因為理想不同而分道揚鑣，成為夙敵，先後被革命暴力送上斷頭臺。丹東自信他的名字將永遠留在「歷史的萬神殿」。[4] 特朗斯特羅默著重描寫的是夢中「在街巷邊走邊唱」的丹東：

我仰望他的面容：
像遍體鱗傷的月亮
半在輝光裡半在哀傷中
我想說些什麼
一個重物壓在胸口
驅動時鐘的鐘錘
旋轉的指針：一年，兩年……
老虎籠裡木屑散發的惡臭
並且——好像始終在夢中——暗無天日
但牆在閃光
在彎曲的小巷裡

撒向等候室，扭曲的房間
等候室裡我們大家……

　　詩人對法國革命的態度，與他在〈順流而下〉（1970）中對激進左翼的批評態度是一致的。但是，詩人並沒有完全否定法國革命，「半在輝光裡半在哀傷中」，這既是夢中丹東的形象，也是詩人對法國革命的半是肯定半是哀傷的心態。歷史上的丹東，像羅曼羅蘭在革命戲劇《丹東》中表現的那樣，是一個有光彩的革命者。

　　在〈公民〉的結尾幾行中，革命後的恐怖歲月被喻為「暗無天日」的黑暗年代，但法國革命揭櫫的自由平等的精神，卻把它的光芒投射在歷史的「牆」上，撒在人類的日常生活中。詩的最後，是詩人對法國革命後歷史發展的曲折和緩慢的浩歎。依據原初的手稿，最後的措辭不是「我們大家」而是一個隱喻：蝸牛殼。歷史發展緩慢甚至倒退，不只是偉人，而是「我們大家」都要承擔責任的。

3.5

　　人類歷史上的另一大激進革命，即俄國十月革命，在特朗斯特羅默的詩中沒有直接的反映，但他間接寫到此前的 1905 年革命和 1917 年十月革命及其帶來的反諷。

　　特朗斯特羅默的〈巴拉基列夫的夢（1905）〉（1958），以 1905年革命期間俄羅斯音樂家巴拉基列夫（Balakirev）為題材，虛構了他的一個夢。激發詩人寫作這首詩的，是 1975 年匈牙利革命被前蘇聯鎮壓的歷史事件。在此之前，前蘇聯電影大師愛森斯坦（Eisenstein）的《戰艦波將

金號》描寫了 1905 年革命中的一個真實事件，表現了推翻沙皇專制制度的革命合理性，是當時最有影響的宣傳教育影片。

特朗斯特羅默的著眼點有所不同，他雖然寫到革命期間黑海艦隊中爆發的一次兵變，但重點在革命與藝術的關係，以及藝術的社會功能。在詩人筆下，巴拉基列夫的音樂可以創造別一世界：「音樂廳裡飄浮出一個王國，那裡的石頭輕如露珠」。但是，革命打破了這位音樂家的夢：

> 一艘小戰艦：「塞巴斯圓堡」
> 他登上戰艦。艦隊人員一齊上前
> 「假如你能演奏就可以免死！」
> 他們指著一件古怪的樂器
> 像把低音號又像留聲機
> 或不知名的機器組件
> 他嚇呆了，失望中明白了：就是
> 這件樂器驅使戰艦啟動

音樂像一切藝術一樣，有其自身獨立不移的審美原則。一旦藝術媒介被政治扭曲了奴役了，審美原則就被褻瀆被踐踏了。巴拉基列夫原本患過腦膜炎，長期受頭痛、神經緊張和憂鬱症的折磨。在他的傳記者筆下，這位音樂家的性格中有專橫、粗暴的一面。在特朗斯特羅默想像的情境中，那些更專橫更粗暴的革命者對音樂家的精神摧殘的酷烈程度可想而知。

3.6

特朗斯特羅默夢見的對巴拉基列夫的侮辱，對真正藝術的打壓，是革

命帶來的最大反諷之一。對於革命後前蘇聯的審查制度，詩人本人有直接的體驗。在《航空信》，即特朗斯特羅默與美國詩人羅伯特‧布萊的通訊中，他在一封信中談到，拉脫維亞的一位翻譯家翻譯了他的很多詩，但卻無法在拉脫維亞出版，例如〈活潑的快板〉。更令他感到驚訝的是，〈半完成的天空〉也被懷疑，因為「我們冰川時期畫室的紅色野獸」這一句，被視為影射共產主義者。特朗斯特羅默在拉脫維亞因此被視為「一個危險的政治詩人」！

瑞典一位名叫隆丁（Anders Lundin）的醫生寫了〈失語與死亡：特朗斯特羅默詩歌中的兩個主題〉[5]一文，從醫學角度研究了特朗斯特羅默詩歌中的失語症，包括作為隱喻的失語症和現實的失語症。我這裡從另一個角度，即檢查制度導致的政治失語症的角度，來看特朗斯特羅默詩歌中表現的革命的反諷。

他的敘事長詩《波羅的海》，是涉及失語症的代表作。詩人曾表示：「這首詩是地理的、歷史的、政治的和內省的」。[6]詩中的主人公是一個音樂家，生活在詩人虛構的一個波羅的海沿岸國家，在那裡：

> 有些事情想說，但詞語不願附麗其上
> 有些事不能說。失語
> 無詞但也許有一種方式

前蘇聯曾長期推行對非俄羅斯民族的同化政策，推廣俄語，但是，他們中的有些人，由於拒絕學習，或在學習過程中有心理障礙和難處，結果學不好俄語，連說母語也遇到障礙，加上檢查制度的言禁和忌諱，最後導

致失語症。這種失語症，可以稱為政治失語症。《波羅的海》的主人公的失語症，顯然屬於政治失語症。因此，音樂成為他的一種特殊的語言。他的音樂成就使得他當上了音樂學院院長，可好景不長，他很快被捕，受到審判。公訴人之一就是他的一位學生。慘遭迫害的音樂家被「平反」之後，只能為他自己不懂的歌詞譜曲。

3.7

特朗斯特羅默之所以寫這樣的故事，一方面是他對音樂的特殊愛好，另一方面是他與前蘇聯的作家或詩人有交往，關注並瞭解那裡的情況。〈給境外的朋友〉（1973），就帶有自傳色彩，詩人寫給拉脫維亞朋友們的短信，落在檢察官手裡。全詩如下：

一

我簡略地給你寫幾行字。而我不能寫的
像舊式的飛艇一樣膨脹又膨脹
終於經由夜空漂開

二

這封信現在在檢查官手裡。他點燃燈盞
強光下我的詞語像猴子一樣跳到窗格上
喋喋不休，打住，露出牙齒

三

請讀詩行之間的空白。我們將在兩百年後相遇
在旅館牆壁上的麥克風被忘卻的時候
至少可以睡覺，成為石化的麥克風 [7]

　　有時，文學和思想在高壓之下反而繁榮起來，這是一個不爭的歷史事實。阿根廷作家波赫士說，「檢查制度是隱喻之母」。波赫士說的只是一個二律背反的一個方面，另一個方面，可以用戈迪默的話來說：檢查制度是「打在想像上面的一個烙印，玷污了遭遇它的個人，留下始終抹不掉的痕跡。」[8] 因此，當一個自由作家不得不面對檢查制度時，就應當學波赫士的那種化弊為利的逃避檢查的策略。

　　與遠方異域的嚴酷的檢查制度相比，生活在自由土地上的特朗斯特羅默，在寫信寫詩給「境外的朋友」時遇到的檢查，只是小小的麻煩。他同樣藉以創造了富於隱喻和語言簡練的詩。而這樣的詩歌，又是對檢查制度的一種否定，沉重中有幽默的調侃。

　　詩的第三節，從檢查制度的問題轉到相關的詩學問題。埃克勒夫的〈詩學〉（Poetik）所追求的詩學，可以說是一種沉默的詩學，無言的詩學：

……我用技巧所寫的一切
正好沒有技巧
填滿的全是空無
我寫的一切
被發現寫在詩行之間

特朗斯特羅默借用了埃克勒夫的話。詩人所寫的——實際上是他想說卻沒有寫或無法寫的，不是寫在字詞之中，而是蘊含在字詞之外。用中國傳統美學來闡釋，這是一種「留空白」的藝術，有豐富的象外之象，言外之意，需要讀者或收信人自己領會。

詩人最後表達了一種即悲觀又樂觀的前瞻。悲觀，是因為詩人誇張地說「我們在兩百年後相遇」，而實際上，在詩人去過並受到騷擾的拉脫維亞，二十年後就自由了。樂觀，是因為詩人相信他與那些「境外的朋友」畢竟有相遇的一天。這種樂觀主義，與「他生未卜此生休」的悲觀主義不同，因為詩人在樂觀地預言未來，在占卜他生。

3.8

特朗斯特羅默詩歌中屬於同類題材的〈悲歌〉（1962），寫到一位旅行者歸來之後的情形：

他擱筆
筆在書桌上靜臥
在空空的書房靜臥
他擱筆

太多的事既不能寫也不能緘默！
遠處發生的事使他茫然失措
儘管奇異的旅行包像一顆心悸動不已

室外的初夏

來自草叢的夏聲──是人是鳥？
幾樹櫻桃盛開簇擁著回家的卡車

幾個星期過去
夜色徐來
幾隻蛾蟲飛落窗玻璃上：
世界拍發的簡潔的蒼白電報

　　全詩有一個小故事的構架，但留下一些疑點，一些空白，給讀者留下
了想像的餘地。詩中的主人公是開著運貨卡車回家的。他是從一個極權國
家回到自由國家還是在境內往返，詩人沒有明說。假如這首詩帶有自傳性，
屬於前一種情況，那麼，生活在自由社會的特朗斯特羅默並沒有「不能寫」
的問題。他所苦惱的，也許是如何以非政治的語言來寫政治問題。假如屬
於後一種情況，那麼，詩人似乎在為那些沒有寫作自由的作家代言，因為
「太多的事既不能寫也不能緘默」，正是他們的一種內心掙扎和苦悶。
　　就前一個問題，即詩人如何表達政治題材的問題，特朗斯特羅默已經
作了很好的嘗試。他善於以日常生活的細節來反映重大社會問題。在〈打
開的窗戶〉（1970）一詩中，詩中的主人公在窗前以電動剃鬚刀刮鬍子，
在他的想像中，剃鬚刀的咕嚕咕嚕的聲音竟然「膨脹為一場騷亂／膨脹為
一架直升機」。在他的幻聽中，一個飛行員尖叫：

睜開眼睛！
這是你最後一次觀看這一切。

原來，詩人以小見大，暗示的是六十年代美蘇冷戰時期的那場古巴導彈危機。詩人向人類提出了一場核戰爭可能逼近的警告。

3.9

「睜開你的眼睛」來觀看，尤其是偷窺禁區，是人的一種無法壓抑的本能衝動。這種衝動必然受到壓制，壓制的辦法之一，就是建築高牆鐵幕。在〈禮贊〉（1966）中，特朗斯特羅默把人這種本能的衝動變成了審美的衝動，詩歌和藝術的衝動：

> 沿著這堵反詩歌牆行走
> 這堵牆。不許察看！
> 它想把我們成年人的生活
> 包圍在規範的城市，規範的景觀裡
>
> 艾呂雅碰觸一個按鈕
> 牆打開了
> 花園展現出來

這裡的「反詩歌牆」，暗指畫地為牢的柏林牆。與之截然相反的詩歌牆，是有門可入的花園牆，如威爾斯（H.G. Wells）的短篇小說〈牆中門〉（The Door in the Wall）的那個孤獨的孩子華萊士發現的那堵牆：他在倫敦街頭發現一堵白色牆有一扇綠色的門，他想打開這扇門，卻害怕他的嚴父會生氣。最後，他終於抵不住誘惑想方設法打開了門，驚喜地發現一個迷人的花園。作者這樣寫到「牆中門」的隱喻意義：「對於他（華萊士）

來說，牆中門至少是一扇現實的門，經由一堵現實的牆引向不朽的現實」。

在特朗斯特羅默那裡，這堵詩歌牆或花園牆，就是他青年時代熟讀的《十九位現代法國詩人》，1948 年被譯為瑞典文的一本詩集，包括貝克（Lucien Becker）、布列東（André Breton）、塞澤爾（Aimé Césaire）、夏爾（René Char）、考克多（Jean Cocteau）和艾呂雅（Paul Éluard）等十九位詩人的作品。

反詩歌的柏林牆早就被推倒了，他所象徵的現實，是歷史長河中迅速化為泡沫的一個濁浪。

3.10

從五十年代到六十年代，特朗斯特羅默為了睜眼看世界，除到過波羅的海沿海一帶之外，還先後到巴爾幹半島、西班牙、葡萄牙、東歐、非洲和美國旅遊。但是，他的旅行並不是一個普通觀光客的遊山玩水，而是一個詩人和民間歷史學家對地理、風俗人情和社會狀況的考察。他的旅行體驗，鮮明地反應在他的詩歌中。一旦水陸兼程的旅行化為詩歌，就彰顯為一種文化之旅和精神之旅。詩人往往拋錨於歷史沉船之處：

> 我這兩扇閘門之間漂浮的黑船
> 當城市醒來時停泊在旅館床上
> 無聲的警號和灰白的光湧流進來
> 推我緩慢地更上層樓：早晨
> 　　——〈歐洲深處〉（1989）

像喬伊絲一樣，特朗斯特羅默陷身「歷史的夢魘」中，蘇醒過來後，就會繼續尋找上帝和眾神的側影，或混跡於街巷的苦難，或騎在鷹背上俯瞰，或直掛他的月亮舟、太陽船的雲帆。

3.11

對於特朗斯特羅默來說，「中國，從來沒有在他的邊界之外」。他以各種不同的方式抵達這個文明古國，萬里神遊或親臨其境。他對中國的關注，半是因為他對中國古典文化和詩詞的熱愛，半是因為他在青年時代就對「新中國」發生濃厚的興趣。

1953 年韓戰結束，中國軍隊戰俘營裡有個美國士兵帶頭，在板門店發表決定投奔中國的聲明。這件新聞立即轟動世界，特朗斯特羅默就此寫了一首詩，題為〈洗腦〉，附錄在給他的朋友的一封信中。但這首詩此後再也沒有被他收入詩集，也許是因為詩人自己認為這是一首「拙劣的十四行詩」。今天，在有關研究資料中仍可以讀到這首詩。全詩如下：

我們還不是共產主義者，但我們希望是。我們期待……

除了作業之外對一切感到疲倦
那些作業繼續沒有節制地歌唱
然後我也得到一雙登山鞋
但現在黑暗對我並非恐怖
它經由所有的人民推擠。人在微笑
許多張臉。一個大國有了面子
第一次有了一種意義。我看到

大家的碗裡有同樣的食物
我考試的拚搏像腹中的胎兒
從不孤獨。有人注意我
他們是營帳裡時刻燃燒的燈
我在那宛如巨人肖像的一切之上擴展
所有的人對我耳語，我已經
把我的聲音和詞語對準人民的嘴巴

正文前面的一句引文引自英語。這句話表達了當時許多有左翼傾向的瑞典人的心態。但詩題卻帶有貶義。時年二十二歲的詩人還在做「作業」，準備「考試」，這與中國軍隊對美國戰俘的「洗腦」仿佛形成了一個小故事中的兩條情節線索。詩人描寫的那幅集體生活的畫面（「大家的碗裡有同樣的食物」）是褒是貶？或有沒有反諷？答案也許在最後一行所表現的詩人對「人民」的認同。儘管如此，這首詩的政治傾向是不明顯的，後來，詩人日益把他的傾向性隱蔽起來，在詩歌中只用意象說話。

3.12

到了六十年代，特朗斯特羅默觀察中國的眼光顯然再也沒有五十年代的稚嫩。1967 年 2 月 2 日，正是中國文革高峰時期，特朗斯特羅默在給瑞典作家帕爾梅（Göran Palm）的一封信中寫道：

對於德國納粹和印度的宗教紛爭，如果用馬克思主義關於剝削的理論來解釋（已經有人這樣做），那就太牽強附會了。假如這樣來看目前的大事，即中國境內的紛爭，那就會成為純粹的影子拳擊。那是「一小

撮正在走資本主義道路的人」嗎？最近的例子也是有趣的，因為作為剝削的補充闡釋的陰謀論是不適用的──你無法相信在毛的權利鬥爭背後有 CIA（美國中央情報局）的影子。

特朗斯特羅默的觀察是敏銳的，他與當時陷入毛澤東「紅寶書」狂熱的歐洲左翼青年和作家，不可同日而語。

3.13

文革之後的八十年代，特朗斯特羅默曾兩次訪華。1985 年 4 月首次訪問中國時，特朗斯特羅默出席了北京外國語學院舉辦的瑞典詩歌座談會等活動，並遊覽了長城。2001 年再次坐輪椅訪問中國時，特朗斯特羅默得到中國詩人的熱情接待，北京大學專門為他舉辦了一場詩歌朗誦會。

他的中國之旅，如〈上海街道〉所寫到的那樣，仿佛是一個「十足的文盲」的「境內」訪問。象形文字和創造這種文字的炎黃子孫，帶給他的是一種既熟悉又陌生的感覺。全詩如下：

一

公園裡許多人翻閱白蝴蝶
我愛這蝴蝶鼓翼的地方，它就像真理本身浮動的角落！

晨光中人群蜂擁使我們的星球由靜入動
公園裡擠滿了人
人人都長著八面體的臉 [9]，圓滑如玉，以對付各種情況，避免犯錯
人人都有一張無形的臉，映著「心照不宣的事情」

疲憊時浮出水面的，滿口散發蝮蛇烈酒拉長的鱗臭

池塘鯉魚躁動不已，睡中夢遊
它們是信仰的模範：一個運動接著一個運動

二

中午。晾洗的衣服在灰色海風中飄舞，下面是魚貫的自行車。小心
或左或右的迷宮！

我這十足的文盲被無法解讀的漢字包圍
該付款的我都付了，樣樣都有發票

我攢集了一大把發票的密碼
我是一株老樹，但枝頭殘葉不會零落

海風吹來，發票沙沙作響

三

晨光中人群蜂擁躁動我們靜謐的星球
我們登上街道的渡輪，擠塞在甲板上
我們要去哪裡？茶杯夠用嗎？能擠上渡船就算萬幸了！
這是幽閉恐怖誕生的一千年前

每個行人背後跳動著的十字架想趕上我們，超過我們，結合我們
跟蹤我們監視我們的家伙摀住我們的眼睛，悄悄說：「猜，是誰！」

陽光下我們看起來真幸福，可那致命的血正從隱祕的傷口流淌出來

在瑞典，發票是誠信的象徵，購買貴重物品，發票就是一個退貨、換貨或維修的保險單，因此，詩人以西方文學中象徵靈魂的蝴蝶來比喻他購物的發票，非常貼切形象。一個「老外」手上的一疊「白蝴蝶」引起了過往行人打探的興趣。那時的中國腐敗尚未達到今天的程度，假發票的現象也許還不多。

接著，詩人寫到上海街道擁擠的行人。瑞典地廣人稀，那時不到一千萬人，首都斯德哥爾摩不到一百萬人。可是，我遇見的瑞典北方人，一談到斯德哥爾摩，總是說那裡很擁擠。我問起去過中國的瑞典朋友，他們的第一印象都是「Massor av människor」（人太多）。特朗斯特羅默寫上海，自然首先寫到瑞典人通常的中國印象。但詩人並非浮光掠影，他的詩的警犬捕捉到了以上海人為代表的中國人的國民性格和精神面貌，他的詩的三棱鏡折射了隱形的仍然彌漫空中的「全民檢查制度」的氛圍或「告密」文化的陰影。尤其精彩的，是詩人把池魚游動用為一個政治隱喻：「它們是信仰的模範：一個運動接著一個運動」。詩人告誡自行車：「小心或左或右的迷宮！」（Lägg märke till sidolabyrinterna）此處字面意義，是指兩邊人行道的「迷宮」，Robin Fulton 的英譯比瑞典文原文明朗（Mind the labyrinths to left and right!），便於讀者領會弦外之音：在中國歷次政治運動中的所謂「左派」或「右派」，與西方概念完全不是同一回事，誰能弄得清這樣的「迷宮」！沒有對「新中國」歷史的密切關注和深刻理解，寫不出這樣絕妙的詩句。

詩人寫到的「幽閉恐懼」同樣是一個政治隱喻。醫學上所說的這種無法逃脫狹窄空間的恐懼或焦慮可以歸結為多方面的原因。魯迅在〈無聲的

中國〉中寫到不允許黑屋子開一扇的窗的情形，並提出了解決之道。這一
掌故已經成為「政治上的幽閉恐懼」和如何破除恐懼呼吸自由空氣的經典
表述。在魯迅身後半個多世紀，在這片古老的東方土地上，特朗斯特羅默
仍然嗅到了誕生於千年前的「幽閉恐怖」的氛圍！

這首詩的最後一行堪稱「豹尾」，是錚錚作響揭開傷口的歷史的警號！
全詩的這些形象已經並將繼續給中國詩人和讀者以意味深長的精神撞擊。

3.14

讓我們回到七十年代。特朗斯特羅默的〈守夜〉（1970）實際上寫
於 1968 年冬天。這首詩雖然沒有直接提到中國，但是，要很好地理解這
首詩，就必須回顧當年中國捲在其中的世界大事：定格為代表形象的法國
紅五月風暴，「布拉格之春」的發動和告終，中國文革紅旗的海洋和越戰
的黑色烽煙……詩人不但在白日裡睜大眼睛看世界，同時也在守夜：

一

今夜我處身壓艙物中間
我是這無聲的重物之一
共同阻止翻船！
黑暗中模糊的面孔像石頭
它們只能窸窣作響：「別擠！」

二

別的聲音推擠，聆聽的人

像瘦小的影子滑動
在收音機閃光的頻道上
語言和劊子手齊步進軍
因此我們必須找到一種新的語言

三

狼在這裡，所有時間的朋友
它用舌頭添著窗口
穀底擠滿爬行的斧頭
裝上鐵輪的輪椅隆隆滾過天際
那是笨重的夜班機

四

人挖掘城市。但此刻靜下來了
在教堂墓園的榆樹下
一台閒置的挖土機。翻斗背朝地——
擺出在桌子上打盹的姿勢
伸出捏緊的拳頭。——鐘聲鳴響

　　詩中載貨的航船是歷史航船的隱喻，也是詩人社會責任感的一種隱
喻。那些模糊的面孔，表明船上的乘客已經非常擁擠，近乎超載。人臉像
石頭，在局促的生存空間中無法良性溝通。詩我處在艙底，處在現實生活
底層的絕境中，卻仍然承擔著共同的社會責任。
　　詩我與遠處的外部世界的唯一的聯繫，是收聽收音機裡的時事資訊。
可是彼處的景觀並不比此處好到哪裡，甚至有更糟糕的「語言和劊子手齊

步進軍」的黑色聲音。反諷的是，「狼在這裡」的情景並不那麼可怕，可怕的是拉丁文成語所說的「人對人是狼」。從通感的角度來說，如果說狼的叫聲有色彩的話，那就是黑色，可是，在詩人特殊的環保意識的聽覺中，始終可以聽見的狼嚎似乎是綠色的。這也許是因為狼對於森林的破壞性，遠遠不如人類的利斧，狼同樣可以成為人類的朋友。

最後一節，詩人筆下挖掘機及其翻斗的意象，以幽默筆法描繪出來的挖掘者形象，象徵的是城市化的工業文明，與之對峙的是以教堂鐘聲為象徵的精神文明。這好比黎明的鐘聲，打破夜的死寂，穿越市區喚醒了市民。

3.15

特朗斯特羅默的〈順流而下〉（1970）一詩，以 1967 年 6 月持續六天的第三次中東戰爭為題材，政治傾向更為明顯。當時，冷戰中的美國暗中支持以色列，蘇聯則支持阿拉伯國家。蘇聯總理柯西金到紐約出席聯合國特別會議，他和以色列主和的外交部長埃班在調停方面扮演了重要角色，同美國也有幕後交易。戰事及其餘波在瑞典激起強烈反應。〈順流而下〉的詩我站在瑞典一條小河的吊橋上，靜觀沉思：

> 與當代對話我看到聽到他們的面部背後
> 激流滾滾
> 隨心或違心地逐浪而去
>
> 生命以再次膠合的眼睛
> 順著激流

無所畏懼地把自身扔向前方
饑渴地追求簡單化

這裡顯然對狂熱而盲目地倒向蘇聯支持阿拉伯國家的左翼有所諷刺。
詩人沒有隨波逐流，他看到了這場戰爭的複雜性。更使他焦慮的，是戰爭
的破壞性後果：

一個六月之夜：收音機在播放
特別會議的新聞，柯西金，埃班
有些事情讓思想絕望地鑽洞
有些事情讓人從村莊消失

……

在吊橋上我看到聽到
在蚊蟲的陰霾裡
和幾個孩子在一起。他們的自行車
埋在綠蔭裡——只有一角
從那裡冒上來

瑞典批評家林格仁在一篇文章中說，自行車冒上來一角的這個意象，
令他想起畢卡索用一個舊自行車鞍座和把手放在一起創造的牛頭。[10] 對
於畢卡索來說，牛是西班牙民族精神的象徵。假如林格仁的解釋不是牽強
附會，那就可以進而想到索忍尼辛著名的「牛犢頂橡樹」的比喻。

3.16

六十年代的瑞典，是詩人和作家熱情關注政治參與社會活動的時期，除了對中國的關注以外，越戰是熱門話題之一。詩人索尼維（Göran Sonnevis）1965 年發表的〈關於越戰〉（Om kriget i Vietnam），立即被視為最佳政治抒情詩。作者以黑夜過後的凌晨出門鏟雪的情景開頭：

> 電視背後的窗外
> 光在改變，黑暗
> 透出灰白，在新雪
> 明晰的灰光中，那顆樹
> 顯得黝黑。早晨
> 大雪再度覆蓋大地，風暴過後
> 我出門鏟雪
> 收音機裡聽見美國
> 發佈關於越戰的
> 白皮書
> 譴責北越的
> 侵略。⋯⋯

這首詩開筆還比較形象，接著的詩句有散文分行的傾向，缺乏生動的意象。但詩人的社會關懷贏得瑞典讀者的歡呼，被譽為「瑞典的政治良心」。

特朗斯特羅默致布萊的一封信（1966年3月1日）中談到：1966年初，他應邀到瑞典南部的隆德大學為學生朗誦詩歌。學生問到索尼維的這首詩時，他直率地說，說這首詩「宣傳色彩太濃」，結果，學生向他扔石頭，

把他趕出了會場。

不久，特朗斯特羅默寫了〈關於歷史〉（1966）一詩，作為對索尼維的〈關於越戰〉的一種詩的回應。全詩如下：

一

三月的一天我下湖聆聽
冰如天空湛藍，在太陽下碎裂
而太陽也在層冰下的麥克風裡低語
汩汩起泡沫。似乎有人在遠處掀動床單
這一切都像歷史：我們的當下，我們沉落，我們聆聽

二

一次次集會像一座座幾乎相撞的飛島……
接著是一次次妥協搭起的顫抖的長橋
所有的車輛將在橋上行駛，星空下
在未生的蒼白的面孔下
被扔進虛空，如穀粒一樣默默無名

三

歌德於 1926 年假扮紀德遊歷非洲，目睹一切
某些面孔死後比他們先前看到的更清晰了
當每日新聞在在阿爾及利亞傳開
一幢大樓出現，窗戶都弄黑了
只有一扇亮著，那裡可以看見德雷福斯的臉

四

激進和反動姘居，似乎活在不幸的結合中
互相改造，互相依賴
可是，作為它們的孩子我們必須掙脫束縛
每個問題以它自己的語言吶喊
像獵犬一樣走向真理踏足的地方

借重文學文本，特朗斯特羅默以詩歌重構歐洲一段歷史，並且把它寫成當下的歷史。這是一個悖論，借用作者的詩友、敘利亞詩人阿多尼斯的《大書》（*Al-Kitab*）的副標題來說，這是「當下往昔的場景」。紀德於1926年旅遊到法屬殖民地非洲，足跡遍及剛果、查德等地，目睹了殖民主義的暴行。那一年，也是阿爾及利亞反對法國殖民的民族獨立運動高漲期間。紀德穿越赤道時，隨身攜帶的，有歌德的《浮士德》等著作。非洲歸來之後，紀德出版了《剛果之行》和《從查德歸來》，站在人文主義立場上抨擊他的奸商「同胞」的無恥，並倡導改革。

德雷福斯事件雖然發生在十九世紀末葉，但是，在特朗斯特羅默的詩的眼光中，這一冤案中彰顯的沙文主義及其引起的陣痛，是超越時空的。詩人仿佛再次讓我們聆聽左拉的「我控訴」的聲音。從第四節「每個問題都以它自己的語言吶喊」這行詩中，同樣可以隱約聽到一種控訴或抗議的聲音。因此，特朗斯特羅默自認為，這是他在六十年代所有詩歌中最「煽情的」一行詩。

在給瑞典作家帕爾梅的信（1967年2月2日）中，特朗斯特羅默這樣談到人類面對的各種問題：

世界的問題太大了，我們無力引領意識形態的戰爭。唯一能救我們的只是一種不預設前提的對問題的調查研究。簡單化無異於麻醉。這並不是說，我不相信略帶強勢的宣傳對於西方國家的重要性。但是，較之於以武力的鼓噪來代替良知的政治標語，我更相信非意識形態的科學的震撼人心的宣傳……。

特朗斯特羅默自己雖然投的是社會民主黨的票，但這並不是說，他在一切問題上都站在左翼立場上。他在這封信中接著寫道：

某個問題可以政治地表述。但同樣重要的是，某個問題也可以非政治地表述——在不預設前提的意義上。人們必須嘗試儘快地洞察問題的全部複雜性。大的災難性的問題往往要求我們犧牲我們傳統的政治態度——文化工作者所習慣的「左翼」和行政人員習慣的「右翼」。

但是，以詩的語言說話時，他不會說得這樣明白。他染指政治時事和革命題材時，往往把隱蔽的藝術發揮到了極致，有時近乎晦澀（也許僅限於非瑞典母語的讀者）。

瑞典學者羅納斯特朗（Torsten Rönnerstrand）在一本論特蘭斯特羅默與語言問題的專著中認為，在〈關於歷史〉的第四節，詩人表現了兩種語言的對立：一種是「自己的」語言，另一種的「外部塞給我們的」語言。對於詩人來說，前者是與真實和自由密切聯繫的，後者往往是陳詞濫調，佶屈聱牙的抽象化和概念化的語言。[11] 這種力求打破舊有的語言窠臼的詩學，與中國文論史上孟子的「知言養氣」之說，韓愈的「陳言務去」之說，以及現代白話文運動中的「我手寫我心」的主張是相通的。孟子還提

出「誠者天之道也，思誠者人之道也」。「誠」相當於特朗斯特羅默所說的「真實」或講真話。本書第六章，將繼續從禪宗和政治角度來看特朗斯特羅默的兩種語言的區分和對立。

3.17

另一首涉及越戰、體現特朗斯特羅默的歷史感的詩作，是他的短詩〈1972 年 12 月之夜〉，詩人把歷史等同於記憶，人格化為一個隱身人。全詩如下：

> 我這個隱身人來了，也許被一個偉大的記憶雇請
> 叫我活在當下。我驅車經過
>
> 封閉的白色教堂——一位木頭聖徒站在裡面
> 微笑，無助，仿佛有人已摘掉他的眼鏡
>
> 他孤獨。一切別的都是當下，當下，當下。萬有引力定律
> 逼迫我們
> 撞擊我們的日工我們的夜夢。這場戰爭

對於「這場戰爭」的雙方，詩人不著一字，僅僅以意象說話。詩題標明的時間，正是美軍對北越實行「聖誕轟炸」之時，當時曾引起瑞典和世界輿論對美國政府的廣泛批評。在此之前，英國哲學家和和平主義者羅素已經牽頭成立「國際戰犯特別法庭」，於 1967 年 5 月分別在斯德哥爾摩和哥本哈根開庭，象徵性地傳訊美國總統詹森。特朗斯特羅默站在被冷落

甚至被褻瀆的基督教和平主義的立場上，來呼應多年來的反戰輿論。用布萊的話來說，特朗斯特羅默是「『記憶』的高雅而幽默的僕從」。**12**

3.18

在特朗斯特羅默的〈途中的祕密〉（1958）一詩中，不管原詩的本意如何，強烈的太陽和猛烈的暴雨，似乎可以作為左右兩種激進主義的象徵：

> 日光撞見一張沉睡的臉
> 他做了個更生動的夢
> 沒有醒來
>
> 黑暗撞見一張行走的臉
> 他混跡於人群，走在
> 太陽強烈急躁的光輝裡
>
> 天好像突然被急雨塗黑了
> 我站在一間容納許多瞬間的房裡——
> 一個蝴蝶博物館
>
> 太陽像先前一樣強烈
> 它急躁的筆在塗抹世界

顯然，特朗斯特羅默既不屬於「太陽」陣營也不屬於「急雨」陣營。六十年代的紅色風暴導致部分瑞典左派偏激，這在瑞典歷史上是一個十分

短暫的現象。在這一時期，特朗斯特羅默始終保持冷靜清醒的頭腦。

3.19

特朗斯特羅默大多數作品都有朦朧色彩，這使他一度受到瑞典左翼的批評。其代表性的批評觀點，是瑞典作家霍康松（Björn Håkanson）在〈晚報〉撰文說：特朗斯特羅默的詩歌所認同的，是「一種對周圍世界消極旁觀的態度，它無疑提供了一種前所未聞的保持距離的體驗和喜劇性娛樂，而犧牲掉的是介入社會現象和改造世界的一切衝動」。[13]

許多青年左翼都覺得特朗斯特羅默太消極避世了，在他身上太多的詩藝，太少的政治，太多的賀拉斯，太少的馬克思！屬於「消費文學」，屬於「資產階級」，甚至是「階級敵人」！

實際上，特朗斯特羅默的詩歌具有深厚的人文關懷。他像一顆詩歌大樹，紮根瑞典，枝葉卻向四方八面伸展，以其精神的濃蔭覆蓋世界各地。他避免了意識形態的左翼或右翼的簡單化和極端化的傾向。在 1968 年的一次訪談中，特朗斯特羅默說：

> 政治，世界的各種事件，社會，權力遊戲，都是必然的。所有這些當然也存在於我最近的著作中。顯而易見，無須問作家寫什麼，應當問他怎樣寫。……詩歌語言，我的詩歌語言，一旦涉及一種政治現實而沒有政治化時，它就獲得了自身的意義。[14]

詩人在這裡作了一個重要的區分，正如阿富汗詩人納德里（Partaw Naderi）在〈阿富汗的政治詩〉一文中所做的區分：政治詩（Political

Poetry），源自與占統治地位的政治和政治結構的抗衡，而政治化的詩（politicized poetry），是向政治環境輸誠的（surrendered）的詩歌形式。知識份子詩人總是寫政治詩，但他們從來不為政治寫詩，因為他們懂得，這樣做意味著自取其辱，同時也羞辱了詩歌。[15]

在回憶錄《記憶看著我》中，特朗斯特羅默談到，他青少年時代的「政治」本能完全是沖著戰爭和納粹而來的。假如他發現他所喜歡的某人實際上是「親德」分子，那麼，他立即會感到內心緊張，他們之間因此不可能有任何情感交流。後來日益成熟的這位詩人，雖然改變了非黑即白的思維方式，但反戰是他一貫的立場。

3.20

出於基督教信仰，特朗斯特羅默在一次訪談中強調說：作為人，絕不能遣送到一個永恆的奧斯維辛。[16] 在詩人的私人生活圈子裡，也有流亡的猶太人朋友。旅行到捷克首都時，詩人曾到位於布拉格昔日的猶太區約瑟夫城老猶太公墓拜謁亡靈。在這個使用了數百年的公墓中，根據猶太人風俗，舊的墓碑是不允許搬遷的，空間不夠，只好就地分多層安葬，已經多達十二層墓葬，有一萬多個密集的墓碑，十多萬人的亡靈在此長眠。

歷史上早就有瑞典詩人到此憑弔亡靈。例如，十九世紀的勒維汀（Oscar Levertin）在〈布拉格老猶太墓園〉一詩中，一開始就寫到猶太人風俗和苦難的命運：「不要在遺骨的紀念碑上／擺設鮮花、緞帶和飾物／人生不曾給他們獻過青翠的花圈／只有石頭，因此在紀念碑上擺些石頭吧！」

這個墓園成為特朗斯特羅默魂牽夢繞的地方。在長詩《波羅的海》的

結尾，詩我說他曾經旅遊到布拉格，並且到老猶太公墓吊古。詩人寫到島上稠密灌木林後面一個古老的木屋，屋頂上飽經風霜的陳年磚瓦橫七豎八地躺著，詩我由此聯想到位於冥土的猶太住宅區，即這個老猶太公墓：

> 那裡的人比活著時更密集了。石頭，密密麻麻
> 許多被圍起的愛！眼前，寫滿陌生的青苔文字的殘磚斷瓦
> 是島上貧民教區墓園的碎石，或站立或倒下
> 小木屋點燃燭光
> 伴隨著所有那些在浪推風逐中
> 把自己的命運交付給這裡的人們

「密集」一詞，即可以令人想起地球的人口密集，也可以想起猶太人被密集地大規模屠殺的歷史。由於歷史上的排猶，猶太複國主義早就興起，而這個老猶太公墓，曾經也是猶太複國主義者祕密集會的場所。

詩人在老猶太公墓激起的深度共鳴，仍然可以用日本的「物哀」美學來解讀。但是，這種美學並非東方獨有。英國的日本研究學者莫里斯（Ivan Morris）認為，「物哀」美學大致相當於拉丁文的「物憐」（lacrimae rerum）之說。[17]

這句成語典出古羅馬詩人維吉爾的《埃涅阿斯紀》（*The Aeneid*），史詩主人公，敗走麥城的特洛伊英雄埃涅阿斯重建了一個「新城市」，他在城內神廟看到描繪當年特洛伊戰場死難者的一幅壁畫時，不禁感歎噓唏：塵寰劫難翻淚海，屍骨枕藉動心弦！將特朗斯特羅默與維吉爾筆下的埃涅阿斯相比較，就可以看出，相同的是，他們都物傷其類，情動於中，

不同的是，埃涅阿斯眼前壁畫所描繪的，是他的死難戰友和同胞的藝術形象，而特朗斯特羅默在猶太墓園，看到的是異域普通的數代陌生人的墓石，所傷之「類」，是歐洲歷史上長期被視為「異類」的歷史的弱者。因此，詩人在這裡表達的「物哀」或「物憐」，富於更為深厚的人類關懷和人文精神。他在詩中讓那間小木屋的主人成為猶太亡靈的守靈人。

3.21

在此之前，特朗斯特羅默已經在〈一個貝寧男人〉（1958）中表達了他對猶太人的關懷。這首詩的副標題是「在維也納民族博物館看到的一件藝術作品」。詩人看到的一尊雕像的原型，是一個葡萄牙猶太人，是歐洲航向非洲的航船的領航員。詩的最後，詩人讓雕像開口說話：

> 我到這裡來是為了會見
> 一個擎著燈
> 在我身上看到他自己的人

這裡表現了詩人對猶太人的認同。雕像仿佛從前來博物館觀賞他的詩人身上看到了他自己，詩人同樣從雕像身上看到了他自己。他們都屬於受難的人，同時屬於「擎著燈」為人類領航的藝術家。

3.22

以普世人文主義精神關注猶太人，這在西方知識份子中並不是一件很容易的事情。德國歷史學家和哲學家史賓格勒（Spengler）曾經把積極進

取的西方文明稱為「浮士德文明」，當這種文明的傑出代表「歌德假扮紀德」旅行非洲時，其人文精神是殘酷的殖民主義的解毒劑。在特朗斯特羅默升起的「貝多芬的面具」和擎起的「海頓的旗幟」上，在他欣賞的李斯特和華格納的音樂中，都可以看到浮士德的影子，聞到浮士德的氣息。但另一方面，歌德的人文主義並不是普世的。諾貝爾和平獎得主、猶太作家威塞爾（Elie Wiesel）曾經把反猶大屠殺「設計師」稱為康德和歌德的「繼承人」。[18] 因為，在他們的人文主義理念中，對猶太人的恨與對人類的愛是可以調和的。

在二十世紀排猶的高潮中，歐洲文化人根深蒂固的歧視猶太人的偏見仍然在蔓延。龐德和葉慈都曾表達過對法西斯獨裁者的仰慕，龐德因此類言論獲罪，葉慈曾寫過歌頌法西斯的詩歌沒有發表，他後來的態度有所改變。義大利的皮蘭德婁與法西斯有瓜葛，挪威的哈姆森曾投靠納粹。艾略特也曾被斥為「隱蔽的法西斯分子」，幸好他對特朗斯特羅默的影響只是在詩學和詩藝方面。特朗斯特羅默本人對法西斯細菌有足夠的免疫力，擺脫了某些歐洲文化名人的偏見。

史賓格勒曾預言過「浮士德文明」的衰落。出於奧斯維辛捲土重來的憂慮，匈牙利猶太裔作家凱爾特斯提出了為歐洲文化重新奠基的問題。在諾貝爾文學獎獲獎演說中，凱爾特斯談到「文學的奧義」時說：「……不經波折，不觸礁翻船，就無法思考文學的奧義；割斷了生死兩界冥冥中連接的紐帶，漠視千百萬犧牲品，漠視那些只見過殘暴沒得到憐憫的受難者，就無法思考文學的奧義。」

3.23

特朗斯特羅默無疑深諳凱爾特斯所說的「文學的奧義」。五十年代時，特朗斯特羅默旅行到巴爾幹半島，正值蘇聯為首的歐洲社會主義陣營國家簽署〈華沙公約〉，為對抗北約而成立政治軍事同盟。詩人在給帕爾梅的一封信（1956 年 5 月 23 日）中談到：「這是南斯拉夫，最初我以為這是瑞典的秋景──我被亮麗風光欺騙了。不，這是南斯拉夫，日午，太陽燃燒。這是與戰爭有關的。或者，在每一個情形的背景中有許多死難者──他們走了，可究竟發生了什麼事情？」

特朗斯特羅默接著談到的他的「小詩」〈旅行的程式（自巴爾幹半島，五五年）〉（1958），詩的開頭是這樣的：

> 耕夫背後悄悄的聲音
> 他沒有回頭看。空曠的田野
> 耕夫背後悄悄的聲音
> 影子一個接一個鬆開了
> 跌進夏日天空的深淵

文德勒（Helen Vendler）在〈紐約書評〉的一篇文章中認為，這首詩令人想起 W.H. 奧登的〈美術館〉。[19] 希臘神話中伊卡洛斯憑藉蠟翼之鳥飛向自由，因為趨近太陽導致毀滅的悲劇，以及勃魯蓋爾以此為題材的名畫，不斷激發了詩人的靈感。瑞典詩人林德格仁（Erik Lindegren）甚至有一種「伊卡洛斯執迷」（Icarus-obsession）[20]。威廉斯的一首詩，立意與奧登的〈美術館〉有些接近。他們都深諳「文學的奧義」，如下面的詩行

表現的那樣：

> 一個農夫正在
> 耕田
> ……
> 熔化的
> 蠟翼
>
> 毫無意義地
> 跌落汪洋
> 水面
>
> 濺起他人不屑一顧的波瀾
> ——威廉斯〈伊卡洛斯墜落的風景〉
>
> 關於苦難他們從來沒有誤解
> 這些古典大師，他們深深懂得
> 苦難在人間的位置……
> 在勃魯蓋爾的〈伊卡洛斯〉裡，比如說，
> 一切都悠閒自得對災難掉頭不顧……
> ——奧登〈美術館〉

威廉斯的這首詩，早於奧登，或許啟發了奧登的靈感。在這兩首詩中，懂得人類苦難的藝術大師與災難降臨時的麻木民眾，形成鮮明對比。

特朗斯特羅默筆下對背後的聲音沒有回頭看的耕夫，屬於對苦難和悲劇麻木冷感的人。在後面幾節，特朗斯特羅默寫到牛、馬等動物的活動，

「黨幹部在集市上採購」，「一間彈洞前額的老屋／兩個暮色中踢足球的孩子」。最後一節，詩人以他自己的和所有旅客的黑暗之旅結束：

> 在漫長黑暗的路上。我的手錶
> 帶著時間捕捉的昆蟲頑強地閃光
> 塞滿的車廂是靜止的密集
> 黑暗中原野如激流閃過
> 作者正在他的意象的行進途中
> 同時旅行的有鼴鼠和禿鷹

詩人的手錶是黑暗時代的唯一亮點。這裡的鼴鼠和禿鷹是既瞭解社會底層又以悲憫眼光俯瞰社會問題的詩人自況，由此構成知識精英與耕夫以及旅行乘客等庸眾之間的對比，就像威廉斯和奧登詩中的悲劇英雄伊卡洛斯與「他人」，與農夫的對比一樣。

威廉斯的意象主義的詩學主張集中表現在他的一句名言中：「沒有觀念只在事物中」（No ideas but in things）。這句話要求詩人融情入景，把觀念體現在物象中，不必像傳統詩人那樣直抒胸臆，更不能在詩歌中以抽象概念來代替形象創造。特朗斯特羅默的創作實踐與這一主張非常一致。與威廉斯、奧登相比，特朗斯特羅默表達的情緒更隱蔽，卻蘊含著人文關懷，但這裡也有他自己後來承認的自視甚高的傾向。

3.24

特朗斯特羅默的人文關懷的甘霖，撒落在他的許多作品的字裡行間。

同時表現在詩人的日常生活和人際交往中。

作為心理學家和精神醫生，特朗斯特羅默在少管所工作時對少年犯的關心和呵護，我們可以在他詩集《監獄：寫於少管所的九首俳句》中發現。這些俳句寫於 1959 年，直到 2001 年才出版。此外，他的一大專長是關於殘疾人的護理，尤其是對有運動障礙大腦受傷的患者的護理。

在〈室內無盡頭〉（1989）中，詩人寫下了他對華盛頓白宮的觀感：

火葬場式的白色建築
在那裡窮人的夢化為灰燼。

印度大師瑪赫西（Maharishi）曾經在美國推廣「超覺靜修」（Transcendental Meditation），在華盛頓 D.C. 有全美第二大超覺靜修社群，致力於降低這個大都市的犯罪率，可是，十年努力之後，在特朗斯特羅默寫了〈室內無盡頭〉兩年之後，瑪赫西失望地把華盛頓 D.C. 稱為一個「泥潭」。阿多尼斯在七十年代訪美之後，也在長詩〈紐約的葬禮〉（The Funeral of New York）一詩中寫下他對紐約的負面印象，多處寫到黑人和窮人聚集的哈林區（Harlem）的暗夜，把紐約喻為「死神的總發動機」。由此可見特朗斯特羅默的觀察眼光是同樣敏銳的。

在葡萄牙，詩人以都市為題材的〈里斯本〉（1966），寫到葡萄牙七十年代革命之前的兩座監獄：

……一座關盜賊
他們在鐵窗後招手

叫嚷說:「請給我們照相!」
「但這裡」,嘿嘿,像個鬧彆扭的人
司機笑著說,「這裡關政治家。」

　　特朗斯特羅默對阿拉伯世界的人文關懷,最早表現在他的〈在尼羅河三角洲〉(1962)一詩中。他的〈一九八〇年〉(1983)一詩,折射了1979年革命後的伊朗局勢,質疑充滿仇恨的黑白分明「聖戰」。詩的畫面甚至可以令某些讀者想起美國遭遇911恐怖襲擊之後的情景。2006年,特朗斯特羅默詩集的阿拉伯文譯本在大馬士革出版,詩人為此撰寫了新的序言。在他的朋友敘利亞詩人阿多尼斯的陪同下,特朗斯特羅默訪問阿拉伯各地並舉行詩歌朗誦會。[21]

　　1984年底,美國一家化學品製造公司在印度一家廠房發生毒氣外泄,導致印度中部的波帕市(Bhopal)上萬民眾喪生或殘疾。據〈印度時報〉報導,特朗斯特羅默去附近瓦加斯(Vagarth)印度詩歌中心出席世界詩歌節之前,與薩確德念頓(Satchidanandan)等印度詩人一道親自到波帕探視受害者,並為死難者舉行詩歌朗誦會。[22]

　　由此可見,特朗斯特羅默並非被某些中國論者誤讀的「純詩人」,而是一個充滿當下關懷和人文精神的詩人。他對非洲等地的人文關懷,將在下文有關章節涉及。本書第五章,將繼續從佛教的角度探討他對人生苦諦的理解,及其類似於大乘佛教的慈悲心腸。

1. T. S. Eliot. ‘Tradition and the Individual Talent’,1919.

2. Lennart Karlström. *Tomas Tranströmer En bibliografi*, Stockholm : Kungl. bibl., 1990-2001, 2 vol., 2, p. 276.

3. Magunus Ringgren. *Det är inte som det var att gå längs stranden. En guide till Tomas Tranströmers Östersjöar*, Bokbandet, 1997, p. 67.

4. 參看 J. M. Thompson *Leaders of the French Revolution*, Oxford, Blackwell, 1962. p. 130。該書是特朗斯特羅默寫作這首詩時主要的參考資料。

5. Anders Lundin. ‘ Afasin och döden–två motiv i Tomas Tranströmers diktning’, *Läkartidningen*, Nr 37, 2004, Volym 101.

6. 轉引自 Magnus Ringgren. *Det är inte som det var att gå längs stranden. En guide till Tomas Tranströmers Östersjöar*, Bokbandet, 1997, p. 16.

7. 此處採用意譯，原文 ortoceratiter 一詞，直譯是正菊石或正齒菊石。特朗斯特羅默在給布萊的一封信中說：「正菊石是一種特殊化石，在波羅的海的石灰石裡經常可以找到，形狀有點像石化的麥克風。」

8. Nadine Gordimer. Address, June 1990, to the international Writer’s Day conference, London. ‘Censorship and its Aftermath’, published in *Index on Censorship*（Aug. 1990）.

9. 據我的理解，在四根說中，八面體屬於空氣，相應的氣質和性格，參看上文關於四根歸屬的圖表。原文直譯是「八張面相」，因此譯為「八面體的臉」。李笠譯為「八面玲瓏的臉」。

10. Magnus Ringgren. *Stjärnhimlen genom avloppsgallret : fyra essäer om Tomas Tranströmer*, Edition Edda, p.43.

11. 參看 Torsten Rönnerstrand.’ *Varje problem ropar på sitt eget språk’ : om Tomas Tranströmer och språkdebatten.* – Karlstad : Karlstad Univ. Press, 2003, p. 104.

12. Robert Bly. ‘ Tranströmer och Minnet’, *Lyrikvännen* Nr 5 1981, p. 328.

13. *Aftonbladet* 13.10.1966.

14. Lennart Karlström.*Tomas Tranströmer : en bibliografi*,Stockholm: Kungl. bibl., 1990-2001, 2 vol., 1, p.218.

15. Partaw Naderi. ‘The Political Poetry in Afghanistan’, Translated by Jawed Nader, Khaama Press, Afghan Online Newspaper & Magazine.

16. *Vestmanlands Läns Tidning*, 23 December, 1983.

17. Ivan Morris. *The World of the Shining Prince : Court Life in Ancient Japan*, Kodansha Globe, 1994, p.311.

18. Elie Wiesel1. 1990. Unpublished remarks before the Global Forum held in Moscow.

19. Helen Vendler. 'Staring Through the Stitches', *The New York Review of Books*, October 8, 1998.

20. Johannes Görannson. '8 Takes Toward a Review of Tomas Tranströmer', *Zoland Poetry*, 2001, vol.1.

21. 'Adonis: Transtromer is deeply rooted in the land of poetry', *Al-Ahram*. 6 October 2011 http://english.ahram.org.eg/~/NewsContentP/18/23495/Books/Adonis-Transtromer-is-deeply-rooted-in-the-land-of.aspx. Retrieved 6 October 2011.

22. 參見 'Nobel laureate has an India connection', *The Times of India*. 7 October 2011.http://timesofindia.indiatimes.com/india/Nobel-laureate-has-an-India-connection/articleshow/10260776.cms. Retrieved 7 October 2011.

第四章

推磨的詩人：
特朗斯特羅默的精神信仰與自由的悖論

4.1

　　一般來說，一個人的宗教信仰往往與其家庭背景有關。特朗斯特羅默母親是個小學教師，父親是記者和圖片編輯。父母親離異後，隨母親長大的特朗斯特羅默從小耳濡目染，接受了母親的基督教信仰。但在十來歲時，他有了不信神的苗頭，不願意接受基督教的堅信禮。後來，他似乎找到一種新的信仰，一種沒有針對兒童的「宗教暴力」的宗教。他對佛教的興趣將在本書第五章探討。

　　早在五十年代，特朗斯特羅默就讀過早期基督教神學家奧古斯丁（Augustinus）的《懺悔錄》和格言，以及中世紀經院哲學家和神學家阿奎納（Thomas Aquinas）的著作。尤其值得強調的是，德國神祕主義神學家和哲學家艾克哈大師（Meister Eckhart ，1260 — 1327 ？）和瑞典的斯威登堡，堪稱青年特朗斯特羅默的精神導師。艾克哈大師，這位當時被天主教定為異端的思想家，在他的《講道集》中認為上帝之真與人之真有一種和聲共震（consonantia）的基礎，並且致力於提升義人的尊嚴。主要以拉丁文寫作的斯威登堡，在當時就是歐洲文化巨人。在威廉‧布萊克、愛默生、榮格、康德和葉慈等文化名人那裡都可以看到斯威登堡的影子。斯

威登堡的思想直接或間接地影響了幾代瑞典作家。

4.2

在特朗斯特羅默思想成熟之後，一方面，他覺得上帝是他無法描繪的；另一方面，他相信自己無力描繪的上帝並不是一個幻覺。在他的詩歌中，不難發現詩人自己的神祕體驗。例如，在散文詩〈暮秋深夜的小說開篇〉（1978）中，詩我獨自在死寂的黑夜裡，突然，「聽到一陣空靈的聲音，一陣走神的鼓點，像陣風一樣不斷敲打大地刻意讓它保持靜謐的東西。如果黑夜不僅僅是光的缺席，如果黑夜真是某種東西，那就是這聲音。」這種體驗，可以用通感來解釋。康定斯基認為黑色是「一切色彩中最缺乏音調的」[1]，特朗斯特羅默卻從中聽到了神祕的聲音。

但是，針對把他視為基督教神祕主義者的觀點，特朗斯特羅默作了這樣的回應：「我從來不稱我自己為一個神祕主義者。這太狂妄了。……一個神祕主義者是一個面對面見到了上帝的人。我僅僅在他跑過我的時候看到他的輪廓。有時我還不敢確定。」[2]

如埃斯普馬克所認為的那樣，特朗斯特羅默的詩歌與神祕主義傳統同中有異，在變化著的被造之物中有詩人心中不變的上帝。[3] 用中國哲學來闡釋以神學修辭表達的這個悖論，就是變中有常。「常」就是上帝。

顯然，特朗斯特羅默的神祕體驗是與東方神祕主義有關的。在一次訪談中，詩人提到他童年時代的經歷：他的父母知道一種可以造成所謂「意念操縱」或有「念動力」（Telekinesis）的靈媒，比如移動物體、隔空取物等現象。這類靈異現象，相當於佛教所說的菩薩「神通廣大」或「法力

無邊」。

特朗斯特羅默還曾這樣談到超心理學（parapsychology）：「此生是否有一種死後通靈的現象？我不知道。我不表現這一點，但這並不是對此全然不關心。所有的與自己密切相關的，是首先要活著，活在當下，意思到有某種被稱為一個『我』的東西。如果你要深究這個謎語，那就同樣要特別記住，『我』有某種在死後將繼續存在的東西。」**4**

超心理學同樣是一門與佛教密切相關的邊緣學科，涉獵的範圍主要有與靈視或「他心通」相關的心靈感應、與占卜相關的預測，與藏傳佛教相關的瀕臨死亡和靈魂轉世，以及各種靈異現象。

諸如此類的靈異現象在特朗斯特羅默詩歌中的表現，將在下文涉及。

4.3

特朗斯特羅默多次自稱為「半個基督徒」。《聖經》是他取之不竭的精神源泉和激發靈感的比喻的寶庫。他的詩歌中多次寫到的上帝，一般可以視為基督教的上帝。例如：「深處的上帝」，「上帝的靈氣」，「上帝的能量」、「上帝的存在」、「背脊上上帝的風」、「上帝的蹤跡」，等等。

在〈一位北方藝術家〉（1966）中，特朗斯特羅默勾勒了一位「追蹤上帝的蹤跡」的音樂家形象，下面是結束這首詩的最後幾節：

死前我將寄出四首讚美詩
　　追蹤上帝的蹤跡
但要從這裡開始
這樣一首歌是貼近的

這是貼近的

戰場在我們內心
我們這些死去的骸骨
為復活而戰

　　詩人在這裡勾勒的，是十九世紀挪威作曲家、鋼琴家格里格（Edvard Grieg）的形象，以這位「北國蕭邦」的第一人稱自述其性格特徵、自由之戀、創作傾向和精神追求。像李斯特等許多藝術家一樣，格里格皈依宗教是人到中年後、步入人生黃昏時的「頓悟」使然，因此他把自己混同為死者中的一員，像一個善靈一樣。

　　艾略特在長詩〈聖灰星期三〉（Ash-Wednesday）中提出了這樣的問題：「上帝說／該讓這些骸骨活過來嗎？／該讓這些骸骨／活過來嗎？」（典出《以西結書》）特朗斯特羅默對此給予了肯定的回答並寄於希望。這首詩也可以視為詩人的自畫像。

4.4

　　基督教文化的一個傳統比喻，是把上帝喻為「磨坊主」，把石磨視為基督教文明乃至人類文明的象徵。祭壇上燃燒的祭品被稱為「上帝的麵包」。耶穌稱自己為「生命的麵包」。要烤製麵包首先必須用石磨把麥子磨成細粉。耶穌的一生是經由受難的碾磨和考驗並抵禦誘惑的一生。因此，在《舊約‧耶利米書》（25:10）中，「推磨的聲音和蠟燭的閃光」同為神聖精神的象徵。在艾略特的名詩〈東方智者之旅〉（Journey of the

Magi）中，三位智者在尋主的山道上就聽到「隨著急流水磨敲打黑暗」的聲音。美國詩人朗費羅在〈神的正義〉中寫道：

上帝獨立磨坊
萬千水輪悠揚，
轉呀轉，耐心等候細細磨，
把人間的不平磨成祂的天堂。**5**

特朗斯特羅默就是這樣一個石磨，上帝的悠揚轉動的不疾不徐的石磨。在他自己的「意象的王國」裡，石磨是一個常見的意象，但這一點往往被瑞典評論家忽略。

下面是特朗斯特羅默詩中的幾個重要的磨坊和石磨的意象。

〈午睡〉（1958）一詩，描寫的是基督教五旬節期間一個小鎮磨坊內外的情景：

石頭的五旬節。噴火的舌頭……
日午的宇宙中失重的城鎮
在喧嘩的光芒中落葬，呼號的鼓點
反鎖著的「永生」連擊的拳頭

鷹起飛，擦過那睡著的人
酣睡中磨輪如滾雷轉動
那是戴著眼罩的馬蹄踢踏
反鎖著的「永生」連擊的拳頭

睡著的人像鐘錘一樣吊在歷代暴君的時鐘裡
鷹在陽光翻白浪的激流裡追趕死亡
迴響在時間裡——就像在拉撒路的棺木裡
反鎖著的「永生」連擊的拳頭

　　這樣古老的磨坊情景，在現代化的工業國家應當已經絕跡了，純粹出於詩人的想像或夢境。詩中的石頭應當指石磨的石頭。五旬節，即基督徒的聖靈降靈節（復活節後的第七個星期日），用比喻來說，是上帝的石磨的節日。以石頭即石磨為象徵的基督門徒應當領受主差遣來的「聖靈」。「噴火的舌頭」典出《新約·使徒行傳》，五旬節到來時，天上訇然作響，如大風吹拂，盈滿耶穌門徒聚集的房間，同時有一個舌頭像火焰一樣落在門徒頭上，充滿聖靈的門徒開始操異邦的語言，宣講神的信息。這意味著新時代的開始。這裡的石磨不是水力而是由馬力推動的。依照風俗，五旬節原本應當放假，但在隱喻意義上，基督徒沒有休息的假日。

　　全詩的寓意是：磨坊工人，作為上帝的僕役，不能讓戴著眼罩的馬盲目地推磨，必須時刻睜大眼睛充當督工。以歷史眼光來看，義人和詩人，對從來不休息的希律王式的暴君必須保持警惕，一刻也不能入睡。午睡的危險，在於有可能沉沉入睡，因此，應當由警醒的鷹掠過入睡者身邊來喚醒他們，就像福音書中因病死亡的拉撒路在棺木中由基督喚醒一樣。

　　我們也可以把鷹的現象和磨坊工人的形象視為同一枚硬幣的兩面：一面是小睡的我，一面是警醒的我。在這種意義上，「喚醒」是自我「喚醒」。這首詩鮮明體現了特朗斯特羅默的詩學觀點，即詩人本人說的：「詩歌是積極的沉思，它們要把我們喚醒，而不是叫我們睡著。」

崇尚詩歌「喚醒」之功用，在世界思想史和詩歌史上有悠久的傳統。例如，在早期基督教和非基督教群體中曾流行一時的諾斯底主義（Gnosticism）認為，來自神性領域的人類自身的神性火花，落到命運的生死世界，有熄滅之虞，因此需要「喚醒」，以便達到神人重新合一的境界。這方面濃墨重彩的表現，首推波斯詩人奧瑪‧海亞姆（Omar Khayyam）的《魯拜集》。在這位蘇菲主義詩人的「魯拜」即四行詩中，「喚醒」人們起來飲酒作樂的聲音，實際上有豐富的寓意，往往象徵精神上的「喚醒」或與佛教接近的「開示」、「醒悟」。

　　這種意義上的「喚醒」，與啟蒙哲學的「啟蒙」即「照亮」的比喻，同中有異。在佛像或神像中，我們常常看到佛祖或基督頭上罩著一道神聖光環。但是，依照佛祖自己的說法，他「覺醒」（buddho）了，不是被「照亮」。這兩個比喻的差異在於，「覺醒」是日常生活行為，意味著開悟是每日不間斷的，而「照亮」給人的聯想是，光源似乎來自天國或別一世界。當然，我們也可以採用「自覺」的說法。當我們說「自我啟蒙」時，那就意味著光源主要是我們自身的「內光」，但同時也可以向外界「借光」。

　　也許正是由於這種差異，特朗斯特羅默本人往往採用與基督教貼近的「醒來」或「喚醒」的說法。《新約》記載過耶穌怎樣喚醒彼得等門徒的情形。五旬節之前，耶穌在客西馬尼園祈禱時，彼得不能與主同心：耶穌很難過，彼得卻酣然入睡，耶穌很警醒，彼得卻鬆懈昏蒙。耶穌因此告誡彼得說：「怎麼樣，你們不能同我儆醒片時麼？總要儆醒禱告，免得入了迷惑！」（《馬太福音》）五旬節之後，情形就大不同了：「他們禱告完了，聚會的地方都震動起來。」（《使徒行傳》）。

〈午睡〉的三節詩，每一節的最後一行把「永生」的所在喻為從內面反鎖著大門的房間，不斷重複以強調：只有被喚醒，才有可能打開天國之門。

4.5

除了〈午睡〉之外，磨坊和石磨的意象在特朗斯特羅默的詩中也不時出現。史詩《卡勒瓦拉》寫到的語焉不詳的魔法寶物三寶磨（Sampo），學者對它作了種種不同的解釋。史詩編者認為它類似於手推磨或風力水力推動的石磨。特朗斯特羅默在〈歌〉一詩中雖然沒有直接提到三寶磨，但他以隱喻寫到被鳥的歌聲推動的水磨。可見他贊同把三寶磨解讀為奇特的石磨。有的學者認為，世界的不同時代，從黑暗時代到黃金時代不斷的循環反復，就是三寶磨碾磨推動出來的。而特朗斯特羅默筆下的石磨，同樣是緩慢地把歷史推向光明的一種力量。

寓意類似的，還有寫到貝多芬之死的〈室內無盡頭〉中的詩行：

歐洲磨坊裡磨石在轉動
大雁北飛

貝多芬雖然死了，但他的音樂推動的石磨轉動不息。樂曲隨著大雁飛到斯德哥爾摩，飛到特朗斯特羅默的琴房，成為一種排解恐懼的「驅魔」的儀式。

4.6

基督教最重要的象徵——耶穌受難的十字架的意象，在特朗斯特羅默的詩歌同樣多次出現。〈在野外〉（1966）一詩，是詩人接到一封談到越戰的美國來信後寫作的，詩的第三節，他這樣寫到十字架形象：

太陽燃燒。轟炸機低飛
向地下投擲一個奔跑的巨大的十字架陰影
一個人坐在地頭翻掘
影子來了
霎那間他處在十字架中間

我見到冷漠的教堂拱頂上掛著十字架
有時它像疾速運動中某物的
一幀快照

在詩人眼中，越戰中無辜者的蒙難，是基督受難的歷史重現，是全人類的災難。這裡有兩個有所不同的十字架：一個是狂熱的陰影，一個是冷漠的無動於衷的影像，前者的製造者是踐踏基督精神的人，後者的崇拜者們雖然沒有直接的戰爭犯罪，但同樣褻瀆了基督精神。因此，我們從這首詩的第三節退回到第二節，就可以看到詩人身在教堂之外，怎樣以自己的獨特的方式祈禱：

信在口袋裡。沒有得到保佑的憤怒的散步，這是一種祈禱
善與惡在你們那裡各有真實面孔

詩人對他的美國朋友致辭。浮現在他眼前的，或許有這樣一些善的「真實面孔」：與詩人通信的布萊，是有菩薩面孔的，是當時流行西方的「社會參與佛教」的活躍分子，是「反越戰美國作家」組織的創立者之一。特朗斯特羅默熟悉的默溫（W.S. Merwin）和艾倫‧金斯堡等和平主義詩人，他們在美國各地發動了反戰活動。惡的「真實面孔」是那些好戰的權勢者，他們發動的越戰已進入第三階段，戰爭規模升級擴大，北越上空轟炸機「雷聲隆隆」。此前不久的一張令人極為噁心的惡的面孔，是南越祕密警察頭子的妻子「龍夫人」。幾個德高望重的和尚接連在順化、西貢街頭自焚抗議後，她到美國宣傳南越的「宗教自由」，竟然說：每當和尚們做這種「燒烤表演」時，她都高興得鼓掌，結果，許多反戰的和平尊的面孔變成了怒目金剛式的憤怒尊面孔。特朗斯特羅默在他的特殊祈禱方式中，同樣顯出了憤怒尊面孔。

　　詩人常常把十字架的意象置於人類受難的歷史情境中。在〈巴拉基列夫的夢（1905）〉一詩中，我們可以看到，在詩人的夢中，當 1905 年俄國革命的戰士強迫這位音樂家演奏一件古怪的樂器時，作為一位東正教信徒，他唯一抗衡的方式就是在胸前劃十字：

他轉向身邊一個船員
絕望地打個手勢並且請求：

「像我一樣劃十字吧，劃十字吧！」
船員像盲人一樣悲哀地盯著

手臂伸出來，頭顱沉下去──
他吊在那裡好像釘牢在空中

大鼓鳴響，大鼓鳴響。歡呼！
巴拉基列夫從夢中驚醒

4.7

　　巴拉基列夫夢中的革命者對一個東正教徒的侮辱，是俄國十月革命勝利後殘酷打壓宗教的序幕。權勢者對宗教的打壓，是特朗斯特羅默深感憂慮的問題。但他深信信仰的力量是無法摧毀的。〈許多腳步〉（1983）一詩寫到一個地下蓄水池，當聖像被埋在地下被踐踏的時候，人們在這個「自身閃光的蓄水池」裡參加「洪濤的禮拜」。〈被驅散的會眾〉（1973）所描寫的，也是在權勢者的打壓下轉入地下的宗教，直接與猶太人的散居和現代社會的排猶相關：

一

我們收拾家園給人看
訪客想：你們住得還算好
裡面有貧民窟

二

教堂裡：拱頂和廊柱
白如石膏，如石膏繃帶
包紮著信仰折斷的手臂

三

教堂裡那個行乞的碗
自己從地板上托起
沿著排排長椅移動

四

但教堂大鐘必須轉入地下
它們掛在排水溝裡
在我們腳下敲響

五

夢游者尼哥底母走在去聖地的
路上。誰有那地址？
不知道。但我們走向那裡

這首詩第一節的出典是《馬太福音》（23:27）：「你們這假冒為善的文士和法利賽人有禍了！因為你們好像粉飾的墳墓，外面好看，裡面卻裝滿了死人的骨頭和一切的污穢。」

伯斯登認為，詩中的「我們」代表最初創建瑞典基督教教堂的信眾中的倖存者，他們曾經度過了半個世紀乃至一個世紀的艱難歲月。[6] 但是，林格仁認為這首詩直接描寫猶太人的散居，詩歌涉及的是現代社會信仰和宗教失落家園的困境。[7] 在此處，寬泛的解釋更恰當些。換言之，詩中的「我們」，可以廣義地理解為一切受到打壓的宗教信徒。

詩的結尾更令人聯想到猶太人的苦難、堅守信仰或改宗基督的歷史。

因為，聖經中的尼哥底母原本是個法利賽人，也是個猶太人官員，他想弄明白基督的道理，又怕別人恥笑，所以像個「夢遊者」一樣在夜裡來見耶穌，後來他成為虔誠的基督徒。在二十世紀大規模反猶浪潮中，猶太人大批被迫改宗的無奈、尷尬、辛酸，這些都是詩中的言外之意。當然，也有不少猶太人改宗基督或改宗佛教之後，為找到了一種真正信仰而不勝欣喜。

4.8

特朗斯特羅默本人的精神信仰所帶來的欣喜，是與他的神祕體驗密不可分的。除了教堂和書本之外，大自然是詩人體驗神祕的取之不竭的源泉。在詩人筆下，蔚藍或陰鬱的海洋，綠色大地或白茫茫的大地，樹木花草，風暴，翻飛的海鷗，麋鹿，狼群，昆蟲……，以及日月星辰，形成種種奇觀：

一顆樹在雨中繞行
在雨中採集生命
　　——〈樹與天空〉

蝸牛修女
靜靜站在草中，鬚角縮進
伸出，煩亂，猶豫
多像探索中的我自己
　　——《波羅的海》

人形的群鳥
剛開花的蘋果樹
這個大謎團

靜步細語聲
遇見樹葉沙沙聲
聽克宮鐘聲
　　　——《大謎團・俳句》

　　具有精深昆蟲學知識的詩人在大自然中不僅僅是欣賞，而且有科學
與靈性相結合的探索。王夫之云：「煙雲泉石，花鳥苔林，金鋪繡帳，寓
意則靈。」由此可見，詩歌中萬物的靈性，在沒有信仰的詩人那裡，可能
只是一種「寓意」而已，換言之，只是一種人格化或神格化之類的藝術手
法而已。但是，在特朗斯特羅默那裡，情形似乎不同，他曾表示：「事實
上我從來沒有虛構什麼東西。對於環境我從來不撒謊。」如果我們相信詩
人自己的說法，那麼，他筆下自然界萬物的超現實的意象和詩人的神交通
感，也許像歌德所說的那樣，是一種「真實的幻想」，一種精神信仰。

　　同時，詩人在聆聽大自然的聲音時，並沒有完全疏離社會。他從樹葉
的沙沙細語中聽到了克里姆林宮的鐘聲。克里姆林宮伊凡三世大鐘樓毗鄰
的基座鐘，是世界上最大的古鐘，是俄羅斯歷史的見證。這首俳句，對於
中文讀者來說，不難聯想到東林書院門前的名聯：「風聲雨聲讀書聲，聲
聲入耳／家事國事天下事，事事關心」。這一富於超時空的審美意義的名
聯，可以作為特朗斯特羅默的自然之戀和社會關懷的寫照。

4.9

　　西方評論家關於特朗斯特羅默的精神信仰與大自然的關係，有各種大同小異的說法，例如，萬物人神同性論（Anthropomorphism）和自然神學（natural theology），等等。

　　萬物人神同性論的原意，是指神明和自然界一切動物、植物、無生命的事物或現象，均具有人的特性。布萊克曾在描寫人的墮落的長詩《耶路撒冷》（*Jerusalem*）中寫道：「河流山嶽城市村莊／都是人，當你進入這些外物的／胸懷，你就擁有內在的天堂和／大地」。類似的情境，在特朗斯特羅默的詩中時而可見。在〈濃縮咖啡〉（1962）中，黑色咖啡可以「眼睛不眨地凝視太陽」，啟迪人的藝術靈感。在〈禮拜後的風琴獨奏〉（1983）中，「寂靜的房間／月光下傢俱站立欲飛」。在〈搖籃曲〉（1989）中，甚至獨輪車，也可以掙脫窠臼擺脫萬有引力而自由翱翔：

> 獨輪車靠自己的輪子滾動，我靠我自己
> 旋轉的靈魂飛行，可此刻思想收攏翅膀時
> 獨輪車贏得翅膀

　　自然神學，與基於教典和各種宗教體驗的神學不同，是一種基於理性和日常體驗的神學，是陶醉於大自然的種種奧祕的神學。首創自然神學的阿奎納說：「人的心智的全部努力無法把一隻飛蟲的精髓摧毀殆盡」。他所說的「精髓」，表明了自然神學對一切生命的尊重。

　　在特朗斯特羅默的〈林間空地〉（1978）中，「森林中心有一片意外的空地，只有迷路時才能找到」，這樣的林間空地可以作為自然神學奧

義的一種象徵，它像任何一種宗教奧義一樣，只有當你陷入困境或受難時才能發現。詩人的靈感，也許來自賀拉斯詩歌中的警句：經由迷失正道而發現正道（Curvo dignoscere rectum）。特朗斯特羅默還把他人住過的農舍稱為「世界中心」。這正如法國思想家巴斯卡（Blaise Pascal）所說的那樣：「大自然是一個無限的領域，中心無所不在卻沒有圓周。」不管你是誰，你的立足點就是世界中心。自然神學透露的資訊，既像獅身人面像一樣神祕，又像農舍一樣尋常。

4.10

在今天，自然神學成了沖淡塵囂的低吟，成了抗衡黑色商業的一種綠色染料。在《大謎團》的一首俳句中，特朗斯特羅默這樣祈求夜鶯：

夜鶯傾瀉吧！
從深處苗壯生長
我們化妝了

2008 年，特朗斯特羅默定居的韋斯特羅市（Västerås）的當地政府投資了一個項目，在市中心的街區把詩人的六首俳句鐫刻在街石頭上，稱為「石頭詩歌」，這首俳句是其中之一。這個項目的意圖，就是希望以詩歌為市民的日常生活增添精神氣氛，沖淡街區的商業色彩。

特朗斯特羅默的散文詩〈巴德隆達的夜鶯〉（1989），是鮮明體現詩人的基督教精神與自然神學相結合的作品。詩中的巴德隆達（Badelunda）是位於瑞典東部的特朗斯特羅默的故鄉韋斯特羅市郊野，以

中世紀小教堂著稱。在詩人筆下：

夜鶯北端的綠色午夜。沉重的樹葉恍惚垂掛，耳聾的小車面向一排霓虹燈駛去。夜鶯的歌聲沒有沖著那一邊顫動，像雄雞啼曉一樣彌漫，純美但不浮華。我羈獄，它來探監。我生病，它來探視。這時我才注意到。時間從太陽月亮急流直下，跌入所有滴滴答答感恩的鐘錶。可這裡沒有時間。只有夜鶯的歌聲，天然洪亮的曲調，擦亮夜空明晃晃的鐮刀。

夜鶯是西方詩歌中最古老的文學原型之一。要瞭解特朗斯特羅默在這個原型的基礎上有什麼創新，首先需要簡單回顧這個原型及其變異。

在希臘神話中，夜鶯是一個被凌辱的雅典公主翡綠眉拉變化而來的。她化為夜鶯之後，她的「精髓」延綿不絕。希臘女詩人薩福在一首詩中把夜鶯稱為「春天的使者，歌喉美妙的夜鶯」。在基督教傳統中，夜鶯往往是聖母瑪利亞的象徵。浪漫主義詩人柯爾律治（S.T. Coleridge）在〈給夜鶯〉（To The Nightingale）中把夜鶯歌聲的雙重特色以一個悖論揉合起來，讚美夜鶯是「音調最優美最憂鬱的鳥！」艾略特的〈夜鶯群裡的斯威尼〉（Sweeney among the Nightingales）一詩中的夜鶯，是為殘酷的國王斯威尼所踐躪的女性作不平之鳴的歌喉。在《荒原》中，翡綠眉拉──那只夜鶯「不容凌辱的歌聲盈滿整個沙漠」。

在北歐文學裡，夜鶯也是常見的藝術形象。在十九世紀瑞典詩人斯諾伊爾斯基（Carl Snoilsky）的〈被囚的夜鶯〉（Den fångne näktergalen）中，夜鶯的受難更令人同情：它被一個惡作劇的學童設陷阱捕獲了，折騰得半死不活後才被放走。最後，倖存的夜鶯康復之後，它的歌聲彌漫在山

谷和森林。當代瑞典詩人雅爾瑪古爾伯（Hjalmar Gullberg）在〈誕生之夜〉（Födelsenatt）一詩中把夜鶯與「基督的神話」聯繫起來。

特朗斯特羅默的夜鶯在瑞典的初夏午夜，一開始就充當了黎明的使者，如薩福筆下夜鶯的溫馨。郊野夜鶯綠色的歌聲，與象徵城市化和工業文明的汽車鳴笛南轅北轍，與紅色霓虹燈形成鮮明對比，其中含有濟慈筆下夜鶯的隱逸。

古人的「午夜」，指雞叫頭遍之時，「黎明」之前，雞叫兩遍。耶穌曾對彼得說：「我實在告訴你，就在今天夜裡，雞叫兩遍之先，你要三次不認我。」（《馬可福音》14:30）像雄雞一樣，特朗斯特羅默的夜鶯對夢中人有「喚醒」的作用。更富於基督精神的，是詩的第二節的用典：「我羈獄，它來探監。我生病，它來探視。」

在《馬太福音》（25：31-40）的末日審判預言中，耶穌把萬民區別為義人和被詛咒的人，好像牧人把綿羊和山羊區別開來一樣，然後對義人說：「…… 我病了，你們看顧我，我在監裡，你們來看我」。那些義人莫名其妙，不知道自己什麼時候做過這樣的好事。耶穌解釋說：「我實在告訴你們，這些事你們既作在我這弟兄中一個最小的身上，就是作在我身上了。」換言之，一個人只要在他人危難時表達了關愛，就等於對耶穌表達了關愛。同樣的道理，傷害了別人，無異於傷害了我自己，傷害了耶穌。因此，特朗斯特羅默的〈夜鶯〉的詩我，應當解讀為「我們」即眾生。在這裡，詩人把夜鶯描寫成綿羊一樣的義人。夜鶯原本就是被凌辱的受難者，它對受難者的同病相憐，已經被提升到更高的精神信仰的境界。

依照基督教末世學的線性時間概念，末日審判是時間的終點。可是，

特朗斯特羅默為什麼把末日審判時耶穌說的話搬到當下瑞典，卻說「這裡沒有時間」？也許，這個無時間性的世界，只有借助斯威登堡的神祕體驗才能很好地解讀。斯威登堡在《末日審判和巴比倫的毀滅》中說，早在1757 年，他就在靈視中見證了基督重臨和末日審判，但是，這只是他對於「太初之道」的精神感知而已。在《魯拜集》的一首詩中，通靈者海亞姆的感知上帝，不止一次：「先知頻現千山見，神子重臨萬次歸」。**8**

因此，特朗斯特羅默筆下夜鶯世界的一個悖論是：這裡既沒有時間又有時間。換言之，這既是基督重臨的時間又是基督歸去的時間，既是末日審判正在進行的時間，又是不斷進行的末日審判之前的時間。因此，我們在等候每一次末日審判之前，都需要富於基督精神的雄雞的喚醒，夜鶯的喚醒。

4.11

在基督信仰深厚的西方，自十九世紀以來，宗教懷疑主義思潮開始蔓延開來。阿諾德在〈多佛海灘〉中，對曾經潮滿的「信仰之海」的退潮深感憂慮。導致這種現象的重要原因，是政治紛爭和戰爭烽煙。懷疑主義思潮同樣波及瑞典。特朗斯特羅默在詩中表達了他在當代的同樣憂慮。在《十七首詩》的〈尾聲〉中，詩人採用了與阿諾德類似的比喻：

上帝的靈氣像尼羅河潮漲潮落
依照不同時代的經文
統計過的起伏的節奏

到了特朗斯特羅默的時代，懷疑主義思潮更加氾濫，用德國詩人荷爾德林的話來說，人類處在啟蒙運動之後「雙方不忠誠」的時代。上帝對人的「不忠誠」，集中表現於奧斯維辛，連猶太人也不得不提出上帝缺席的問題，許多人沒有經由懷疑而達到信仰，而是掉頭不再理會上帝。人對上帝的「不忠誠」，則集中體現在「從來就沒有什麼救世主」的歌聲及其革命實踐中。兩種極權主義誘發的集體歇斯底里症，使得世界像個瘋人院。在《大謎團》的一首俳句中，特朗斯特羅默化用了這個比喻：

> 瘋人圖書館
> 書架上擺著聖經
> 卻無人翻閱

4.12

儘管如此，基督教教堂仍然是西方人重要的精神家園和創造性藝術的舞臺。在 1956 年的一次訪談中，常去教堂禮拜的特朗斯特羅默表示：「我感到需要人們在教堂所得到的那種虔誠的共識，但我疏遠了人們通常在那裡所遇到的那種官方的基督教。」[9] 詩人清楚地看到，某些教派的嚴密組織，對其口頭宣揚的教義的摧毀，往往比外來的暴力更酷烈。他因此對組織嚴密的宗教極為反感，並保持高度警惕。這一點鮮明地表現在他的晚期風格的詩作〈紅尾蜂〉（1989）以及詩人自己的簡單提示中。

這首詩開始描寫一天早晨，「盲目的無足蜥蜴沿著樓梯流動／沉靜威嚴如美洲蛇」，詩我的妻子光著身子驅逐了「妖魔」。在家庭的「驅魔儀式」之後，詩人把鏡頭轉向公眾領域和一個教堂：

我看見長於辭令大量集資的電視佈道者
但他此刻很虛弱，要依賴保鑣——
一個精選的青年，仿佛口中銜枚抿嘴微笑
那笑聲似乎想扼住一個喉嚨窒息一聲哭叫
那叫聲來自醫院病床上一個孤獨的孩子

那儼然如神的蟲豸擦過某人點燃一團火焰
然後抽身退場
為什麼？
火焰招來陰影，陰影劈里啪啦飛進來融入火焰
火焰升騰變黑。黑煙彌漫嗆人
最後濃煙滾滾，只剩下虔誠的劊子手

　　在一次訪談中，詩人談到這首詩的寫作背景：他在電視上看到美國的
「人民聖殿教」（The Peoples Temple）及其教主吉姆‧鐘斯，他覺得舊
金山的這個宗教組織開始還是好的，積極的，後來發展成為信眾必須服從
其領袖的恐怖組織。詩人於 1986 年訪問美國時，還聽說福音布道者奧羅
爾‧羅伯茨（Oral Roberts）有不少信眾。諸如此類的佈道者也開始在瑞
典活動。**10**

　　特朗斯特羅默的這番話對於我們理解這首詩極為有用。1978 年的一
天，由於鐘斯的鼓動，導致九百多信眾集體自殺。羅伯茨雖然沒有鐘斯那
麼邪門，但也是二十世紀信眾甚多的一個頗有爭議的宗教領袖。圍繞他的
爭議，除了對基督教教義的闡釋之外，還有籌款集資問題。1987 年初，
羅伯茨在電視佈道中向聽眾宣稱，上帝向他顯靈，告訴他假如一年內不能

籌集到八百萬美元，上帝就要「召他回家」。許多信眾擔心他自殺，熱淚盈眶，紛紛解囊，結果很快就籌集到九百多萬美元。

特朗斯特羅默在詩中沒有挑明這兩個宗教「領袖」的名字。詩人的提示告訴我們，上面引用的兩節，第一節影射羅伯茨，第二節影射鐘斯，以紅尾蜂（拉丁文學名：chrysis ignita）為隱喻。紅尾蜂的學名照字面直譯是「金火焰」，是一種有金色光澤有紅尾巴的寄生蟲，往往產卵在其他蜂類的巢中，像杜鵑在別的鳥類的窩裡下蛋一樣，因此稱為杜鵑蜂或紅尾蜂。「那儼然如神的蟲豸」，照瑞典文直譯是「如神的東西」，即紅尾蜂，中譯依照後文的描繪增添了貶義色彩。因為，紅尾蜂的幼蟲出來後，就會把宿主的幼蟲吃掉，或把巢中食物饕餮殆盡，導致宿主的幼蟲餓死。詩人用這個意象來象徵基督教的鵲巢被邪教之鳩佔領了。

詩的開頭出現的無足蜥蜴，也是一個重要隱喻。這種動物在古代被誤以為有毒和缺乏視力，形如小蛇，因此往往被視為魔鬼的象徵。莎劇《馬克白》中的一個女巫說：「無足蜥蜴的刺和有足蜥蜴的足，均可煉為蠱毒，擾亂世人的安寧。」

有組織的宗教，也可能是好的、可取的。詩人批評和諷刺的，是組織嚴密的誤入歧途的宗教團體，還包括宗教界或精神領域普遍存在的一種傾向。這種不良傾向，借用藏傳佛教大師邱楊創巴（Chögyam Trungpa）的話來說，是一種「精神上的唯物」（Spiritual Materialism）傾向：把精神追求轉換成為一種自我建構，或者在精神領域進行投資活動或商業盈利。簡言之，打精神招牌，謀物質利益。

〈紅尾蜂〉一詩揭示了精神上唯物傾向的極端形式的最可怕的後果：

「最後只剩下虔誠的劊子手」——這當然不是對上帝的虔誠，對宗教的虔誠，或對靈性的虔誠，而是鐘斯那樣的對殺戮或對殺人魔鬼的「虔誠」。

在〈禮拜後的風琴獨奏〉中，特朗斯特羅默把劊子手的形象與上帝的形象並置在一起，形成鮮明對比：「劊子手操著石頭，上帝在沙上書寫」。在這裡，魔鬼似乎比上帝更強大。但是，詩人仍然表達了他的堅定信仰。上帝在沙上寫的字，可能一時被懷疑主義的潮水沖掉，但「太初之言」畢竟無法從人們的心中沖洗乾淨，是永恆不朽的。

詩人在這裡暗用了著名的基督教典故：耶穌曾以反諷口吻叫那些「沒有罪的」人用石頭去砸那個行淫的婦女，而他自己則在地上用手指寫字。結果，誰也不敢扔第一塊石頭。但我認為這裡也暗用了英國詩人史賓塞（Edmund Spenser）在組詩《愛情小唱》（*Amoretti*）中的一個典故：詩人兩度在沙灘上寫下他戀人的名字，都被潮水沖洗掉了。儘管如此，詩人對他的戀人說：「我的詩韻讓你的美德永恆，／天國中寫下你的榮名。」

4.13

史賓塞在沙上書寫戀人名字的追求純愛的執著，幾百年後化成了另一位詩人的另一種執著：

在我的練習本上，
在我的書桌上，樹木上，
沙上，雪上，
我寫你的名字；

在所有念過的篇頁上，
在所有潔白的篇頁上，
在石頭、鮮血、白紙或焦灰上，
我寫你的名字；

在塗金的畫像上，
在戰士們的武器上，
在君主們的王冠上，
我寫你的名字；

在叢林上，沙漠上，
鳥巢上，花枝上，
在我童年的回音上，
我寫你的名字……

　　這是二戰接近尾聲時，特朗斯特羅默在瑞典廣播電臺「詩的自由」節目中聽到的一首朗誦詩——法國抵抗運動中的自由詩歌，它鏗鏘的音韻緊緊扣住了十三歲的特朗斯特羅默的心弦，令他興奮不已，激情蕩漾。後來他發現，這首把他「喚醒」令他永遠不會忘懷的詩，就是艾呂雅的〈自由〉。[11]

　　這首長達二十一節回環反復節節推進的抒情詩，充分體現了現代派詩歌自由追求的執著及其偉大的力量。對於特朗斯特羅默來說，聆聽這首詩的朗誦，無異於一次精神洗禮。正如詩的最後一節的高潮和煞尾所寫到的那樣：

由於一個字的力量，

我重新開始生活，

我活在世上是為了認識你，

為了叫你的名字：

自由。

4.14

自由，是特朗斯特羅默詩歌中重要的字眼和主題。詩人的藝術自由的精神是符合基督精神的。依照《加拉太書》中的「自由宣言」，人類的自由來之不易，只有通過基督受難才能獲得。

在特朗斯特羅默的〈舒伯特幻想曲〉中，我們看到的是自由的空間既大又小的奇觀。這首詩的第一節所描寫的紐約，是一個人口擁擠的現代大都市。夜色中的不夜城，像白日一樣充滿塵囂，地鐵車廂甚至像「一座呼嘯奔馳的僵屍博物館」。與之形成對比的，是一間房屋裡響起的舒伯特鋼琴曲。特朗斯特羅默由此想到這位偉大的音樂家：「他讓一條河流穿過針眼」。

後來，詩人進一步化用了福音書中「富人進天堂比駱駝穿過針眼還難」的比喻。在1952年的一封信中，談到芬蘭作曲家西貝流士（Jean Sibelius）時，特朗斯特羅默說：「在西貝流士的〈第四交響曲〉的最後部分，有石頭從地上雀躍起來的歡樂，有只能從緊張中贏得的輕快，仿佛一種穿過針眼的自由。」[12]詩人以誇張手法表達了自由的難得，用悖論來說，這是自由空間的浩瀚的狹窄。

在時間意義上，有一個類似的悖論，即自由的恒久的短暫。早在〈聯繫〉（1954）一詩中，特朗斯特羅默就這樣寫到自由：

看這顆灰濛濛的大樹。天空駛過
滿樹纖維墜入大地——
大地狂飲後只剩下一片
滿臉皺紋的雲空。被盜的宇宙
在盤根錯節的樹根中旋轉，擠壓成
一片新綠——瞬間的自由
從我們內心攀升，穿過
命運女神的血液旋轉向前

這裡的大樹就像北歐神話中的「世界樹」。看起來「天長地久」的宇宙並非一成不變，而是可以被人盜用損耗的。天空在瘦弱蒼老，大地的新綠轉瞬飄黃，這都是人的短暫自由的象徵。人的自由只是我們內心攀升的一種感覺而已。我們的自由乃至我們的生命，全都捏在未知的命運三女神手裡。我們隨著命運線的紡輪旋轉，任由命運的尺子丈量生命線的長短，不知道哪一天那把命運的剪刀會剪斷我們忙中偷閒的自由，剪斷我們血肉豐滿的生命。這就是天、地、人之間的普遍的「聯繫」。

埃斯普馬克認為特朗斯特羅默的這首詩是與荷爾德林的詩作〈致命運女神〉的對話。[13] 荷爾德林在詩中祈求強力的命運三女神賜予他一個夏天一個秋天，以便讓他的歌成熟起來，這樣，他就可以安然死去。

在我看來，特朗斯特羅默這首詩蘊含的哲學思想，更像與荷爾德林的半自傳體小說《許珀里翁》（*Hyperion*）的一種詩的對話。在該書序言中，

荷爾德林說，他看到了人生的兩個方面，即自由與合一。自由是人所共望的，卻隱含在艱難險阻中；與萬有合一是人生的完美境界。處在生死兩界的主人公，深感「沒有自由，一切都是死的」。而主人公熱戀的狄奧蒂瑪把「神聖自由」視為死亡的惠贈。這正像作為生命樹的世界樹同時也是死亡樹一樣。

4.15

特朗斯特羅默的〈活潑的快板〉（1962）語言質樸，是表達詩人的自由之戀、歌唱藝術自由的一首短詩。那是 1962 年的一天，詩人坐在鋼琴面前，隨著他的彈奏，音樂語言化為文學語言：

黑色的一天過後我彈奏海頓
手上感到一陣素樸的溫暖

琴鍵隨意。輕柔的錘擊
音調是綠色的，活潑而靜謐

音樂說，自由存在
有人不給帝皇納稅

我把手插進海頓口袋
仿效一個沉靜地觀察世界的人

我擎起海頓的旗幟——這意味著
「我們不屈服，需要和平。」
⋯⋯

在二十世紀對「交響樂之父」海頓的重新闡釋中，英國音樂家和評論家托維（D. F. Tovey）勾勒的海頓形象，在英語世界幾乎一統天下。海頓風格的一個重要方面，是不受律條束縛的創造性，它應當理解為一種自由的宣言——在藝術和社會雙重意義上的更廣泛更深刻的自由的宣言。用比喻來說，托維筆下的「海頓老虎」，不是關在動物園裡，而是生活在林莽中。因此，美國作家克拉默（Lawrence Kramer）認為，這隻老虎酷肖海頓的同時代詩人布萊克筆下的老虎。[14]在特朗斯特羅默的〈活潑的快板〉中，似乎也可以看到布萊克的老虎：

> 老虎老虎！燦爛燃燒，
> 黑夜林莽，虎視朗照，
> 駭人勻稱，誰之聖手，
> 永恆天眼，為爾鍛造？

特朗斯特羅默對海頓風格做出了闡釋。如果讀者以想像創造內在的畫面，就會看到同樣有一隻老虎從黑夜林莽中走來，不同的是，它走進一片溫暖的綠地，卻仍然體現了一種勻稱美。這裡既有牴牾又有和諧：「我們不屈服，需要和平。」布萊克的老虎，是上帝的創造，特朗斯特羅默舉起的「海頓的旗幟」，同樣有藝術自由和社會自由的雙重含義，而且蓋有基督的烙印。

4.16

藝術是自由的象徵。但是，藝術形象一旦被藝術家以藝術媒介塑造出

來，凝固起來，一個自由的悖論也就出現了：

> 長裙束緊的聲音。柔和的目光
> 追逐劍士的雄風。然後她自己也站在
> 競技場上。她自由嗎？一個鍍金的畫框
> 　　　緊緊咬住畫像

在短詩〈一位十九世紀的女人肖像〉（1989）中，特朗斯特羅默就畫中人提出了一個問題並給予形象的答案。在提問之前，詩人已經以長裙的隱喻暗示了畫中人被束縛的處境。她十分投入地觀看競技場劍士。在基督教文化中，劍是自衛、公平和正義的象徵。但是，在競技場，我們看不到正義的劍影。羅馬興建競技場，為的是讓人「觀賞」血淋淋的比劍或人獸搏鬥，藉以威懾臣民，用為一種治國術。

反諷的是，歐洲人文主義就是在競技場孕育的。德國哲學家斯洛特戴克（Peter Sloterdijk）在〈人類公園的規則〉（Regeln fur Menschenpark）中指出，競技場使得人的獸性膨脹，人性失落，可是，競技散場回家以後，畢竟有人為人的獸性感到羞恥，進而通過靜心讀書來馴化野蠻主義。斯洛特戴克把奧斯維辛之後的「戰後人文主義」喻為馴化人的「自我牧養」。

特朗斯特羅默的這首詩，也包含與自由相關的「戰後人文主義」的思考。一個畫框也是一幅畫的一部分，可以視為一種藝術媒介。可是，詩人筆下鍍金的畫框限制了畫中人的自由，畫中人並不能像童話人物一樣從畫中走出來。因此，精美的畫框，對於畫中人，猶如囚禁飛鳥的金絲籠一樣。詩人就是這樣在欣賞一幅精美的女性肖像畫時，看出了一個普遍存在的自

由的悖論。詩中仿佛有一條鎖鏈，一環扣一環束縛著人的自由，同時也在訴說藝術家和詩人的自由追求。

4.17

束縛畫中人的畫框的意象，可以視為束縛人的社會體制的一種象徵。自由與束縛的悖論，必須置於社會體制中才能得到深刻理解。在〈傳單〉（1989）一詩中，特朗斯特羅默清楚地挑明了這一點：

> 我們被活生生一錘錘釘入社會！
> 終有一天我們將擺脫一切縲絏

作為動詞或名詞的「釘」，在西方往往是基督受難的象徵。三顆釘子，兩顆用來釘雙手，一顆用來釘雙腳，把基督釘在十字架上。從此以後，夢見釘子和錘子成為西方人的一個典型的夢。佛洛伊德將此解釋為性行為的象徵，難免牽強附會。但是，以錘子作為男性強權的象徵，是可以接受的。

在特朗斯特羅默筆下，這種不自由的苦難，既不是性暴力的傷害，也不是在神聖殉難或「人生本苦」的宗教層面上的折磨，而是著眼於社會的束縛性和強迫性的苦難。當然，用宿命論或宗教的修辭，你可以說，這是命運的錘子，魔鬼的錘子，但是，從社會學和政治的角度來解讀，我們必須認識到，這是不合理的社會制度的錘子。

儘管詩中釘子的比喻，取譬於基督教，卻與列寧的「齒輪和螺絲釘」的比喻有類似之處。不同的是，特朗斯特羅默是以否定的語氣歎息人在社會中的異化和不自由，列寧正好相反，是以肯定的語氣來要求活生生的人

及其藝術作品成為革命機器的零件。反諷的是，當馬克思列寧主義成為一種被人盲目信奉的準宗教，當革命機器變成絞肉機時，那絞肉機也會把自己的齒輪和螺絲釘絞碎！

4.18

特朗斯特羅默的短詩〈黑色山巒〉，雖然沒有出現「自由」的字眼，卻鮮明表達了詩人的自由追求：

> 巴士掙脫寒冷的山影拐進又一個急彎
> 車頭朝著太陽呼嘯而上
> 我們擠塞車內。獨裁者的畫像也擠塞在
> 皺巴巴的報紙裡。一個瓶子傳過一張張嘴巴
> 死亡胎記快速地在大家身上異樣生長
> 山頂的藍色海浪追趕天空

這首詩描寫一輛公共汽車在盤山公路上顛簸的情形。瑞典多平原，只有低矮的山坡，沒有盤山公路，因此，詩人在旅途中或在想像中捕捉的情形，發生在異域山區地帶。反諷的對比是這首詩的顯著特徵。首先，車內乘客實際上的「擠塞」與破損的報紙裡獨裁者象徵性的「擠塞」，形成對比。詩的最後一行，詩人展現出山頂上藍色海浪追趕天空的浩瀚「宇宙意象」，與盤山公路上的小小巴士，與兩種塵寰的「擠塞」再次形成對比。同時形成另一個對比：「一個瓶子」——詩人沒有寫明是水瓶還是酒瓶，最可能的是解渴的飲用水，少量飲用水與可望不可即的想像中的「海浪」相形之下，顯得多麼匱乏、實在和珍貴。更珍貴的是那些傳遞瓶子的嘴巴，

因為車內乘客懂得他們是在「同舟共濟」。海天的蔚藍，在基督教文化中有神聖的象徵意義。它所象徵的自由，是一種超越時空的大自由，它所昭示的拯救，是一種集體拯救。

〈黑色山巒〉早在八十年代就由李笠譯為中文（題為〈黑色的山〉），曾經給中國詩人和讀者以深遠的精神撞擊。但就我所知，在評論特朗斯特羅默的瑞典文和英文著作或文章中，幾乎沒有人提到這首詩，更沒有評論。這樣一首傑作，為什麼在詩人的母語中反而沒有人注意？這也許是因為，這首詩較為明朗，用不著評論家多費口舌。

在〈黑色山巒〉中，乘客的不自由狀態是由專制國家的獨裁者造成的。情形有所不同的是，在民主國家，任何人以犯罪行為損害了他人的自由，也會被剝奪自由。特朗斯特羅默的《監獄：寫於少管所的九首俳句》，表現了詩人對失去自由的少年犯的關注，也表現了他對自由的思考，如下面這首俳句：

他們踢足球
突發一陣慌亂——球
飛出大牆外

瑞典監獄讓少年犯參加一點文體活動，即讓他們在不自由的環境得到相對自由，是一種人道的管教少年犯的方式。這在被強迫勞改的共產主義古拉格，是一種難以想像的奢望。在這個既自由又不自由的空間中，被踢來踢去的足球原本是一個玩具，一旦它飛越高牆，飛出牆外，它就成了自由的象徵。與之形成反諷的對比的，是少年犯的不自由，因為他們不能隨

便走出牆外。往返於大牆內外的特朗斯特羅默在這裡扮演了多重角色:心理醫生,詩人牧師和基督教牧師。

4.19

我們已經清楚地看到,自由是一個悖論概念。沒有束縛,自由就不存在。與此密切相關的另一個二元對立是愛與恨。兩種人生狀況和情緒交織在一起,既排斥又互補,是與中國哲學的陰陽概念相吻合的。

特朗斯特羅默的〈C大調〉(1962),可以視為對自由的一種形象的界定,涉及愛與自由的關係。全詩如下:

他在愛的約會後來到街頭
空中雪花旋舞
他們共枕時
夜色銀光閃閃
冬天來了
他欣喜地快步走來
整個城市傾斜而下
張張笑臉擦身而過——
一切都在翻起的衣領背後微笑
這就是自由!
所有的疑問號開始歌唱上帝的存在
他這樣想
一支樂曲飄來
邁開大步
步入飛雪

萬物漫步走向 C 調
一個顫抖的羅盤指向 C
一個鐘頭翻越了痛苦
這就是輕鬆！
一切都在翻起的衣領背後微笑

　　詩人以日常語言寫日常生活中的自由的體驗。自由的概念接近幸福。在美國詩人桑德堡（Carl Sandborg）的短詩〈幸福〉中，詩人想請教什麼是「幸福」的問題，連教授也搖頭，難以準確定義，但是，在一個假日一條河邊，「我看到樹下一群匈牙利人／和他們妻子孩子／還有一桶啤酒和／一架手風琴」，就立即領悟到幸福的真諦。除了天倫之樂以外，桑德堡把以手風琴為代表的音樂或廣義的藝術作為幸福的條件。

　　特朗斯特羅默同樣如此。詩人在一封信中談到這首詩寫的是西貝流士的 C 大調第三交響曲。三個樂章的第一樂章的意象，用芬蘭作曲家勞塔瓦拉（Einojuhani Rautavaara）的話來說：像一個操瑞典語的紳士在一個清新的早晨漫步。第二樂章的開頭是一首富於浪漫情調的夜曲，主題帶著生發的插曲四次出現，像迴旋曲一樣。作曲家自己把最後一章描繪為「混亂的晶體化」。特朗斯特羅默充當了「瑞典紳士」的角色，他不但以詩語的流水結晶起來，達到類似的音樂效果，而且從懷疑主義的精神低潮推向「信仰之海」的高潮。與此同時，愛和自由也在向高潮推進。

　　從詞源來看，西文中的「愛」，大都蘊含希臘文中四個詞的含義。這四種愛，依照由低到高的層次；一是男女之間的性愛，小愛神愛洛斯或羅馬神話中的丘比特就是這種愛的神格化；二是朋友之間的友愛；三是家庭

裡的親愛、撫愛或敬愛；四是一種無條件的愛，相當於精神之愛，富於犧牲精神的愛，對上帝的愛，《新約‧哥林多前書》第十三章對這種愛作了詳盡的解釋，因此被稱為「愛的憲章」。

在基督徒看來，一個人有了對上帝的愛，就能相容其他三種愛。對於非基督徒來說，精神之愛與對上帝的愛還是有區別的，但精神之愛無論如何應當含有一種廣義的宗教精神，可以延伸到化解一切仇恨的鄰人之愛，人類之愛，宇宙之愛。

特朗斯特羅默對愛的層層提升，是符合基督教「愛的憲章」精神的。詩人對男女性愛的提升，宛如柏拉圖所定義的那樣：雖然這種愛最初是對一個人感到的愛，但是，在沉思之際它成了對那個人的內在美的一種欣賞，甚至可以成為對美本身的欣賞。從「愛的約會」到「所有的疑問號開始歌唱上帝的存在」之間的那些詩行中，我們看到的是詩中的「他」與自然、社會環境的和諧關係。然後，特朗斯特羅默詩中的「他」帶領我們步入藝術天地的超越痛苦的境界，真正的自由境界，近乎美本身的境界。

1. Wassily Kandinsky. *Om det andliga i konsten*, Vinga Press, 1994, p. 90.

2. Interview with Tomas Tranströmer, By Jenny Morelli for Vi-magazine November 2007.

3. 參看 Kjell Espmark. *Resans formler : en studie i Tomas Tranströmers poesi*, Stockholm : Norstedt, 1983, pp.43-47.

4. B. Steiger. Fallet Olof Jönsson, 1973, p. 132f. 參看 Staffan Bergsten.*Den trösterika gåtan : tio essäer om Tomas Tranströmers lyric*, Stockholm : FIB : s lyrikklubb, 1989, pp.95-96.

5. 中譯有意譯，原文如下：Though the mills of God grind slowly, / yet they grind exceeding small；/ Though with patience He stands waiting, / with exactness grinds He all.

6. Staffan Bergsten.*Tomas Tranströmer : ett diktarporträtt*. Stockholm : Bonnier. 2011, p. 182.

7. Magnus Ringgren. *Det är inte som det var att gå längs stranden En guide till Thomas Tranströmers Östersjöar*, Uppsala, 1997, pp. 115-116.

8. 譯自湯普森（Eben Francis Thompson）英譯本《納霞堡的莪默·海亞姆魯拜集》（*The Quatrains of Omar Khayyam of Nishapur*）第 617 首，兩行詩的原文如下：Ten myriad Musas Sinai hath seen. / And Time ten myriad Isas that have been。《古蘭經》稱西奈山顯靈的摩西為穆撒，稱耶穌為爾薩。

9. Staffan Bergsten. *Den trösterika gåtan: tio essäer om Tomas Tranströmers lyric*, Stockholm : FIB : s lyrikklubb, 1989, p. 153.

10. The interview with Tomas Tranströmer,by Tan Lin Neville and Linda Horvath, *Painted Bridge Quarterly*, Number 40-41,1990.

11. 參看 Torbjörn Schmidt. ' Poetens uppvaknande', SvD 10 december 2011.

12. 轉引自 Kjell Espmark. *Resans formler : en studie i Tomas Tranströmers poesi*, Stockholm : Norstedt, 1983,p. 67.

13. Kjell Espmark, *Resans formler: en studie i Tomas Tranströmers poesi*. Stockholm : Norstedt, 1983,p.79.

14. 參看 Lawrence Kramer,. ' The Kitten and the Tiger : Tovey's Haydn', in Caryl Clark （ed.）*The Cambridge Companion to Haydn*, Cambridge, 2005, pp. 240-247.

第五章

法門入口：
特朗斯特羅默詩歌的佛學闡釋

5.1

> 涼爽中
> 眾神諸佛
> 比鄰而居

　　這是正岡子規的一首俳句，可以借來作為特朗斯特羅默的精神信仰的寫照。

　　從回憶錄《記憶看著我》的自述，我們可以看到少年特朗斯特羅默的生活側面，找到他與佛教最初的直接接觸的證據。詩人這樣談到他的早期體驗：「在我的生活中，病是最重要的體驗。世界是個大醫院。出現在我眼前的人，在形體和靈魂兩方面都是有殘疾的。」在家裡，他的母親是愛護他呵護他的，與母親離異後的父親很少露面，但身為領航員的祖父飽經風霜，扮演了父親的引路和教養的重要角色。少年特朗斯特羅默的焦慮是在社會環境和學校環境中感染的：二戰爆發後，瑞典雖然沒有捲入戰爭，卻有不少親納粹的人。他覺得周圍的人都有病，而且總是懷疑自己有病。因此有一種被鬼魂包圍的感覺：「我自己就是一個鬼。每天早晨去上學的鬼，坐在那裡聽課，但沒有洩密。」

在這種情況下，特朗斯特羅默開始懷疑瑞典傳統的宗教，同時對宗教的起源和歷史發生濃厚興趣，開始涉獵不同宗教的基礎知識。幾年後，他意識到自己處在「青春危機」中，把疑神疑鬼作為一種靈啟來體驗：「在我周遭包圍我的，很像釋迦牟尼所遇到的四個形象（一個老人，一個病人，一具屍體和一個行乞的僧人）。我必須對付那些侵入我的夜間意識的畸形和病態，覺得自己應當多一點同情，少一點害怕。」

由此可見，特朗斯特羅默的人生觀早就在戰後陰影下發生了重大變化。或多或少出於佛教的影響，他把自己繫在人道傳統的紐帶上，把全部道德奠定在同情的基礎上。

要研究佛教對特朗斯特羅默的影響，以佛學來解讀他的詩歌，首先，必須瞭解佛教在瑞典的傳播，他的向佛的前輩以及其同時代作家的思想傾向。

斯威登堡是日本鈴木大拙禪師（D.T.Suzuki）眼裡的「北歐菩薩」——不讀佛經不打坐而無師自悟的「佛門真人」。[1] 另一位堪稱佛門真人的，是艾克哈大師，他把高尚的受難視為通向永恆人生的唯一途徑。在《基督教與佛教的神祕主義》中，鈴木禪師以專章探討了艾克哈大師的思維方式與大乘佛教和禪宗的密切關係。瑞典文與德文很接近。許多瑞典作家都可以讀德文。斯威登堡和艾克哈大師的神祕主義，為佛教傳入瑞典打下了堅實的基礎。

十九世紀末到二十世紀初，瑞典人接觸佛教主要通過兩條途徑，一是把佛教引進西方的的德國哲學家叔本華的著作，二是英國詩人愛德溫‧阿諾德爵士（Sir Edwin Arnold）描寫佛陀生平和法教的長詩《亞細亞之光》

（*The Light of Asia*）。叔本華與東方智慧息息相通，他認為，現象界的一切物件，不外乎我內在地感覺到的我自己。他視人生為痛苦，主張向自己的內心去尋找幸福，以審美沉思為趨近和諧的最佳方式。這種思想傾向十分符合瑞典人典型的內向性格。阿諾德詩中「行善者重生，作惡者可恥」的格言源出佛教業力因果說，與奧菲斯原型昭示的信念是一致的。

革新了戲劇藝術的大作家斯特林堡，在十九世紀末葉就對叔本華、尼采的哲學和向佛傾向產生濃厚興趣，多次在書信和作品中提到佛教。例如，讀了德國作家布雷多（Carl Bleibtreu）的佛教色彩的劇作《業力》（*Karma*）之後，斯特林堡在一封信中寫道：「布雷多是一位佛教徒，應當以佛教精神來寫作，從現實取材，無涉佛陀的法教！」[2] 斯特林堡晚期就是以佛教精神來寫作的。在他的《一齣夢劇》（1902）中，印度神話的天神因陀羅的女兒下凡體驗人類生活，她不斷抱怨「人生本苦」，這句話成了該劇的主旨。

十分推崇斯特林堡的特朗斯特羅默，曾這樣談到他的創作與人生苦難的關係：「先前寫作要容易些。知道得越多，體驗越深，寫詩就愈難。世界上太多的苦難。我贊同斯特林堡的觀點：『人生本苦』。」[3]

稍後於斯德林堡的詩人艾克隆，不但熟悉斯威登堡等西方文人，而且受到儒、道、釋的影響。用一句希臘格言來說，他是一位用「夢幻之酒，詞語之血」來寫作的詩人。[4] 特朗斯特羅默在這幾個方面都與艾克隆有類似之處。安德森（Dan Andersson），也是一位「漂泊中做夢的人」。他詩歌中大自然的神祕色彩和詩人尋求上帝的意向，同樣感染了特朗斯特羅默。在〈佛陀〉一詩中，安德森把佛陀的靈魂喻為一顆星星，而特朗斯特

羅默則讓他筆下的鷹化為一顆星星，悲智雙運，俯瞰塵寰。

奠基於老莊思想的道家人生哲學，與禪相通，兩者早就傳入瑞典。三十年代，富於禪意的日本俳句英譯本傳入瑞典。1959 年出版的瑞典文譯本，譯介了松尾芭蕉、與謝蕪村、小林一茶和正岡子規四大俳句詩人。這一年，特朗斯特羅默在斯德哥爾摩一個少管所當心理醫生，他熟讀俳句藉以開悟，並且在「物哀」美學的感染下，奉正岡子規的「精詞簡字，累贅務去」的詩學主張為圭臬，效日文體式寫作了九首瑞典文俳句，表達了詩人對失足少年犯的關注和同情，後來集結為小詩集《監獄》。

除了日本俳句挾禪而入之外，禪宗滲入瑞典還得力於兩本美國小說：一是哲學家和作家羅伯特·M·波西格（Robert M. Pirsig）的《禪與摩托車維修的藝術》（*Zen and the Art of Motorcycle Maintenance*），作者藉以表現在了自己的價值觀念和精神品格，二是堪稱「披頭禪」（Beat Zen）先驅的凱魯亞克（Jack Kerouac）的《達摩流浪者》（*The Dharma Bums*），主人公時而論佛說禪。

此外，在東學西漸的浪潮中，波及瑞典值得一提的，還有印度大師瑪赫西傳授的「超覺靜修」和帕布帕達大師（Prabhupada）啟動的「哈瑞奎師那運動」（Hare Krishna movement）的傳播。

六十年代，藏傳佛教開始流行瑞典。藏密《中陰聞教得度》的英譯本，由美國學者伊文思·溫慈（W.Y.Evans-Wentz）編纂出版，題為《西藏度亡書》（*The Tibetan Book of the Dead*），七十年代有了瑞典文摘譯。特朗斯特羅默在一封信中談到，啟迪他寫〈教堂樂鐘〉的，除了影片《潛行者》之外，還有斯威登堡和《西藏度亡書》等著作。

由此可見，二十世紀，佛教已更廣泛地傳入瑞典。埃克羅夫的詩集《輪渡之歌》（*Färjesång*）受到佛經中錄出的偈頌集《法句經》和道家哲學的影響。馬丁松則自稱為佛教徒——「不是宗教的，而是道德和哲學意義上的」佛教徒。以詩集《閃光的眼睛》（*Emaljögat*）成名的托爾西（Ragnar Thoursie），是一位「走在涅槃路上」的現代派詩人。這三位瑞典人，植根於基督教土壤中，卻以豐饒的東方雨露來澆灌他們的詩歌之樹。這一獨特的人文景觀，使得特朗斯特羅默流連忘返，擴大了他的視野，深化了他的同情。

或認為特朗斯特羅默是通過德語作家、諾貝爾文學獎得主赫賽（Hermann Hesse）的小說《流浪者之歌》（*Siddhartha*，1922）而初識佛教。這本寓言小說1946年譯為瑞典文，描寫一位印度婆羅門教青年（取名於釋伽牟尼的本名喬答摩·悉達多）離家出走尋找人生意義的故事。這本暢銷小說，曾經是許多西方人步入佛教的啟蒙讀物。但是，赫賽小說中並沒有提到特朗斯特羅默所說的「四個形象」。

基督教是瑞典的國教。但是，長期以來，瑞典學校設有宗教知識課程，除了講授基督教以外，同時無偏頗地講授佛教、伊斯蘭教等各大宗教的常識和無神論觀點，以及宗教對政治的影響，引導學生自由地選擇自己的宗教信仰和精神道路。這樣的環境，有利於特朗斯特羅默的精神的自由發展。

5.2

詩人究竟何時從哪裡初識佛教的問題，並不重要。對我們來說，最重

要的，是看他的哪些詩歌可以借佛學來闡釋，以便創造一個不同文化對話的平臺，從中得到精神啟迪和審美享受。

佛陀的核心法教四聖諦，即苦諦、集諦、道諦和滅諦，可以說，在精神上是與特朗斯特羅默詩歌的哲理情懷相契合的。基督受難，可以從佛教視角解讀為苦諦的強烈而集中的表現。幼無所依、老無所養、病無醫療、無辜者慘遭囚禁和屠戮等人生痛苦，在當代社會仍然折騰著千百萬人，如特朗斯特羅默《大謎團》的一首俳句描寫的那樣：

> 一幅黑色畫
> 畫出過多的貧困
> 囚服上繡花

詩的最後一行令人想起莎劇《哈姆雷特》中的主人公的那句臺詞：「整個世界是座大監獄」。或如詩人的另一首俳句比況的那樣：

> 淒風夾冷雨
> 撲向螞蟻同悲戚
> 時刻無止息

任何一種物象或色彩，在詩歌中都有可能兼具正面和負面的象徵意義。螞蟻往往象徵勞苦、勤奮、智慧，堅韌和團隊精神。希臘神話中的螞蟻是最早誕生的生命，知悉天地奧義，因此用於占卜。中文的「蟻」字原義為「義」，所以螞蟻可以象徵正義之士，善德之人。螞蟻的負面象徵意義，主要是生命的短暫。

螞蟻是佛家常用比喻。在美國佛教徒史耐德（Gary Snyder）的詩集《神話與教本》中，螞蟻是工業文明造成的難民：「一隻黑螞蟻背著一顆小蛋／漫無目的地從被糟蹋的地面逃來」。[5] 在崇尚平等的瑞典人的觀念中，沒有中國文化中的蟻民與龍種的對立概念。在特朗斯特羅默的俳句中，螞蟻宛如人生苦諦的象徵，整個人類的悲劇境遇的寫照。但這裡的人格化的螞蟻，沒有對無常的無明，有的是對無常和苦諦的覺悟。

　　上述兩首俳句，虛實相生，美醜並陳，從時空的久遠和廣袤兩個維度把握了人生苦諦，訴說了人的離苦得樂、化醜為美的願望。

　　螞蟻意象多次出現在特朗斯特羅默的詩中，象徵意味比較明朗，例如〈冬天的程式〉（1966）第三節：

監獄的隔離間
展現在黑暗裡
像電視屏幕閃爍

一個隱形的音叉
在鋪天蓋地的寒冷裡
播放它的旋律

佇立星空下
感到世界在我的大衣裡
爬進爬出
好像在螞蟻山裡

這首詩描繪的是詩人在少管所擔任心理醫生時捕捉到的獄中情景。

此處崇拜星辰的螞蟻，既是同情少年犯的詩人的自況，也是世界遍在的苦難的象徵。受難給螞蟻帶來契機，因為，螞蟻像長詩《波羅的海》中求索的蝸牛修女一樣有靈性。這樣的意象可以用雪萊長詩《小魂靈》（Epipsychidion）中的兩行詩來闡明：「屈居蠢才之下的小蟲的精神／在愛和崇拜中躋身於神明」。

5.3

特朗斯特羅默往往以意象捕捉周圍世界的苦難情境，創造出獨特的時代文獻和精神畫卷。他的〈伊茲密三點鐘〉（1958），靈感來自詩人1954 年的土耳其之旅。當詩人來到氣候宜人的伊茲密，他的「禿鷹的望遠鏡」，俯瞰到空蕩的大路上殘缺的一幕：一個乞丐背著另一個缺腿乞丐。瑞典文有句成語：「一個不幸把另一個不幸背在背上」，這無疑是詩人熟悉的，因此，也可以說，詩人在書本上學到的話在現實中碰到了更真切更形象的表現，寫出來自然就是好詩。但是，那些缺乏人間關懷的旅遊作家，對這樣的景象，對時代和時代的難題病態，往往熟視無睹。作為土耳其第三大城市的伊茲密，有「美麗城市」之譽。他們自然不會錯過那些美景。

詩人的〈選自非洲日記（1963）〉（1966）描寫的是他自己旅行途中的親身體驗，我們不但看到現實中的苦難，而且看到非洲現實主義畫家繪畫中的苦難：

在剛果集市地攤上的繪畫裡，
畫中人形如蟲豸，失落了人的精神

特朗斯特羅默同樣是某種程度上的真實地描繪社會景觀的現實主義詩人。這一點，鮮明地表現在他的短詩〈警句〉（1989）中：

資本的高樓，雜交蜂的蜂房，為少數人的蜂蜜，
他在那裡供職。沒人看見時他在黑暗的地道裡
展翅飛行。他必須重生。

詩人獲得諾獎之後，這首詩被美國讀者貼到互聯網上，題為「特朗斯特羅默對我們百分之九十九的貢獻」，用來聲援紐約爆發的「佔領華爾街」抗議資本主義的貪婪和社會不公的示威活動。因為，詩人勾勒的是一個不幸的雇用勞動者的形象，在工業文明的高牆上投射了一道濃厚的陰影。

「雜交蜂」是把非洲蜂與各種歐洲蜂配種產生的「混血兒」。它們更好鬥，可以殺死純歐洲蜂的蜂王並佔領其蜂窩。它們甚至攻擊靠近其領地的動物和人，有時造成重傷乃至死亡的惡果。但它們也可以生產更多的蜜。今天遍佈美國的雜交蜂，也許可以作為資本全球化的一種象徵。

當我看到華爾街示威的大眾高舉馬克思畫像時，我就覺得特朗斯特羅默的〈警句〉完全可以用馬克思的異化理論來解讀。在《1844年經濟哲學手稿》中，馬克思認為：雇用工人的勞動果實被異化了，他們作為人的本質也被異化了，即由人變成從事機械勞動的機器，人變成了「非人」。依照以阿多諾代表的法蘭克福學派對異化理論的發展，異化現象不僅可以涵蓋資本主義的生產過程，而且遍佈於資本主義社會的公民領域和文化領域。

詩中的「他」，即那個雇用工人，代表著所有被異化了的人。他們是

特朗斯特羅默的〈在壓力下〉（1966）一詩中的「我們」，即一個工地上的雇用工人：「人們只能匆忙地從側面觀看美景」。換言之，他們享受不到從容不迫地欣賞美的悠閒自在，甚至美景本身也被異化了：藍天的靜謐成了充塞噪音的「藍天的馬達」。因此，〈警句〉中的「他必須重生」應當理解為集體的拯救，集體享受美的權利的恢復。在《約翰福音》（3: 1-5）中，耶穌告訴在黑暗中尋訪他的尼哥底母說：「人若不重生，就不能見神的國。」耶穌所說的「重生」，不是再進母腹生出來，而是「從水和聖靈」重生。基督教的洗禮，就是「重生」的象徵儀式。審美活動和藝術創造需要類似的精神洗禮。

但是，這正如〈選自非洲日記〉中不斷重複的一行詩所表明的那樣：「走在前面的人有很長的路要走」。

5.4

特朗斯特羅默詩中描繪的，既有詩人及其親屬的病苦，也有眾生的病苦，可以見出詩人心懷的大乘佛教的「同體大悲」。他的短詩〈莫洛凱島〉（1983），涉及比利時的天主教達米盎神父（Pater Damien）在夏威夷群島的莫洛凱島救助麻瘋病人的故事。這類故事在佛門也時有所聞。相傳釋迦牟尼的弟子大迦葉尊者和舍利佛尊者都曾探視幫助過麻瘋病人。特朗斯特羅默八十年代旅居夏威夷時寫下〈莫洛凱島〉一詩。詩人懷念的達米盎神父，曾於十九世紀七十年代自願前往該島，救助病患十多年，直到自己染疾，仍然孜孜不倦，以身殉教。因此，當詩人像禿鷹一樣佇立島嶼山頂，俯瞰腳下當年的麻瘋病人住地和森林時，他這樣讚賞達米盎神父的愛心：

這座森林寬恕一切卻忘不了一切

關愛的達米盎，選擇了人生和遺忘

　　他得到死亡和聲譽

而我們卻從錯誤的角度觀看那裡發生的事件：

　　把一堆圓石誤為斯芬克斯的臉

　這裡有兩種反諷：第一，一個不追求聲譽的人得到了聲譽；第二，一座象徵性的森林與包括自嘲的詩人在內的「我們」之間形成反諷的對比，前者有寬容精神和正確的歷史記憶，後者缺乏日常生活中的神聖感，缺乏關愛、悲心和慧眼，帶著獵奇的眼光，看不清事物的本來面貌，誤讀了自然景觀。

5.5

　1969 年，特朗斯特羅默的母親不幸患癌症逝世，濃厚的陰影籠罩在詩人頭上。他自己說有兩年難以排解的憂鬱。詩人更直接體驗了人生苦諦。1990 年，詩人重病之後肉體和精神上的重創，體現在他的多首詩中。短詩〈像個孩子〉（1996）也許是詩人寫病之苦的最典型的作品，帶有濃厚的自傳色彩，詩中的「你」完全可以解讀為詩人本人。詩人感到自己像個孩子，突然受到欺負，就好像有個麻袋套在他頭上，套住全身一樣。儘管如此，詩人仍然透過麻袋的網孔來尋覓陽光。

　但是，特朗斯特羅默從來沒有感到絕望，沒有抵達精神崩潰的邊界。很快，他終於能夠平靜地接受親人的死亡和逼近自身的死亡，並且在詩中以一種亦莊亦諧的風格來表現苦難。在一次訪談中，他說：「我在寫作時

感到自己好像一件幸運的或受難的樂器。」**6**

　　人類的科學找不到一種方式來量化我們的幸運或受難。科學與詩歌對現實的解讀並非截然對立，但科學與詩歌畢竟有所不同，兩者的區別在於：看重證據的科學，奧登筆下以詹姆斯・瓦特為代表的科學，「認為任何幻想／都會把蒸汽浪費掉」，因此有可能摧毀人的做夢的能力；詩人卻不需要證據，不需要精確計算，僅僅憑個人特殊的情感和體驗，以自己幻想的天線和波長來評估人生苦樂。

　　在散文詩〈藍房子〉（1983）中，特朗斯特羅默以一個隱喻把人生的苦樂量化了：「房子已佇立八十多個夏季。那些木頭注入的防水劑，四次是甜汁三次是苦汁」。這種量化手法，在中國詩詞中也不難發現。元人徐再思小令〈雙調・水仙子〉就有「九分恩愛九分憂，兩處相思兩處愁」的聯語。特朗斯特羅默〈舒伯特幻想曲〉的最後一節，類似的量化是：在天平上稱量時，痛苦與歡樂是半斤八兩，但音樂卻在嘗試以熱情的力量打破這種苦樂參半的冷漠的平衡，使得人生中歡樂的分量更重一些。這就表明，詩人雖然深諳人生苦諦，卻是一個務實的樂觀主義者。

　　特朗斯特羅默關於死之苦的體驗，我們將在最後一章追蹤詩人的中陰之旅時詳盡討論。

5.6

　　依照集諦，苦的原因在於渴念的欲望或貪、嗔、癡三毒及其造業。特朗斯特羅默的某些詩歌堪稱三毒的解毒劑。

　　醮著畢達哥拉斯「萬物皆數」的神祕主義墨汁，詩人在〈航空信〉

（1989）中塗抹了這樣一幅圖畫：「樹影是貪婪的寂靜裡的／黑色數字」。天地遍染貪婪的毒素，而詩人就像孔雀一樣：在東方神話中，孔雀可以把毒蟲變成精神營養，在西方文化中，它可以象徵星辰的眼睛。

在〈悲歌〉（1954）中，詩人還針砭了這樣一種貪婪：「精神的缺席使得寫作貪婪」。詩人把下筆千言言不及義的鋪張的筆墨喻為貪婪的嘴巴。這裡的「精神」，在基督教中是與聖靈相關的，在神祕的靈學中是與「悲歌」悼念的死難者相關的，是使得寫作精練而飽滿的要素。

特朗斯特羅默不但覺察到大自然和個體的貪婪，而且洞察到工業文明和人類文化中的一種集體的「三毒」。在〈致梭羅五章〉中，與梭羅的「無欲」形成對比的，是「沉重都市的貪婪」。在〈悲歌〉（1954）中，詩人寫道：

　　……文化是捕鯨站，那裡，局外人
　　在白色院牆和嬉戲的孩子中漫步
　　但每一次呼吸都能嗅到

　　被捕殺的巨怪在場的氣息。

這裡暗示了兩部小說作品，即梅爾維爾的（Herman Melville）《白鯨記》和卡繆的（Albert Camus）的《局外人》。梅爾維爾筆下作為隱喻的「漫步」，經常遊移於神學與反神學之間。同樣，卡繆筆下的局外人和特朗斯特羅默的用典，也可作如是觀。白鯨的象徵意義帶有神祕色彩，十分複雜，這裡撇開不論。與白鯨相比，亞哈船長沒有那麼神祕。他被白鯨咬掉一條

腿後，成了一個偏執暴虐的復仇狂，集三毒於一身，象徵著資本對權力和金錢的病態的貪欲。特朗斯特羅默把資本主義文化喻為捕鯨站。

5.7

這種集體貪欲必然會使個人受到毒素的感染。伯斯登在評論特朗斯特羅默詩中的「我」時，採用過「自我膨脹」（jagexpansion）及其反義詞「自我否定」（jagetavsägelse）的概念，但這位不諳佛教的作者是把它們作為神祕主義概念來採用的。[7]

「自我膨脹」的概念，類似於濟慈的「自我拔高」（egotistical sublime）一語，也有點像佛家所說的「我慢」，即狂妄的自傲。濟慈由此生出解構二元對立的「消極能力」（Negative Capability）這一複雜概念，其要義之一，接近佛家的「無我」。用濟慈自己的話來說：「詩人沒有什麼，無身份」。特朗斯特羅默後來承認：他的《十七首詩》有「自我中心」的傾向。悖論的是，他後來不再「自我拔高」而是不斷「自我否定」時，他就提升了自己及其詩歌境界。其詩苑新葩的馨香既濃烈又淡泊，濃烈，是因為語言的精練和意象的密集，淡泊，是因為欲望的沖淡。「自我否定」的概念，酷似布萊克在〈密爾頓〉一詩中所說的「自我殲滅」（Self-Annihilation）。在布萊克那裡，耶穌是一個大寫的人，因為他把所有人統一在「普世的兄弟情誼」中。我們摧毀了自我，但並沒有失去身份或認同，而是得到了新生。

匈牙利批評家巴拉茲（Bela Balazs）在《電影理論》中談到兩個中國傳說，可以視為畫家如何贏得新生的傳說：一個畫家畫了一幅美麗的山水

畫，在興奮不已的自我欣賞中，產生了一股進入圖畫的強烈衝動，結果沿著畫中蜿蜒的小徑步入深山，從此在畫中消失不見了。另一個故事是，一個年輕人在觀賞美女畫圖時，愛上其中一位，他進入畫中與她結為伉儷，一年後，畫中出現一個小孩。

巴拉茲認為：「這樣的故事，絕不會釀生於在歐洲藝術觀念中陶冶出來心靈中。歐洲的觀賞者感到一幅繪畫的內在空間是不可即的，是由繪畫本身自足的構圖守衛著的。」[8]

在我看來，實際上未必如此。希臘神話的雕刻家畢馬龍雕刻了一尊象骨美女雕像並愛上了她，然後祈求美神將雕像化為真人，結果如願以償，心理學家稱之為「畢馬龍效應」（Pygmalion Effect）。我們完全可以用「畢馬龍效應」來闡釋上述中國傳說，同時，又可以用佛學來闡釋「畢馬龍效應」。依照西方的一般解釋，「畢馬龍效應」說的是「自我實現的預言」或「期望的力量」。用佛學來解釋，就是破除我執之後的真我的發現，是「精誠所至，金石為開」的道果。如禪宗六祖慧能的傳說所說的那樣：他要求得佛法，就得跪開村口的一塊巨石。他每天誠心跪拜，終於有一天，一道閃電劈開了那塊巨石。

這種動人心弦的超自然的奇觀，在特朗斯特羅默的詩中不難發現。本書第四章論及的詩人崇尚的萬物人神同性論，同樣可以用來解釋畢馬龍的神話。在特朗斯特羅默以繪畫為題材的詩歌中，作為觀賞者和闡釋者的詩人，也突破了巴拉茲心目中的歐洲藝術觀念，更像一個東方人，與繪畫中的審美物件的距離沒有那麼遠。

畢馬龍和中國畫家創造的純真的藝術美，閃爍著上帝之美或佛性之

美的神性光輝，從中得到的極大的審美愉悅，可以陪伴我們度過心靈的暗夜。在這樣的故事中，有經由「自我殲滅」而「自我實現」之後步入的大境界，有小我經由無我而覓得真我的淨土。

在《特朗斯特羅默的詩歌肖像》中，伯斯登在討論詩人與意象派的關係時，提到畫家進入畫中的中國傳說，以此作為「非個人化的、無我的美學」的一個例證。[9] 伯斯登把艾略特的新批評詩學概念與中國美學的「無我」等同起來了，其實二者的差異甚多。艾略特看重傳統，強調的是詩人「逃避情感」，不動聲色，避免直抒胸臆。而中國美學實際上有兩種意義上的既有區別又有聯繫的「無我」：一種是道骨仙風的融入大自然的「無我」，另一種是佛家破除我執的「無我」。畫家入畫圖的傳說，屬於莊禪風格。王國維作《人間詞話》時，將有「生活之欲」的我簡化為「有我」，將「純粹無欲之我」簡化為「無我」，接近於佛家的「無我」。

這兩種「無我」，特朗斯特羅默兼而有之。我在此將西方概念與東方概念結合起來，把他表現積極的個人主義、正直或體現佛教善行法的詩歌視為「有我」。他的破除我執和綠色體驗，均可視為「無我」，此處側重分析前者，後者將在下一章討論。

詩人最典型的「有我」的作品，也許是他的〈從山上〉（1962）一詩：

我獨立山頭眺望海灣
航船停泊在夏日的水面
「我們是夢遊者，月色的浮影」
白帆說

「我們滑過入睡的房舍
我們悄悄打開一扇扇門戶
我們依偎著自由」
白帆說

我曾見過世界的意志遠航
它們沿著同一條航線──單一的船隊
「我們現在解散了，沒有一艘護航」
白帆說

詩中的「世界的意志」這一片語，顯然與叔本華的哲學概念相關。特朗斯特羅默見證的世界現代史的「單一的船隊」，其領航和尾隨的帆船，都是盲目的，像盲人牽瞎馬一樣。更可怕的是，領航並不盲目，他知道自己要謀求的是權力，但他告訴尾隨的帆船說，他謀求的是全世界的解放，是大海盡頭的天國。

叔本華和華格納，是青年尼采心目中的思想大師。從他們的哲學和音樂土壤中，尼采培植出自己的「強力意志」。這種滿懷抱負渴望成就、努力攀登人生頂峰的「強力意志」，是通過解讀世界來創造意義的強大力量，是與酒神氣質接近的概念。尼采在論酒氣質與日神氣質這兩種基本驅動力時，把前者視為帶有集體色彩的「酒神的流變」（dionysischen Fluss），把後者視為個體化的「日神的眼光」（apollinischen Vision）。淵源於希臘流變哲學的「酒神的流變」，是狂熱而激烈的永恆變動和擴張。因此，這一隱喻，可以意譯為「酒神的汪洋恣肆」。明代散文家歸有光〈與潘子實書〉對「汪洋恣肆」作了這樣的否定性評價：「聽其言汪洋恣肆，而實無

所折衷，此今世之通患也。」可見盲目的世界意志，過度的強力意志或酒神氣質，屬於極端的範疇，帶有權貴色彩。而日神氣質屬於中道，比較接近民主精神。

納粹和共產主義者都曾誤讀尼采，偏向其原本需要中道來彌補沖淡的極端，誘發了集體歇斯底里症。特朗斯特羅默在這裡以日神的眼光凝望的靜息的白帆，高揚的是自由的旗幟，它既是懷抱夢幻的理想主義的象徵，也是積極的個人主義的象徵。

我把詩中的帆船視為詩人「有我」的象徵，但這裡絕沒有我執，沒有自私自利。伯斯登指出：特朗斯特羅默自己不是水手，詩中的白帆是「睡夢中的夜鬼」。夢境所表現的是朝著自由，朝著一種烏托邦幻景打開的門。[10] 在這種意義上，帆船意象同時也可以視為「無我」的象徵。

5.8

特朗斯特羅默力求破除我執的傾向，在散文詩〈銀蓮花〉（1983）中表現得十分鮮明。詩人以大自然的花草來解構名利之心，權力之欲：「『功名』——無關緊要！『權力』和『宣傳』——滑稽可笑！」接著，詩人寫到作為權力象徵的古代亞述帝國的重鎮尼尼微。在聖經中，上帝一度想摧毀該城，出於對居民和牲畜的憐惜而保留了它。但是，它在歷史上的強盛不過是喧囂一時而已，它最後的滅亡是通向死胡同的真正的死亡。類似的是，佛經《四十二章經》關於「名聲喪本」的法教有助於啟悟人生：「佛言：人隨情欲，求於聲名，聲名顯著，身已故矣。」

與「本」相反的，是地水火風「四大」假合而成的肉身。特朗斯特羅

默的〈悲歌〉（1954），最後表達了這樣一種捨「末」求「本」的行動：

跑向巴赫的號角
突然借神恩而自信。把自我的偽裝
扔在此岸
在那裡波浪拍擊又消退，拍擊
又消退

　　詩中「自我的偽裝」這一用語，與佛家「臭皮囊」的比喻很接近，但是，詩人的用法有其神祕主義淵源。艾克哈大師在佈道中告誡人們：一個人可能有三、四十層人皮或獸皮，厚如牛皮或熊皮，包裹、遮蓋著靈魂。因此，要深入自身的根本，才能認識自己。布萊克在長詩《密爾頓》中把「假軀體，遮蓋我不朽精神的軀殼」視為「必須掃除乾淨的自我。」

　　不管特朗斯特羅默從哪裡吸取靈感，詩人破除我執後尋求的彼岸，是以「巴赫的號角」為象徵的，他心目中的「淨土」是一片晴明的藝術天地。這是滅諦所追求的苦滅以後得到的解脫。瑞典作家約朗松（Johannes Görannson）在評論特朗斯特羅默詩歌英譯本的文章中認為，特朗斯特羅默把詩歌視為一種「放下」（letting go）。[11]「放下」，作為一種典型的佛教姿態，涉及作為滅苦方法的道諦。根據中觀的解釋，正道是「證悟空性」之道。用艾哈克大師的觀念來說，是自我「化為空無」（niht-werdenne）之後可能達到的「與神合一」（ittisal）的境界。

5.9

空觀是佛教哲學的核心。空性包括「法空」和「我空」，前者指一切現象之空，後者指我體乃五蘊假合而成。芭蕉寫於須磨海濱的一首俳句，鮮明地體現了日本詩歌的「空靈」之美和空性證悟：

> 月掛高寒處
> 問君眼前誰缺席？
> 萬物空如許

筆者的意譯濃化了日本美學的「物哀」色彩。把梵文的 Śūnyatā 譯為中文的「空」，日文的「空虛さ」，英文的 emptiness 和瑞典文的 tom 或 tomhet，都容易誤解為虛無主義，誤解為精神意義的缺乏，導致個體的失落感。

特朗斯特羅默〈維米爾〉（1989）一詩的結尾對空性的沉思和解答，也許不但表現了詩人的精神證悟，而且有佛教術語翻譯方面的考量和闡釋：

> 穿牆令人痛苦，而且會生病
> 但必須穿牆
> 世界是一。但牆……
> 牆是你自己的一部分——
> 不管你知道不知道，對每個人都是如此
> 除了孩子。對於他們來說沒有什麼牆
> 清晰的天空低沉，斜靠在那堵牆上
> 好像在祈禱空性
> 空性向我們仰臉，悄悄耳語

「我不是空，我是開放」

　　本書第二章分析這首詩的前幾節時，已經指出維米爾的畫室與一個麥酒房只有一牆之隔，在象徵意義上，這是藝術世界與現實世界的分野。詩中「穿牆」的比喻，典出福音書，死而復活的耶穌，在其門徒的房門上鎖時，可以穿牆或穿門自由出入。伯斯登在論特朗斯特羅默的專著中認為，這首詩把「空」作為一種更高的力量來祈禱，化用了《舊約・民數記》（6:26）中上帝賜福的話：「願耶和華向你仰臉，賜你平安」。[12]

　　就我所知，瑞典女作家普雷傑（Agneta Pleijel）是鮮見的認為特朗斯特羅默的措辭帶有佛教色彩的論者。她在一篇論文中指出：這裡「空」與佛教的概念極為類似，在那裡，「空」不是指我們的意義虛無空虛，而是指對人生之謎的「開放」。[13]

　　在上文提到的《致特朗斯特羅默的 181 首詩歌》中，保羅松（Niclas Paulsson）的〈黑煤炭〉（Svart Kol）一詩，可以與普雷傑的說法相比較。詩是這樣開頭的：

　　我嘗試從黑煤炭中創造太陽
　　可我愈深挖
　　礦井就愈大
　　虛空就愈敞亮

　　理所當然，這首詩的詩我指特朗斯特羅默。從全詩來看，保羅松雖然沒有佛教視角，但完全可以用佛教概念來闡釋。我譯為「虛空」的瑞典

文詞，是特朗斯特羅默用的形容詞「空」的名詞定冠式，實指是煤井的空間，但言外之意耐人尋味。保羅松筆下的特朗斯特羅默，是在社會的煤井裡挖掘光明的黑暗詩人，同時，他像佛教徒閉關打坐一樣：愈深挖自己的內心，就愈能豁然開朗地領悟空性，從而在浩瀚心靈中發現內在的佛光！這種「對人生之謎的『開放』」，如我在論及黑暗詩人時涉及的那樣，是內外雙向的「開放」。特朗斯特羅默筆下維米爾的畫室，就像這樣的「開放」的煤井。

基督徒伯斯登論特朗斯特羅默時，也沒有採用佛教術語，但他鮮明的西方視角的評述暗含重要的佛教觀念，可以借來與佛教展開有益的對話。在〈穿牆〉一文中，伯斯登就〈維米爾〉一詩的涵義提出了這樣的設問和回答：

　　詩我之牆的另一面的那個世界會淪為空嗎？當麥酒房和大爆炸的雷霆靜下來時，當為了家庭、生計和社會秩序所作的掙扎和抗爭停息下來時，當我們站在必須突破最後一堵牆的強制性面前，我們所期待的僅僅是空嗎？死亡僅僅是生命離世，僅僅是一種熄滅，一種純粹的否定嗎？
　　在孕婦形象中早就有個現存的答案。關於牆內母親的那個牆外世界，胎兒能知道些什麼呢？誕生後的嬰兒對於將要踏足的「未知地帶」，是沒有知識和概念的。同樣一無所知的，是在死亡面前的人，只能靠「祈禱空性」來等候機遇。在詩歌結尾的祈禱中聽見的「空」，通過引證福佑的上帝的輪廓和耳語而承諾道：「我不是空，我是開放」。上帝的名字或死神的名字都沒有提到。特朗斯特羅默所採用的兩個詞都沒有添加佈道性的具體內容，但二者的區別在於，空（tom）是消極的否定性的威脅性的詞，開放（öppen）是積極的肯定性的帶有安慰意義的詞，可以給人以信念和希望。**14**

伯斯登在後來的專著中論及這首詩時，進一步簡略地指出：詩的結尾是個悖論，因為「空」與「開放」可以視為同一回事，卻同時互為反義詞，怎樣理解，取決於隱匿在背後的人生觀。詩人採用「開放」一詞，賦予其積極意義。天空是對一切開放的，啟迪我們逾越一切生命之間的牆垣，達成人類共識。[15]

伯斯登之所以提出上述問題，原因之一，是因為佛教名相翻譯為西語時容易造成誤解。他質疑「空」，實際上是質疑對「空」的誤解。儘管他沒有談到靈魂、業力或輪迴轉世，但他以類似佛家的比喻，以孕婦形象否定了「人死燈滅」的斷見，因為西方人往往把子女作為死去的前一代生命的「倖存」（survive）或延續現象。人死之後究竟會怎樣？伯斯登認為這是無法確知的，他因此也沒有陷入佛家所說的另一種偏見，即人死之後必定轉世為人，否定別的「機遇」的常見。這是對特朗斯特羅默的空性證悟的正確理解。最後，伯斯登把「空」與「開放」視為一個悖論，實際上，這正是佛教所說的「空」的真義。

梵文的「空」，在字面上雖然不是冤親詞，但一旦納入佛教並給予解釋，其概念本身就帶有悖論色彩。例如，《大般若經》云：「佛告善現：『豈一切法先有後無？然一切法非有非無，無自性無他性，先既非有後亦非無，自性常空無所怖畏。』」後來，龍樹菩薩不執一切法存在與否的兩個極端，以《中論》宣說「緣起性空」之說，無著菩薩宣說「因果不空」之說，由此生髮出「真空妙有」的原則，巧妙地傳達了「空」的悖論色彩。它非常接近濟慈關於「詩的人格本身」（the poetical Character itself）的悖論：「它不是它本身——它沒有自身——它既是一切又什麼都不是」。[16]

不難發現，特朗斯特羅默的〈維米爾〉中「我不是空，我是開放」的名句蘊含著類似的悖論：我既是空又不是空，我既是一切又什麼都不是。它可以簡略為西語中現成的用語：「空的開放」。在濟慈那裡，這種開放是詩人向大自然和社會的開放，因為「詩人是最沒有詩意的存在，他沒有身份——他要不斷融入——填充別的形體——太陽、月亮和大海，以及有衝動的男女眾生才是有詩意的，有其不變的屬性」。在海德格爾的《存在和時間》等著作中，「存在」（Sein）一詞往往被劃上一把叉以示勾銷，讀者雖然可以看到這個詞，但它既在又不在。被勾銷的「存在」處在叉號 X 的四條線的中心，這四條線分別象徵天、地、凡人和諸神。德里達把這種現象視為海德格爾的否定性神學的一種特殊的詞形變化，是對否定性的一種獨特的重新闡釋。[17] 對於海德格爾來說，體驗到上帝就是開放，不僅僅是對基督教的上帝，而且是對各種宗教神啟的「空的開放」（empty openness）。[18]

　　類似的是，英國神祕主義哲學家道格拉斯‧哈丁（Douglas Harding）同樣把東西方神學揉合起來。最初，他看到一位畫家的無頭自畫像，若有所悟，注意到自己的無頭狀態，啟迪他提出「無頭之道」（headless way）。實際上，此道可以追溯到佛陀說法的故事。佛陀為了給弟子闡明空性，首先借想像拿掉自己的頭，否定了把「我」的頭等同於「我」的謬見。然後，佛陀不斷肢解自己的肉身，啟悟弟子證得「人無我」。在《論無頭：禪和清晰之象的重新發現》（*On Having No Head : Zen and the Rediscovery of the Obvious*,1961）中，哈丁說：我們都是無頭人。他的意思是說，我，作為觀看我的周圍世界的我，可以清晰地看到千姿百態的

物象，卻無法看到正在觀看的「器具」──我的頭。我們是從一個空的地方，有光的地方，即上帝臨在之處來看世界的──這是我們向內看時發現的「對世界的接受力」。這種接受力，接近濟慈的「消極能力」，後來被他的同道稱為「空的開放」。換言之，我們的頭和全身之「我」，都是「真空妙有」。

後來，著名印度靈性大師奧修（Osho）在《禪修：最初和最後的自由》（*Meditation : The First and Last Freedom*,1997）中傳授的一種禪修，就是觀想自己的頭消失了，這樣，你的中心就會轉向心靈得到淨化，不再用頭而是用心來看世界。

5.10

特朗斯特羅默的〈羅馬式拱門〉（1989），是另一首常被引用表現頓悟體驗的名詩，同樣像一首「用心來看世界」的證道歌，備受瑞典讀者青睞。有位讀者留下遺囑說：他希望把這首短詩鐫刻在自己的墓碑上。

這首詩寫於詩人訪問義大利威尼斯聖馬可教堂之後。全詩如下：

宏偉的羅馬式教堂裡遊客在昏暗中擠塞
拱門疊拱門，沒有盡頭
蠟燭火舌閃爍
一個沒有面孔的天使擁抱了我
一陣耳語滲透我全身：
別為你是一個人而羞恥，自豪些！
你內心拱門接拱門可以無盡打開。

你從來沒有完成，原本如此。
我被淚水蒙住雙眼，
與鐘斯夫婦、田中先生
和撒巴蒂尼女士一道
被推擠到太陽灼熱的廣場，
大家的內心打開一道道無盡的拱門。

　　詩人首先在半明半暗的教堂環境中營造一種神祕而神聖的氛圍。接著，詩我聽到奇異的耳語。不少詩人都曾寫到這種神祕體驗。這種聲音也許並非來自外部。聖奧古斯丁說：「我沒有找到你，主啊，因為我錯在沒有向內尋找你。」在斯特林堡的散文〈捧跤的雅各〉（Jakob brottas）中，當一個宛如基督的影像說話時，敘述者仿佛聽到一個內在的聲音。愛默生把自性的本初的精粹稱為「內在的上帝」，視為他的信仰的基礎。

　　特朗斯特羅默的詩我聽到的告誡的耳語，就是類似的內在的聲音或內在的上帝的聲音。瑞典評論家大都提到此處暗用的典故：在《新約·路加福音》（1:25）中，天使曾在年邁的撒迦利亞面前顯靈，預告他的同樣年邁的妻子以利沙伯將生孩子，即預告施洗約翰的誕生。他們夫婦開始因為沒有子嗣感到羞恥，後來以利沙伯又因為老年懷孕而感到羞恥，躲藏了五個月，最後終於明白：「主在眷顧我的日子，這樣看待我，要把我在人間的羞恥除掉。」

　　西方文化的神或天使，相當於藏傳佛教的空行母。但是，空行母和諸尊，同樣可以視為修持者自身禪修觀想的產物，即修持者自身的心象。創巴在〈空行母之歌〉（Song of the Dakini）一詩中這樣讚美空行母：

尊嚴之光的開啟者，
幸福之源的掌門人，
智慧之門和品格之門——
四扇大門始終向內開啟。

「一個沒有面孔的天使」，像空行母一樣，為特朗斯特羅默打開了尊嚴、幸福、智慧和品格這四扇大門。「一個沒有面孔的天使」，也像在想像中拿掉頭的佛陀一樣，像哈丁和奧修所觀想的無頭之我一樣。無我之我，是值得自豪的。用莎士比亞的人文主義精神來解釋，人之所以值得自豪，是因為人是「宇宙的精華，萬物的靈長」。用佛教的觀點來看，在六道輪迴中，你此生轉世為人，就值得自豪，如果你有足夠的天資，能夠聞法並了悟佛法，就值得法喜！

馬丁森的〈李迪的建言〉（Li Ti's råd），寫的是中國南宋宮廷畫家李迪的人生觀對詩人的啟迪，表現了類似的法喜：

假如你有兩塊銅板，李迪在一次旅途上說，
買塊麵包買一朵花。
麵包果腹
花可以告訴你
此生值得活著。

但是，在《超越瘋狂：六種中陰體驗》中，創巴把輪迴六道重新解釋為此生為人的六種情緒的轉換：天道的福樂感，阿修羅道的嫉妒和享樂的熱望，人道的激情和欲望，畜生道的無明，餓鬼道的貧乏和佔有欲，地獄

道的憎恨和侵犯欲。無論你處在哪一道，都有可能遇到把日常體驗轉化為自由的契機。以人道為例，人道雖然處在六道最高處，但人道的激情也可能導致極端混亂。特朗斯特羅默敬而遠之的「百分之百」的狂熱分子，就是處在極端混亂的心態中。創巴認為，我們處在人道之所以值得驕傲，是因為這樣一些正面因素：我們可以持開放態度，有打開各種業力的可能性，可以學習、禪修，增長智慧和同情，更好地認識自己理解和同情他人。悖論的是，他認為，「人道似乎比其他各道少一些驕傲。假如你處在別道，你就會發現，你身處那裡就是一種佔領，你可以賴著不走（例如天道的「樂不思蜀」——引者），你開始志得意滿。可是，處在人道是沒有滿足的。需要的是不斷求索，不斷尋找新的情境以改進現有的情境。」[19]

　　依照基督教觀點，只有謙卑的人才值得驕傲。在上帝面前，人必須謙卑。聖經中經典的例子，是那個有罪的女人用自己的眼淚給耶穌洗腳。奧古斯丁強調說：謙卑是一切別的美德的基礎。傲慢使天使墮落為魔鬼，謙卑使人提升為天使。但他同時看到，人與野獸在某些方面處在同一個層次。類似的是，斯威登堡描繪的「高貴的人」（Grand Man）是一個「整體」（Whole），是由天國和地獄所有的範圍形成的。用情緒六道的觀點來看，各種情緒均可佔領我們的心胸，可以提升我們或扭曲我們的自性。人值得驕傲的是，儘管人像「半完成的天空」一樣，但他可以把惱人的危險的負面情緒化為正面的積極的情緒，不斷趨於自我完成。以存在主義的觀點來看，人的「人格」是「開放」的，通過與他人親近、可以超越自身而近乎完成。用中國文化的概念來說，他自身的正氣可以壓倒自身的邪氣，或化邪氣為正氣。因此，人可以自豪。

瑞典作家林德奎斯（Sigvard Lindqvist）將特朗斯特羅默的這首詩與瑞典詩人約翰森（Bengt Emil Johnson）的〈記憶〉（Memoar, 1991）進行比較。[20] 約翰森在這首詩中一開始就寫道：「人呀，在你內部有魔鬼，在我內部有畜欄」。雖然，林德奎斯和約翰森都不諳佛教，沒有採用佛教名相，但這與佛家所說的內魔和畜生道驚人地相似。如果人任性地把自己的內魔放出來，把「畜欄」大大打開，他有什麼值得自豪？身在人道，情感和思維卻固執地處在畜生道，比畜生更無明的人，對他人如狼的人，他有什麼值得自豪？在〈我相信孤獨的人〉（Jag tror på den ensamma människan）一詩中，埃克勒夫寫到的那些「像狗一樣對自己的腐臭發情」，「像狼一樣散發貌似人的腐臭」的「似人非人甚至反人類的人」，就是處在畜生道的人，當然沒有什麼值得自豪。犯了罪，做了道德敗壞的事，就應當記得「知恥近乎勇」的古訓。

　　人的精神發展並非一蹴而成，需要不斷修身，不斷向內看。特朗斯特羅默的詩我含著眼淚和幾位遊客出了教堂，來到陽光下的廣場。幾位同遊的名字並非實指，而是選用不同國家和語言中常見的名字，即美國的鐘斯夫婦、日本的田中先生和義大利的撒巴蒂尼女士。「大家的內心打開一道道無盡的拱門」，用哈丁的話來說，向外看，我們看到的只是人生故事的一半，向內看，我們可以看到這個故事的全文。艾哈克大師曾經將神與「神頭」（Gottheit）區別開來。後來，「哈瑞奎師那運動」（Hare Krishna Movement）的著名雜誌從印度教吸取靈感，題為「回到神頭」（Back to Godhead）。這種回歸，就是向內看的結果，就是讓無頭人的頭失而復得的過程。由此表明，豁然開朗的「頓悟」，在某種情境中，是人類一種

共同的精神體驗。

特朗斯特羅默叫人「自豪些」，是在「頓悟」之後，側重的是悖論的一個方面。警醒人的詩句或格言，大都帶有這種片面的深刻。四平八穩是難以扣住人心的。

1990年，特朗斯特羅默獲得「北歐協會文學獎」，評委會的頒獎詞稱：「以一種精練的詩歌語言和世界同一的靈視，他彰顯了存在的隱匿景觀和人的取之不竭的資源」。特朗斯特羅默就此表示：「在我的詩中有一種樂觀主義，因為它有一種宗教景觀。人不是迷宮中的一隻老鼠。我不知道人的資源會在哪裡告罄。」

老鼠難免「鼠目寸光」，人卻有可能高瞻遠矚──既向外看也向內看，以便走出埃及的荒原，自我的迷宮。我們需要外來的摩西，更需要把自己修煉成為引領自己的摩西，因為外來的假冒的摩西防不勝防。

默頓在他的《沉思的新種子》中，這樣描述人類共同的自我證悟的「高峰體驗」：

一扇門在我們存在的中心打開，我們似乎經由它跌入浩瀚深處，雖然無邊無際，我們卻即身可得；在這一溫柔的扣人心弦的接觸中，一切的永恆似乎均成了我們自身的擁有。

上帝以空性（emptiness）的一觸碰觸我們，空掉我們⋯⋯我們的心暢遊於一種領悟的空氣中，一種黑暗而寧靜的現實中，可這種現實把一切都涵蓋在自身之內。再也不渴念什麼⋯⋯你感到你終於充分地誕生了⋯⋯。此刻你已經進入你自己的本性。可是，此刻你卻成了『無』（nothing）。你已經沉落到你自身空無的中心，在這裡，你感覺到一扇扇門飛速打開了，步入無限的自由，步入圓滿的富有，因為沒有什麼屬

於你，但與此同時一切都屬於你。[21]

　　默頓不但有西方眼光，而且深諳佛教，生前致力於天主教、基督教與佛教的對話。在這裡，他兼用西方觀念和佛教的「空」、「無」的概念，以充滿悖論的語言敘述自己的頓悟體驗，喚醒他人。在這裡，打開內門，窺見的是自性的基督或上帝，然後，「一扇扇門飛速打開了」，與特朗斯特羅默描繪的「大家的內心打開一道道無盡的拱門」的體驗非常類似。這一段話，對於我們理解特朗斯特羅默的〈羅馬式拱門〉，理解〈維米爾〉中描繪的神性穿牆的情形，是頗有助益的。

5.11

　　佛經《金剛經》為了以般若智慧契證空性，末尾有著名的「六如偈」：

　　一切有為法，如夢幻泡影，如露亦如電，應作如是觀。

　　「一切有為法」，即現象界一切可見的事物。在佛陀看來，它們的本質都是轉瞬即逝的「空」。佛陀還曾告誡阿難：真佛無以證明，看不見；真義無以言說，聽不見。老子也說過：大象無形，大音希聲。這裡的「真佛」、「真義」、「大象」、「大音」都是「真如」，即世界的真實本質，是「有為法」的對立面。

　　與這種東方智慧類似的，有聖保羅的名言：「看得見的事物是短暫的，看不見的事物是永恆的。」（《哥林多後書》4:18）愛默生在《大自然》中把這一思想視為一切宗教的第一課和最後一課。[22]

佛教和基督教共通的真理，同時也是哲學和科學的真理。詩人往往憑直覺和想像而若有所悟。這樣的真理滲透在特朗斯特羅默的詩歌中。《金剛經》的「六如」，即佛教用來比喻空性的六大傳統比喻，是佛陀說法的「善巧方便」，雖然極為誇張，卻令人警醒。諸如此類的比喻，在不同文化中不難發現。它們也是「隱喻大師」特朗斯特羅默常用的比喻，但他用得一點也不落俗，而是相當精彩。因此，從詩人對「六如」的運用，既可以看出他的思想，也可以看出他的詩藝。

　　在佛教意義上，「空」或「空幻」的反義詞是真實、現實或實相。瑞典文表達反義詞的常用方法是加前綴「O」，即「非」或「不」的意思。特朗斯特羅默接受訪談有時也用英語發言。因此，首先看看特朗斯特羅默如何採用「真實」、「真理」、「現實」（瑞典文 sanning 或 verklighet，英文 truth 或 reality）之類的詞語及其反義詞和相應的形容詞，就不難看出詩人對佛教空性的領悟。

　　詩人在這方面的見解，最重要最接近佛教的一點，是他力求在外在現實與內在現實的關係中尋找真實。在〈序曲（二）〉（1970）中，詩人寫道：

> 兩個真實互相拉近。一個來自內部，一個來自外部
> 在它們的交會場所你有機會觀看自己。

　　在觀看自己時，首先應當看到自己的無明，切忌把自己看得太高。特朗斯特羅默在一則日記（1952 年 5 月 23 日）中，提到德國哲學家和科學家庫薩（Nicolas Cusanus）的偉大。庫薩說：「一個人愈能認識他自己的無知，他的學問就愈大。」[23] 看到自己的無明之後，就可以撥開內心的

雲翳，發現自身的佛性。在特朗斯特羅默的詩中，到處可以見到這樣的兩個真實相遇的情形，好比內在的佛性與外在的佛像或無形之象相遇一樣。

詩集《真實的柵欄》出版後，特朗斯特羅默在紐約的一次訪談中說：「我的寫作往往涉及邊界──內部世界與外部世界的邊界。我把這樣的邊界稱為『真實的柵欄』，……因為這是可以看到的一個真實的（立足）點。當來自內外兩個世界的強烈衝動相遇時，我的詩歌就誕生了。」**24**

值得注意的是，佛陀的巴利文和梵文名號之一如來佛，就是一個與「邊界」概念相關的詞，原意帶有悖論色彩，指既如來如去，又「無所從來，亦無所去」者，即可以如意翻越邊界，可以抵達精神領域或究竟實相的佛。

《大謎團》中的一首俳句，鴿群的形象可以解讀為佛的無象之象：

無望之牆垣
鴿群如來複如去
卻不曾露臉

相傳佛陀在過去世曾為大鴿時，為了引導獵人入正道，於印度摩揭陀國東部的鴿園投火而死。特朗斯特羅默筆下的鴿群，是富於精神涵義的。

此外，他的詩中「不可描繪的真實」或「不可破譯的真實」，「某種比人的影子更大的東西」（〈畫廊〉），在佛家眼裡，無異於如來。在一次訪談中，當記者問到如何從寫作中去除不真實的描寫時。特朗斯特羅默回答說：「你需要給文本提供成熟的時間。它們的特色不可能立即清晰。給它們以時間和耐心。『真實』是與讀者的一種契約。自發性

（Spontaneity）是非常好的，但這並不能經常找到通往真實的途徑。」[25]
詩人在這裡從接受美學的角度談論藝術的真實。藝術的真實不等同於事實
的真實，卻可能比事實更真實。

　　藝術家與讀者有一種「契約」，權勢者與民眾也有一種「契約」或默
契，那就是民眾必須服從權力，否則，權勢者就要採用暴力來對付不服從
的人。因此，權勢者崇尚暴力，他們認為暴力的支柱可以帶來持久的權力、
地位和金錢。

　　強權和暴力都是抽象概念。在短詩〈前門〉（2004）中，特朗斯特
羅默以生動的意象把強權具象化了，描繪了強權的鐵幕戳穿和焚毀的景
觀。由於中譯有意譯和詞曲風味，附錄瑞典文原文和 Robin Fulton 的英譯
以資比較：

〈FASADER〉

I

Vid vägsände ser jag makten
och den liknar en lök
med överlappande ansikten
som lossnar ett efter ett...

II

Teatrarna töms. Det är midnatt.
Bokstäverna flammar på fasaderna
De obesvarade brevens gåta

Sjunker genom det kalla glittret.

一

獨立路盡頭，
看強權，好比洋蔥一小顆，
厚臉皮，層層剝，
碎屑片片皆脫落。

二

鬧劇連臺劇場空，子夜寒，
前門拼字已著火，
一堆信札無回復，費猜祥，
寒光閃處謎團正沉落。

〈*Façades*〉

I

At road's end I see power
And it's like an onion
With overlapping faces
Coming loose one by one…

II

The theaters are emptied. It's midnight
Words blaze on the façades

The enigma of the unanswered letters
Sinks through the cold glitter

　　詩的第一節把強權喻為一個洋蔥，是個不要臉的傢伙，是不依附強權的人看穿了的傢伙。第二節的多個詞都是特指的（英文有定冠詞的）復數形式，劇場應當指強權在那裡走馬燈般的劇場。「劇場空」彰顯了原文隱含的佛教的無常或空觀的意味。前門的「拼字」（英譯 words 不妥，宜譯為 the word），應當指「強權」一詞的拼寫字母，字母燃燒象徵著強權的焚毀。強權無疑會垮臺，但是，某一歷史階段的強權在何時焚毀以什麼方式焚毀，卻是難以猜測難以預料的。例如，獨裁者齊奧塞斯庫一夜之間垮臺的方式，連赫塔・米勒那樣諳熟羅馬尼亞的作家都感到意外。

　　在〈在野外〉（1966）一詩中，針對美國轟炸越南的暴力或廣義的暴力，詩人寫道：

有人發覺暴力是不真實的
短暫的一瞬

　　事實上，暴力可以給受害者帶來真實的血肉模糊的痛苦，但另一方面，在歷史的長河中，暴力和施暴者畢竟是短命的。如果將這兩行詩與〈舒伯特幻想曲〉中的兩行詩比照閱讀，意思就更明朗了：

此刻一間琴房正在演奏舒伯特
對某人來說，旋律比別的一切更真實

拉丁文格言「人生短，藝術長」是貫穿西方美學的一種信念。金斯堡在〈宣言〉（Manifesto）一詩中曾經寫下這樣的詩句，可以借來闡釋特朗斯特羅默的詩意：

萬事皆空藝術不空，假如它向我們展示自身的空性
空談無益詩歌有益，假如它在空中高懸自己的骨架
如佛陀、莎士比亞和蘭波 [26]

　　如我們已經看到的那樣，特朗斯特羅默高懸自己的骨架的獨特表現手法，就是讓他的鷹飛向高空。鷹同樣屬於「有為之法」，但詩人的鷹，像金斯堡眼裡的藝術與詩歌一樣，已經透露出佛教的「真空妙有」之真義。

5.12

　　特朗斯特羅默詩歌中各種現象的「六如」用法，更形象地表達了詩人對空觀的把握。這裡賞析的不限於詩人的明喻，也包括他的隱喻。賞析這些比喻，可以兼得空幻之美和空幻之質。

　　「夢」是他貼近佛教的第一個比喻。他的「夢境現實主義」的夢象，無不帶有不真實的特徵，但同時蘊含幻中有真真中有幻的悖論。例如，詩人在〈尾聲〉（1954）中描繪的瑞典村莊的情景：

……黑色的
焦慮在怎樣表演和退場！
房舍在靜止的舞蹈中站在囚籠裡
在這如夢的聲浪中

詩人憑通感聽到了房舍的「靜止的舞蹈」的「如夢的聲浪」。這種舞蹈，類似於艾略特在〈四個四重奏‧燃燒的諾頓〉中寫到的「在轉動的世界的靜止點」的舞蹈。如夢的意象，卻是把人喚醒的媒介，通往真實的途徑。這是「宇宙的舞蹈」，儘管這是戴著鐐銬的舞蹈，像心靈中焦慮的戲劇一樣，卻可以內化為靜美的自由的景觀。這一點，正如默頓在《沉思的新種子》中描寫的那樣：

　　當我們獨立星空下，當我們偶然看到秋日候鳥飛落松林棲息覓食，當我們看到孩子們的童真，當我們知悉自己心中的愛，當我們像日本詩人松尾芭蕉一樣，聽到一隻老青蛙以孤寂的撲通聲響跳進寂靜的池塘——此時此刻醒來，一切價值向內轉，靈視的「新鮮」、空無和純淨使得它們明朗起來，所有這一切都會讓我們瞥見宇宙的舞蹈。27

　　第二個比喻是「幻」，或轉瞬即逝的幻象。詩歌中的「幻」之象，最形象生動的表達是「海市蜃樓」（瑞典文 hägring），特朗斯特羅默多次採用這個意象，例如《大謎團》中的這首俳句：

　　十一月太陽
　　我的巨影在暢遊
　　幻化為蜃樓

　　「我的巨影」，猶言我所生的念頭。這裡好像是對笛卡爾的「我思故我在」的一個反撥：我所生的念頭是虛幻的，就像那個佛教導師幻化的城堡一樣。即使我思我也不在。因此，它可以視為詩人證得的「我空」，這

是佛祖初轉法輪闡明的小乘法門。

接著，特朗斯特羅默步入佛祖二轉法輪開示的大乘「法空」：一切客觀事物都沒有永恆不變的實體，一切都是因緣聚散而生的現象，即「緣起性空」。

在〈久旱後〉（1978）一詩中，特朗斯特羅默描繪一個港灣城市夏季久旱後的情形：灰濛濛的天空開始悄悄下雨，雷霆落地拂草。接著：

> 它開始給蜃樓島打電話
> 它開始聆聽那灰濛濛的聲音
> 鐵礦是雷霆的蜂蜜
> 它開始跟自己的密碼過活

這裡的「它」（Det，相當於英語的 It），指心目中或上下文中的人或事。儘管「四大皆空」，卻各有其「密碼」，即「不可破譯的真實」。

第三個比喻是泡沫，特朗斯特羅默多次採用。〈歌〉中的美景之一是：「海鷗迅疾穿越水汪汪的荒原——／在泡沫中波光粼粼的萬頃蔚藍」。這個比喻令人想起希臘神話中簇擁著愛與美的女神誕生出海的泡沫。在〈重複的主旋律〉中，一個重複的意象是，噴向海岸的泡沫是大海的鼻息。在〈四種氣質〉中，我們瞥見「泡沫的旗幟」。在〈關於歷史〉中，我們聽到泡沫的汨汨聲音。這樣的泡沫，雖然有其外在的聲色之美，卻終將幻滅。

第四個比喻是影子。在西方文學中，從荷馬史詩到但丁的《神曲》，從莎士比亞到現代派，影子始終是重要的原型意象，往往是黑暗、死亡的同義語。榮格把影子視為人的原始的強暴的乃至邪惡的象徵。在特朗斯特

羅默的〈四月與沉寂〉（1996）中，通過光與影的明暗對比來描寫的「我的影子」的意象意味深長：

> 我被放進我的影子裡
> 像放在黑盒子裡的
> 一把小提琴
>
> 我想說的唯一的東西
> 在不能觸摸的地方閃光
> 像一家當鋪裡的
> 銀器

這是詩人罹患重病後寫的一首詩。詩我的影子是貼近色身的死亡的影子。儘管如此，詩我卻同時像美麗人生的一把小提琴，可能演奏出寂靜的音樂，可能身處不可觸摸的地方，即有可能超越「有為法」的範疇。詩人把看不見的「內光」變成了一種看得見的外光——當鋪裡的銀器的閃光。「沉默是金，言說是銀」。詩人想把內心無聲的語言化為有聲的語言。「內光」，也許就是人死之後能夠繼續存在而閃亮的東西。

第五個比喻是露珠。露珠往往有雙重的比喻意義。晨露的凝結是黎明的徵兆。相傳在須彌山上有晶瑩的甜美的露珠樹。在阿諾德的《亞細亞之光》中，「露珠潛入閃光的大海」[28]這一意象表明：轉瞬即逝的露珠有可能在大海中贏得永恆的生命，否則，一滴露珠只可能迅速乾枯。

在特朗斯特羅默的詩中，喃喃細語的晨露（〈孤獨的瑞典小屋〉），是瞬間美和生命的象徵。與此不同是，「他的父親掙的錢多如晨露」（〈帶

解析的肖像〉）這個比喻，卻只有負面的意涵。

第六個比喻，既閃電，作為「六如」之一，僅取其轉瞬即逝的喻義。在各種文化中，閃電喻義豐富。在希臘四根、陰陽五行和佛教五大中，閃電均屬於火，電火是火的最強烈的形態，伴之以雷霆，可以象徵令人敬畏的力量、神力、天罰或神明發怒的懲罰的武器。

閃電之喻，在特朗斯特羅默的詩中可以看到極為大膽而精彩的表現，例如，在〈四種氣質〉中：「一道立正的閃電看到散發野獸臭味的／太陽在世間拍擊的翅膀中升起／懸掛岩石島上」……。這裡的意象，是用來為膽汁氣質及其相應的暴躁易怒的性格畫像的，表達了詩人對野蠻主義的「神人共憤」的鞭笞。詩人同時以人格化的手法讓閃電以「立正」的姿態延長了施展神威的時間。驚世駭俗的畫面有劇動中靜態的崇高。

與此不同的是〈車站〉（1983）中的閃電之喻。當一列火車到站卻出了故障無法打開車門時，當乘客焦慮地塞在車廂裡，當一個鐵路工人用錘子敲打車輪檢查故障，發出微弱的響聲時，人們突然聽到了一陣奇異的聲響：

> ……一道閃電的撞擊
> 一陣大教堂鐘聲，一陣重新揚帆環游世界的洪鐘
> 托起整列火車和地上潮濕的石頭
> 萬物歌唱。這是你們要記住的。繼續旅行！

此處的閃電，可以借羅馬神話來闡釋：朱庇特的「三霹靂」分別象徵機遇、命運和神意，是打造未來的力量。這裡隨著「閃電的撞擊」響起的

是第一個霹靂。中文往往以「電光火石」喻靈感的閃現。困在形同監獄的車廂裡的乘客，同時陷身心獄裡，而這正是頓悟的契機。頓悟就這樣像電光火石一樣發生了。

詩人把火車之旅與他多處寫到的航海聯繫起來，也就是與詩歌和藝術聯繫起來。據詩人自己的說法，那個鐵路工人，暗示了法國作曲家德彪西。因此，教堂鐘聲和航船洪鐘的比喻，可能暗示了德彪西的鋼琴曲〈沉落的大教堂〉和管弦樂〈大海〉。兩部樂曲都採用鐘聲作為音樂表現手段。[29]

詩人在這裡展示和啟迪的，是一切都在變化，一切都有可能發生轉機。足以「托起整列火車和地上潮濕的石頭」的力量，是以教堂鐘聲為象徵的精神信仰的偉大力量，是動人心弦的音樂的偉大力量，是移人性情的詩心的偉大力量。正如里爾克在《致奧菲斯》十四行詩第一首寫到的那樣：「即使在刻意的沉默中／也曾有過新的開端，徵兆和轉折。」這就是禪機。火車門重新打開了！世界重新揚帆，不是海風推動白帆，而是詩情禪意的「仁者心動」！

所有這些奇特的意象，均可以視為「一切有為法」的隱喻。在特朗斯特羅默的眼裡，隱匿在各種現象背後的真實或真理，往往既是奧妙的又是尋常的，如〈航空信〉（1989）的結尾寫到的那樣：

真理倒在地上
沒人敢去撿它
真理擺在路上
沒人據為己有

因此，詩人在他的人生旅途上揀起地上尋常的真實的石頭，經過打磨雕琢，就成了蘊涵要言妙道的藝術品。

5.13

我們經常看到的一個反諷是，轉瞬即逝的現象，卻往往自以為千古長存。為這種現象畫像，是一個常見的詩歌主題。特朗斯特羅默的〈宮殿〉（1962）一詩就是生動的例證。這首詩的靈感，來自詩人與莫妮卡旅行結婚途中，到義大利北部的帕多瓦市（Padua）參訪法律宮（Palazzo della Ragione）的見聞。法律宮是建於中世紀的一座市政廳建築。特別吸引特朗斯特羅默的目光的，是宮中的一座戰馬雕像。這一主要意象，可以從歷史、政治和佛教等多種角度來解讀。全詩如下：

我們拾級步入。孤獨的大廳
靜謐空無，地板
像一個廢棄的溜冰場
所有的門都關著。空氣灰暗

牆上的畫。我們看見
呆板地擠塞的畫像：盾牌，秤砣，
魚，搏鬥的形象
在另一端聲啞的世界裡

一尊雕塑擺在空虛裡：
大廳中央一馬佇立

但最初我們被空靈吸引時
不曾留意駿馬的孤影

比一枚海螺的吐納更微弱
那是城鎮傳來的聲音
繞著這片荒地
嘟囔著尋找權力

也有些別的，暗中
把它自身的黑暗朝向我們的
五感，卻沒有跨越過去
每個靜謐的沙漏中細沙滴滴

該動步了。我們
走向那匹馬。它碩大如巨人
幽黑如鐵。權力的象徵
在王侯下臺時被人棄置

那匹馬說：「我就是大一
我甩掉了跨在我身上的空虛
這是我的老櫪。我在悄悄生長
我在吞噬此地的沉寂」

在詩人的想像中，戰馬雕塑的藝術原型，當年有縱橫馳騁的駿捷豪
氣，鐵蹄之下，所向披靡。可是，歷史雲煙消散過後，戰馬空殼無神，孤
影自憐，卻殘喘之氣難平，重溫權力舊夢。接著，詩人仿佛聽到了沙漏中

細沙滴滴的聲音，因為時間的涓滴可以匯成淹沒權力暴政的海洋。詩人同時更清晰地聽到了一個微弱的聲音，即他自己虛構的那匹馬的自白。

雪萊在十四行詩〈埃及的奧西曼德斯〉中寫到沙漠上一尊孤獨的王侯石雕殘像：

> 我曾遇見一位來自古國的客商，
> 他對我說：在茫茫無邊的沙漠
> 一雙巨大的石腿獨立沙丘之上，
> 不見軀幹，頭像旁落砂礫半掩，
> 眉宇間的威嚴，嘴角邊的冷峻，
> 表明雕像師深刻理解權勢欲望。
> 摹刻欲望的手和滋生欲望的心
> 早已消亡，欲望依舊殘留寒石，
> 底座鏤刻的兩行大字依稀可辨：
> 「奧西曼德斯，朕乃王中王。
> 千秋垂功業，萬世壓強梁！」
> 此外四處空曠，巨大殘像
> 　形單影隻，遙望赤裸無垠，
> 　唯寂寞平沙茫茫伸向遠方。

這首名詩寫到的奧西曼德斯，一般認為是兩千多年前埃及新王朝時期的法老拉米西斯二世（Rameses II）的希臘名字，他一生善武好戰，大興土木，其巨大陵墓以人面獅身的怪物斯芬克斯塑像為標誌。奧西曼德斯作為一個歷史人物已經成為作家筆下善武好戰的國王的原型。詩中引用的石雕底座的銘文，可能是雪萊憑他的「詩的執照」（poetic license）虛構出

來的，或從一位古希臘歷史學家的著作中移花接木點染而成，因為，這首詩寫於 1817 年，石雕銘文如果採用古埃及象形文字，當時是無法破譯的。

詩的結尾，一片寂寞平沙，仿佛在嘲笑當年的霸主。雪萊強化了兩種暴政之間的反諷的對比：權力暴政在屍骨堆上營造「不真實的」帝國，時間暴政最後必將推翻獨裁者，把帝國化為廢墟。詩人藉以解構他所處時代的無道的權力結構。

特朗斯特羅默的〈宮殿〉同樣虛構了馬的狂妄的自白。這首詩，很可能受到雪萊的影響。

在雪萊和特朗斯特羅默的詩歌中，都不難發現聖經典故。在《新約·啟示錄》中：天空中騎在一匹白馬上名為「誠信真實」或「神之道」的騎手，在他的衣服上和大腿上均寫有「萬王之王，萬主之主」的騎手，一般解讀為上帝。他率領天庭千軍萬馬，將蕩平列國，對人類進行公義的審判。這裡的馬的文學原型有正面的象徵意義。

但是，凌越於上帝之上以「萬王之王」自詡的奧西曼德斯，以「大一」自詡的戰馬，是狂妄無知的。「大一」，依照艾克哈大師的說法，是神祕主義的上帝。人們應當以這樣的眼光來看他愛他：「一個非人，非靈，非人，非象，是的，這就是精粹、明晰純淨的遠離一切二性的大一。從這種大一中我們應當永遠陶醉於從空無到空無（的輪迴）」。[30]

一匹無明的馬，豈能妄稱「大一」？！

在《人和他的象徵》中，榮格認為，馬的文學原型是與人的無意識，與人的原始驅動力直接相聯繫的，是人的活力的血肉豐滿的顯現，象徵著擺脫控制的本能，既能激發人心向上又能照見人自身的陰影。特朗斯特羅

默見到的那匹馬的雕像，就是人自身的陰影。它的原型不過是帝王的坐騎，任由馬鞭驅策的工具。

弗洛姆在〈權威人格〉（1957）一文中談到，具有權威人格的人渴望統治或控制他人，但他難免屈居更高的權力之下，因此，既傲慢又自賤的矛盾性格集於一身。權威人格的對立面是無須依賴他人的成熟人格，因為成熟的人實在地擁抱了這個世界和世人，把握了周圍的事物。後來，弗洛姆在《人類的破壞性剖析》中進一步談到類似的媚上欺下的「官僚人格」，並且從變態心理學的角度指出，在官僚人格中，施虐狂和受虐狂的衝動兼而有之。[31]

特朗斯特羅默筆下的渴望權力的馬的雕塑，就是亦奴亦主的權威人格或官僚人格的象徵。馬的狂言與奧西曼德斯的狂言，可謂異曲同工。作為詩人的特朗斯特羅默，鮮明地表現了成熟人格的沉穩的特徵。佛教的人生哲學和心理學不僅指出「渴念」是人類痛苦的病根，而且提出了有效的對治方法，是培養成熟人格的精神營養。任何時代，權力結構中人與馬的最終下場，是被歷史冷落，被荒原嘲諷。

借用盧西爾（Mark S. Lussier）的一本專著的書題來說，雪萊的〈奧西曼德斯〉屬於蘊含「浪漫主義佛法」（Romantic Dharma）的詩歌，特朗斯特羅默的〈宮殿〉同樣如此。兩者蘊含的佛法，主要是無常。歷史變遷，始於因緣生的當下。

1. 參見鈴木大拙著作的英譯本：D. T. Suzuki. 'Swedenborg : Buddha of the North' , Translated by Andrew Bernstein, *Swedenborg Studies* No. 5. West Chester, Pennsylvania : Swedenborg Foundation, 1996.

2. Strindberg, Brew 15: 368.

3. *Lyrikvännen*, Nr 5, 1981, .p. 355.

4. 參看 Ljung Per Erik. *Drömmens vin, ordets blod : Tolv föredrag om Vilhelm Ekelunds lyrik*, Lund : Litteraturvetenskapliga institutionen, 2004..

5. Gary Snyder. *Myths & Texts*, New Directions Publishing, 1978, p.10.

6. *Folker i Bild*, 1956:19, p. 28. del 1, p. 199.

7. Staffan Bergsten,*Den trösterika gåtan : tio essäer om Tomas Tranströmers lyric*,Stockholm : FIB : s lyrikklubb,1989,p. 124 ; *Tomas Tranströmer : ett diktarporträtt*. Stockholm : Bonnier. 2011, p. 30.

8. Bela Balazs , The Theory of the Film, p. 50.

9. Staffan Bergsten.T*omas Tranströmer : ett diktarporträtt*. Stockholm : Bonnier,2011, p. 23.

10. 參看 Staffan Bergsten,*Den trösterika gåtan : tio essäer om Tomas Tranströmers lyric*, Stockholm : FIB : s lyrikklubb,1989, p. 54.

11. Johannes Görannson. '8 Takes Toward a Review of Tomas Tranströmer' , *Zoland Poetry*, 2001, vol.1.

12. 參看 Staffan Bergsten.*Tomas Tranströmer : ett diktarporträtt*, Stockholm : Bonnier, 2011, p. 239.

13. Agneta Pleijel. ' Där Bilderna upphör om närvaron i Tomas Tranströmers diktning' , *Tomas Tranströmer / medverkande : Ylva Eggehorn ...* , Poesifestivalen i NässjöTomas , 1997, p. 48.

14. Staffan Bergsten. *Den trösterika gåtan : tio essäer om Tomas Tranströmers lyric*, Stockholm : FIB : s lyrikklubb,1989, pp. 125-126.

15. 參看 Staffan Bergsten.*Tomas Tranströmer : ett diktarporträtt*, Stockholm : Bonnier, 2011, p. 239.

16. John Keats, 'To Richard Woodhouse' , October 27,1818.

17. 參看 *Coward and Toby Foshay*. eds., Derrida and Negative Theology, with a Conclusion by Jacques Derrida, State University of New York Press, 1992, p.126.

18. 參看 Ilse Nina Bulhof, Laurens ten Kate（ ed. ）, *Flight of the Gods : Philosophical Perspectives on Negative Theology*, Fordham University Press,2000, p.209.

19. Chögyam Trungpa. *Transcending Madness : The Experience of the Six Bardos* , Shambhala, 1992, p. 244.

20. 參看 Sigvard Lindqvist. *Jönköpings-Posten* 21 / 8 1997.

21. Thomas Merton. *New Seeds of Contemplation*, Norfolk, CT, and New York : New Directions, 1961, 31.

22. Ralph Waldo Emerson. *Essays and Lectures*, Library of America, 1983, p. 38.

23. Nicolas Cusanus. Of learned ignorance, translated by Germain Heron, London: Routledge & K. Paul , 1954, p.1440.

24. Interview with Tomas Tranströmer, *Poetry East Number One*, edited by Richard Jones and Kate Daniels, New York, 1980.

25. Interview with Tomas Tranströmer, *Vi-magazine* November 2007.

26. 金斯堡原文如下 : Art's not empty if it shows its own emptiness / Poetry useful leaves its own skeleton hanging in the air / like Buddha, Shakespeare and Rimbaud.

27. Thomas Merton. *New Seeds of Contemplation*, Norfolk, CT, and New York : New Directions, 1961, pp. 296-297.

28. Edwin Arnold. *Light of Asia*, Kessinger Publishing, 1995, p. 216.

29. Staffan Bergsten.*Den trösterika gåtan : tio essäer om Tomas Tranströmers lyric*, 1989, Stockholm : FIB : s lyrikklubb,p. 35. 伯斯登認為，這裡的鐘聲也可以象徵肉體痛苦，並且提到中國古代的鐘刑：把受刑者捆綁起來把其頭顱置於大鐘之內，然後敲響洪鐘，直到把受刑者震死。但我不認為特朗斯特羅默有這種用意。

30. John Landquist. *De filosofiska mästerverken, III, Medeltid och renässans*, Albert Bonnier, 1935, p. 143.

31. 參看 Erich Fromm. ' Die autoritäre Persönlichkeitä, in : *Deutsche Universitätszeitung*, Band 32 (Nr. 9, 1957) ,. S. 3f. E. 弗洛姆《人類的破壞性剖析 》，中央民族大學出版社，2000 年，頁 359 。

第六章

茶杯裡的宇宙：
特朗斯特羅默的綠色體驗與詩的禪趣

6.1

迷戀中國文化且有向佛傾向的特朗斯特羅默，自然會親近作為漢傳佛教宗派之一的禪宗。《新週刊》記者曾問起詩人是否受到中國文化的影響，他的妻子莫妮卡代他回答說：「當然。他曾說，在寫詩時常覺得自己是一個中國人。我想正因為此，他的詩歌裡有很多東方的，或者說禪宗的精神。」[1]

詩人李笠在〈《特朗斯特羅默詩全集》譯者序〉中談到，有一次他與特朗斯特羅默交談，說起他翻譯過的一個瑞典詩人、小說家 L 時，問特朗斯特羅默：「你覺得他的詩怎樣？」特朗斯特羅默用禪師回答弟子的方式說：「他去中國三個禮拜，回來寫了一部長篇，假如我去中國三年，我會寫一首短詩！」

特朗斯特羅默的當機妙答，以反諷的對比和近乎誇張的手法，表明既不立文字又不離文字的禪和詩怎樣惜墨如金，巧妙地諷刺了那些潑墨如水的作家。

但是，關於他的詩歌與禪宗的關係，就我所知，瑞典評論家沒有直接論及。美國詩人沃加（David Wojahn）在一篇文章中簡單提到：特朗斯

特羅默的詩歌表現了一種禪宗意識（Zenlike awareness）。[2] 顯然，在他的詩歌中，有某種滲透其中貫穿始終的意識結構。作為無神論者的埃斯普馬克，把這種結構稱為「特朗斯特羅默的詩的宇宙」，一種沒有貼近「上帝的靈氣」的宇宙，儘管有時表現了基督精神。與埃斯普馬克不同的，是作為基督徒的伯斯登，力求從宗教角度來解讀這一所謂「詩的宇宙」。[3]

我從禪宗取譬，把這種結構稱為特朗斯特羅默的「茶杯裡的宇宙」，一個看重當下日常生活近乎「菜飯禪」的宇宙。

詩人的茶飯禪，可以從〈紅尾蜂〉的下述詩行看出一些奧祕：

那些只能呆在他自身的正面
　　不能在別處稍微停留的人
那些從來不分心走神的人
那些從未開錯一扇門從未瞥見不明身份之象的人
——離他們遠一點！

詩人在這裡加以否定的不願與之交往接近的人，可以說是黑白分明從來不在灰色地帶停留的人，思想麻木的人，自以為「一貫正確」的人，只能觀看陽光下的明晰物象，不能在若明若暗的朦朧中瞥見上帝的輪廓，從未窺見神祕現象的人。其中「從來不分心走神的人」，或可借茶飯禪的公案來闡釋：

唐朝龍潭崇信，師從天皇道悟禪師，數年間打柴炊爨，挑水作羹，任勞任怨。一日突然問師父：「弟子跟您出家多年，怎麼一次也不曾得到開示？」道悟禪師答道：「自從你來到門下，我未嘗一日不傳授你修法心要。」

「弟子愚笨，不知您在何處傳授？」崇信驚問。

「你端茶給我，我為你喝；你捧飯給我，我為你吃；你向我合掌，我就向你點頭。何處不在指示你修法心要？」崇信聽了，低頭沉思良久，當下頓悟。

我們不妨設想一下，假如龍潭崇信就那樣安心地「打柴炊爨，挑水作羹」，從不提出問題，一直到老到死，那就屬於「從來不分心走神的人」，那就難以得到開悟的契機，那就只有茶飯而沒有禪了，龍潭崇信就不能成為後來的禪師。

特朗斯特羅默看重日常生活的茶飯禪，不是史耐德的那種師法日本傳統的「正統禪」（Square Zen），而是一種「純粹禪」（Pure Zen），即沒有正式訓練方式，沒有組織、教席、傳教模式或體系的禪法，僅僅在日常生活和詩歌創作中聽其自然尋覓開悟之道。

西方傳統中的斯多葛學派，就有在大自然懷抱中淡泊處世的傾向。艾克哈大師曾在〈佈道〉（233）中自問自答：「基督是誰？他沒有名字。他是空。」因此，棲身東西文化邊界的特朗斯特羅默的禪，接近所謂「基督禪」（Christian Zen），在這種禪修中，「基督教與佛教互相切磋、對話和學習」。[4] 在這一精神層面上，他的詩歌具有十分重要的意義。

基督的偉大形象，上帝的朦朧輪廓，或真如實相，用老子的話來解釋，是無形大象。子曰：聖人立象以盡意。意象、意境或境界，是中國詩學的重要範疇。深受中國詩歌影響的西方意象派以英文 image 對譯「意象」，比較貼切，瑞典文以 bild 一詞譯「意象」，偏重「圖像」的意義。意境的概念大一些，沒有一個完全對等的英文詞。我認為，貼近的英文詞，

也許是 imaging，該詞在藝術上的意義是心靈圖畫的成象，或藉想像達成的表現。英國詩人約翰·德萊頓（John Dryden）對該詞的解說是：「Imaging 就其本身而言是詩的極致和生命，經由一種熱情（enthusiasm）或靈魂特有的情感，這一過程使得我們仿佛看到詩人所描繪的事物。」[5] 現代主義詩學承傳了這一精神，例如，波德萊爾以「翻譯靈魂」為詩歌主旨，埃斯普馬克借用這一措辭為他研究西方現代主義詩歌的專著命名。[6]

6.2

特朗斯特羅默的不少詩歌，可以兼用中國的意象、意境說和德萊登、波德萊爾的詩學觀念來解釋。

例如，〈舒伯特幻想曲〉中的兩行詩，與中國詩的意象極為接近，富於禪意：

> 人的大腦無垠的天地凝聚於一掌之內
> 四月燕子歸來，正好飛回教區穀倉簷下舊年老窩

引詩第一句，可以與詩人的下述詩行聯繫起來讀，以便把空間與時間連為一體：

> 一段時空
> 幾分鐘長
> 五十八年的遼闊
> ——〈夜書的一頁〉（1996）

從那裡正好穿牆進入明亮的畫室

進入那一刻——可以活許多世紀的瞬間

　　——〈維米爾〉（1989）

　　這些詩行，可以借東西方思想來相互闡釋。它們體現了中國美學的審美觀照和創作宏願：「觀古今於須臾，撫四海於一瞬」，「籠天地於形內，挫萬物於筆端」（陸機〈文賦〉）。從信仰的角度來看，令人想起十一世紀大迦葉尊者的〈長老偈〉裡的一行詩：「這偉大聖者雙手握有信念」。特朗斯特羅默筆下「人的大腦無垠的天地」，既是詩人縱橫馳騁的想像的天地，也是人類天長地久的信仰的天地。「一砂看世界，一花見天堂，掌中有無限，瞬間有恆常」——布萊克〈天真的預兆〉的名句不但體現了微觀與宏觀的反諷對比，以小見大的美學要求，而且道盡了佛教緣起的人生宇宙法則。而佛典早就有「一砂一世界，一花一天堂」之類的詩偈。諾獎評委獎掖的馬丁松「捕捉露珠映照宇宙」的詩歌藝術，蘊含同樣的哲理。

　　特朗斯特羅默筆下「燕子歸來」的情景，可資比較的，有下述中國古典詩詞名句：

無可奈何花落去，似曾相識燕歸來。

　　——晏殊〈浣溪沙〉

雁過也，正傷心，卻是舊時相識。

　　——李清照〈聲聲慢〉

年年歲歲花相似，歲歲年年人不同。

　　——劉希夷〈代悲白頭翁〉

在晏殊詞中，詞人覺得，很久以前見過的燕子驀然間再次在小園香徑不期而遇。詩人的心境與外在景觀同時發生變異，使之成為一種特殊的心理體驗。這首詞可以用來說明榮格的共時性（Synchronicity）原則，一種把時間本身的客觀流動與人的主觀體驗或直覺揉合起來的觀念。在這裡，時光仿佛既在順流又在倒流，表達了詞人當下的落寞心情和對昔日的回味。

依照物理學，速度大於光速後時空交錯，四維空間發生混亂時，人就有「時光倒流」的特殊感覺。特朗斯特羅默和他們共有的「似曾相識」感，相當於法文所說的「即視感」（déjà vu），是人們大腦中知覺系統和記憶系統相互作用的結果。如果把這樣的詩行詞句僅僅解讀為風物依舊而人事全非的感歎，則難免膚淺。只有看到「似曾相識」的舊景故地同樣在變易，只有從互文見義的角度來看，看到年年歲歲花既相似又不同，歲歲年年人既相似又不同，才能了悟此中禪意，即一種萬物皆流的無常感。同樣的道理，特朗斯特羅默筆下「燕子歸來」，飛入的是新年新窩。詩人所言，是「修辭的反諷」（rhetorical irony），讀者要從字面的反面意義來領悟。

6.3

在《航空信》中，布萊有一封信（1985 年 4 月 20 日）提到自己與中國非常親近，主要靠漢學家亞瑟・威利（Arthur Waley）。威利的漢詩英譯，特朗斯特羅默想必讀過。此外，漢詩早就有瑞典文譯本，瑞典詩人埃里克・布羅堡（Erik Blomberg）初識中文，卻靠美國詩人威特・賓納（Witter Bynner）和江亢虎合譯的唐詩《群玉山頭》（*The Jade Mountain*），並參照漢詩法、德譯本，翻譯了中國抒情詩《昆玉》（*Jadeberget*），1944 年

在斯德哥爾摩出版。他在序言中表達了與英國詩人吉普齡相反的觀點:「東方與西方完全可以相遇」。這本書,以及漢學家馬悅然先生翻譯的中國詩歌,都是特朗斯特羅默便於到手的。

在美學和詩學領域,東西方相遇的情景甚多。李笠把特朗斯特羅默稱為「瑞典的王維」。儘管特朗斯特羅默的詩與王維相比差異很大,但這兩個時代不同地域不同的詩人的某些詩歌,的確可以做些比較研究。請看下面的短詩〈午夜轉機〉(1954):

林間螞蟻靜靜守夜,透視
空無。聽見的卻是昏暗樹葉的
滴落和夏夜深谷的
　　　沙沙細語

如鐘錶指針站立的松枝
渾身是刺。山影中螞蟻悶燒
鳥驚叫!終於,雲的貨車
　　　緩慢啟動

此處的螞蟻,更多地帶有詩人自況的意味。夏夜深谷中的螞蟻和鳥,地上的樹空中的雲,組成的畫面,像一幅立軸中國山水畫。但這是一幅有聲的動態的舒卷自如的畫面。原詩採用薩福詩節,簡潔的詩語富於韻律美。「吟詠之間,吐納珠玉之聲;眉睫之前,卷舒風雲之色」(劉勰〈文心雕龍·神思〉),令人想起王維詩中「月出驚山鳥,時鳴春澗中」,「行到水窮處,坐看雲起時」的意境。

特朗斯特羅默表現的是在大自然中的一種「高峰體驗」。人格化的外冷內熱的螞蟻和飛鳥，對於黑夜的忍耐已經到了極限，到了忍無可忍的地步。雖然少一些王維的隨緣和閑定，卻更具足人的進取精神。詩人靜觀待變良久，以動促變之後，外部世界終於有了從量變到質變的突破。「鳥驚叫」如雄雞啼曉，雲起之像是夜空破曉之象，預告新的一天到來，預示著一種新的轉機或發展機遇。這就是禪機。

此外，王維的下述詩行與特朗斯特羅默的一首俳句，值得著重進行比較分析：

> 一公棲太白，高頂出風煙。
> 梵流諸壑遍，花雨一峰偏，
> 跡為無心隱，句因立教傳，
> 鳥來還語法，客去更安禪。
> ——摘自王維〈投道一師蘭若宿〉

> 上帝的臨在
> 在鳥語的通道裡
> 打開封閉門
> ——特朗斯特羅默〈葬禮小舟‧俳句（四）〉（1996）

王維此詩，描寫道一禪師歸隱的山居，並且表達了詩人自己意欲親近禪師的願望，意境深遠，充滿禪機，逐行試析如下，與特朗斯特羅默有不少可比性：

道一禪師的山居在秦嶺山脈太白山上，有陶淵明〈四時〉的意境。「高

頂出風煙」，像「冬嶺秀孤松」一樣，是詩人的自況。

道一禪師清淨的梵心如甘霖雨露，流遍山山水水。「花雨」是中國詩詞中常見的典故或比喻，說法甚多，此處詩人把望眼中的「偏峰」或偏遠山居視為世外桃源，以佛經典故最為貼切，例如，《佛說阿彌陀經》談到阿彌陀佛佛國：「常作天樂。黃金為地。晝夜六時，雨天曼陀羅華。」意思是說，那裡經常演奏美妙天國音樂。國土是黃金化成的。白日黑夜各六個時辰（即二十四小時）裡，曼陀羅花的花雨從天而降。

「跡為無心隱，句因立教傳」，寫禪師淡泊名利卻以詩詞名播遐邇，這正是特朗斯特羅默作為詩人生涯的寫照。「跡」，可以解讀為禪師漫步山林的足跡，像特朗斯特羅默的〈來自 1979 年 3 月〉一詩中隱逸的人跡和獸跡一樣：「我踏上雪地上野鹿的蹄印」。今日太白山，見證了歷史雲煙之後，仍然是「天然動物園」和國家自然保護區，這一帶在唐代的生態環境，可想而知。它是今日中國少有的與瑞典的森林島嶼可以媲美的幽靜之所。「無心隱」，即一種自然而然的隱逸狀態，像「雲無心以出岫，鳥倦飛而知還」一樣，達到了禪修者的「無思」狀態，絕非中國文人以隱求顯的矯飾，沽名釣譽的策略。但是，禪師無利欲之心，卻有詩心童心道心教化之心，這正是詩人能夠創造出傳世名作的條件。特朗斯特羅默既有無心之隱又有與道一禪師相通的心態，只是各自的「道心」有所不同而已。前者的道心，主要是對基督教上帝的「太初之道」的領悟，後者的道心，主要是佛家或道家的道心，這也是影響了特朗斯特羅默的禪心。

「鳥來還語法」，這是全詩中與特朗斯特羅默的俳句最為貼近的詩句。此處省卻的主語可以解讀為禪師，但從萬物人神同性論的角度把「鳥

來還語法」誤讀為鳥的連續動作，或引申為人語法鳥聞法以至於鳥也語法傳道，那就與特朗斯特羅默的意象和禪意甚為吻合。道一禪師並非蟄伏於關房，他的山居時有訪客，就像特朗斯特羅默並非躲在象牙塔裡，有一扇半開半掩的家門一樣。像道一禪師身邊的鳥語一樣，特朗斯特羅默聽到鳥語打開了啟悟之門，由此感到「上帝的臨在」！用榮格的術語來說，他從鳥語中意識到自身的「精神整體」。

普雷傑在一篇論文中認為，特朗斯特羅默詩歌中的「意識」（medvetandet）一詞，相當於榮格所說的「自性」（Selbst），正像詩人在許多情形中所說的「空」（det tomma）一樣，構成了一個統一體：我，世界，上帝。這類似於他曾經有一次命名的「一世界」（unus mundi）。意識把握世界，「像一手抓住一塊太陽般灼熱的石頭」。[7]

拉丁文「一世界」的概念，原本指是一種潛在的統一的現實，是萬物的緣起，也是萬物的歸宿。在佛教中最接近「一世界」的概念，也許是阿賴耶識（ālayavijñāna）或藏識，即唯識學中八識（眼、耳、鼻、舌、身、意、末、阿賴耶）之一。作為「八識心王」或個人認同的基礎，阿賴耶識也稱為種子識，因其像個大銀行一樣，可以含藏生長萬有之善惡種子。特朗斯特羅默的一首俳句中「大海圖書館」的比喻，就可以視為阿賴耶識的一個比喻。

科學家約翰（Robert Jahn）和杜納（Brenda Dunne）曾經把中國哲學的「道」、「氣」、印度醫學和瑜伽的「風」、佛教的「空」、見神論（theosophy）的「天藏簿」（Akashic record）、」拉丁文的「一世界」和「未知的土地」、原型學派的「原型領域」、科學的「零點真空」（zero-point vacuum）和「不可分的無時間的原真」（undivided timeless primordial reality）等等，總稱為「下意識種子藏」（subliminal seed regime），後來更簡便地稱為「源泉」（Source）。**8** 可是，作者沒有提到最貼近「源泉」的阿賴耶識。阿賴耶識，像禪宗的本心一樣，同樣貼近特朗斯特羅默詩歌中的「意識」和榮格所說的「自性」——把人的意識與無意識統一起來的「精神整體」。

禪宗有「萬法歸一，一歸何處」的公案，當機妙答甚多。洞山曉聰禪師的回答是：「五鳳樓前呈百戲。千株松下鳥歌聲。」這個答案，也許正中王維和特朗斯特羅默的下懷。像王維一樣，特朗斯特羅默有「中年頗好道，晚家南山陲」（〈終南別業〉）的一面，有林中漫步時「入鳥不相亂，見獸皆相親」（〈戲贈張五弟湮〉）的一面。但是，特朗斯特羅默始終不是那個「晚年惟好靜，萬事不關心」（〈酬張少府〉）的王維。王維的晚期風格，屬於冷的文學，特朗斯特羅默手上「灼熱的石頭」，在晚期風格中沒有完全退熱。如果要特朗斯特羅默來解那個禪宗公案，他的答案也許接近英國詩人波普（Alexander Pope）在〈人論〉（An Essay on Man）中的觀點：

> 從這種昇華的「整體」的統一中，學會
> 人類靈魂最初和最後的目的，
> 就會懂得，信仰、法律、道德，都始於、
> 終於對上帝和對人類的愛。

簡言之，就是：萬法歸一，一歸於愛。

6.4

在特朗斯特羅默的詩歌中，還可以發現一些別的可與唐詩進行比較的詩作。瑞典學者卡爾斯崔在網文〈從唐朝到特朗斯特羅默，中文、瑞典文和網路詩歌〉中，認為特朗斯特羅默的詩歌與中國唐詩有許多共同之處，並且將白居易的〈草（賦得古原草送別）〉和特朗斯特羅默的〈氣象圖〉（1958）並置比照，但沒有提供任何具體分析。[9]

〈氣象圖〉是一幅海濱孤村秋景圖，的確有唐詩意境和禪趣，形式上也比較規整，筆者因此以五言體試譯如下，並附錄瑞典文原文和 Robin Fulton 的英譯以便比照：

〈 *Vädertavla* 〉

Oktoberhavet blänker kallt
med sin ryggfena av hägringar.

Ingenting är kvar som minns
kappseglingarnas vita yrsel.

En bärnstensdager över byn.
Och alla ljud i långsam flykt.

Ett hundskalls hieroglyf står målad
i luften över träden

där den gula frukten överlistar
trädet ock låter sig falla.

〈氣象圖〉

十月海波冷，蜃樓若魚鰭。
素心無塵慮，競帆影迷離。
琥珀照村舍，萬籟徐徐飛。
狗吠聲攀樹，空中塗草書。
黃果欺殘葉，飄落作地衣。

〈*Weather Picture*〉

The October sea glistens coldly
with its dorsal fin of mirages.

Nothing is left that remembers
the white dizziness of yacht races.

An amber glow over the village.
And all sounds in slow flight.

A dog's barking is a hieroglyph
painted in the air above the garden

where the yellow fruit outwits

the tree and drops of its own accord.

白詩引用如下，以便比較：

離離原上草，一歲一枯榮。
野火燒不盡，春風吹又生。
遠芳侵古道，晴翠接荒城。
又送王孫去，萋萋滿別情。

〈草〉和〈氣象圖〉，兩首詩均以素樸的詩句和意象揭示了草木榮枯的自然規律。〈草〉的頷聯展示了草木頑強的生命力，同時暗喻人在逆境中堅韌有為的精神，富於哲理。相比之下，〈氣象圖〉一開始就以「蜃樓」的意象體現了佛教的空觀，接下來望眼朦朧中賽舟競帆的意象，是詩人與世無爭的淡泊心的反襯。兩位詩人略有不同的態度，可以視為同一種精神，即老莊哲學中「聖人之道為而不爭」的兩個各有偏重的側面，宣導的是順其自然，順勢而為。

特朗斯特羅默寫狗吠，有陶淵明〈歸園田居〉中的「狗吠深巷中」的情趣。更妙的是，詩人把狗吠的聲音化為象形文字的色彩和圖像，緣木直上空中，好像塗抹漢字的草書一樣。當然，它們也可以像古老的埃及象形文字一樣，因為這種象形文字的「狗」字，就是一隻狗的圖像。這行詩，是詩人常有的「通感」的表現。

〈草〉的頸聯著一「侵」字，傳神寫照。類似的是，〈氣象圖〉中譯為「欺」的動詞，原文是 överlistar，有「欺詐」、「智取」之意，同樣把

草木寫活了。詩人把黃果寫成與世有爭的生命，可是到頭來，熟透的果實與殘葉一樣，終將墮地。〈草〉的尾聯中詩人的惜別之情，是〈氣象圖〉沒有的，但特朗斯特羅默的悲秋傷物之意，盡在不言之中。

6.5

中國古典詩歌的一大特點，是省略主語「我」。在許多情形中，被省略的主語是不言自明的。有時可能造成歧義，卻反而豐富了詩意。特朗斯特羅默的詩歌有時也有這種在西方詩歌中很難發現的情形。例如，〈五月暮〉（1973）的第一節：

> 盛開的蘋果樹櫻桃樹幫助此地飛入
> 歡樂的不潔淨的五月之夜，白色救生衣，思緒
> 遼闊馳騁。青草和敗草悄悄地執著地振翼
> 信筒靜靜閃光。投入的信件不能收回

詩中無「我」。樹、救生衣、草和信筒似乎都有人的特徵。「思緒」也沒有指明是誰的思緒，仿佛是救生衣的思緒。甚至可以說，投入信筒的信件也不是人寫的，出自大自然的手筆。信筒對投信的（人或物）說：你既然信託我把信發送出去，我們就不准你收回。

詩人在這裡採用一種類似於繪畫中的逆觀透視（inverse perspective），即拜占庭聖像畫的透視法。這是超自然法則的，畫中人或物體的大小不以所處位置的遠近而定，而是依照其信仰意義和重要程度來考慮，形象彼此毫無遮蔽地並置在一起。它可以讓觀者從四面八方同時見到所有事物、所

有角度。

逆觀透視源自基督教信仰：我們雖然看不到上帝，但我們相信自己的所作所為上帝都看在眼裡。以禪法觀之，逆觀透視有一種對萬物的「他心通」眼光，有點類似於「反客為主」或「設身處地」的情形。例如：「相看兩不厭，只有敬亭山」（李白〈獨坐敬亭山〉），「我見青山多嫵媚，料青山見我應如是。情與貌，略相似」（辛棄疾〈賀新郎〉）。這樣的詩句兼有正觀透視（orthographic perspective）和逆觀透視，可以借來達到物我合一、天人合一的境界。你可以說，這種視角看到的不是真實的物象，而是一種幻覺，但這正好啟迪我們開悟：凡有所相，無論是我還是青山，皆為虛幻。

6.6

從中國傳入的日本禪，在西方比中國禪更流行，這首先得力於鈴木大拙等日本禪師大力在美國和歐洲傳法，其次，蘊含禪意的日本俳句和短詩，像弓道之箭，像武士道輕騎兵一樣，捕獲了西方的心靈。美國女詩人瓦倫丁（Jean Valentine）認為，特朗斯特羅默的詩歌也許可以與松尾芭蕉的俳句相比，似乎傾向於一種精神上的無我之路。[10]

特朗斯特羅默的詩歌，尤其是他的俳句，與日本禪和俳句的接近之處，一是表現了一種類似於「綠色佛教」（Green Buddhism）或環保佛教的綠色體驗，二是接近與日本武士道精神相關的參透生死的證悟。

綠色是大自然草木的色彩，是五方如來之一北方不空成就佛所屬的色彩，藏傳佛教中綠度母的色彩。在七色光譜上，綠色處在中間地帶，象

徵著平衡和和諧。神祕主義者經常從綠色體驗中吸取靈感。艾克哈大師在〈佈道〉（24）中說：在靈魂福田的耕耘者那裡，「上帝始終是翠綠的，帶著他的一切歡樂和榮耀綻開花朵」。

在中國禪詩和日本俳句中，綠色體驗是常見的。明末清初詩人李漁曾結廬山麓，別號伊園主人，其〈伊園十宜‧宜夏〉詩云：「繞屋都將綠樹遮，炎蒸不許到山家。」懂得中文兼擅繪畫的蕪村曾借此詩意作畫，並題詩於畫上。芭蕉俳句瑞典文譯本將此畫作為插圖之一。李漁筆下的綠色，既是抵禦炎夏的清涼的色彩，也是象徵意義上抵禦人類侵犯欲的心靈環保的色彩。

芭蕉的俳句，也有濃郁的綠色體驗：

秋天剛來到
海水共田野一色
一片片茵綠

秋風習習來
秋色依舊綠茵茵
栗樹的刺果

詩人筆下的秋綠，往往染上了情緒色彩。因為，一般來說，秋天的色彩主調是黃色。芭蕉寫秋景的俳句，往往沒有中國詩人悲秋的蕭瑟落寞之感。

李漁綠色體驗的環保色彩，芭蕉的綠色體驗中的樂觀通達的一面，及其色彩對比的藝術，均與特朗斯特羅默有相似之處。

6.7

在〈騷亂的沉思〉中，特朗斯特羅默以綠色作為精神支柱的色彩。未收入詩集的散文詩〈綠意〉，淋漓盡致地表達了詩人青年時代在斯德哥爾摩南部龍馬屋島（Runmarö）的綠色體驗：

這裡有從呼喊的亞馬遜（Amazonas）印表機上飛出來的豐富的綠意，有從別的時代的死刑場上湧來的豐富的綠意，有從靈魂（代替思想的枝葉和莖杆）中滲出來的難以覺察的綠意。這裡也有從空無中滾出來的綠意。因為有人叫喊而從布隆迪誤飄到這裡的綠意，作為修煉的綠意，一種精彩的綠意──在夏日的形體中從來無法展現丰采的綠意。綠意，想畫一幅新地圖，想拆除電話線，想讓整個島嶼飛翔起來。

詩人常在島上消夏時，總是處在劉勰所描繪的「神思」狀態：「寂然凝慮，思接千載」，「悄焉動容，視通萬里」。這種超時空的特徵，把靈魂翻譯為綠色的心法，也是禪修的特徵，心靈環保的特徵。以「寂然凝慮」來對譯梵文的「禪那」的本意，可謂天衣無縫。像李漁和芭蕉等東方詩人一樣，特朗斯特羅默有返璞歸真迷戀小國寡民的傾向。詩中以電話線為象徵的工業文明與小島的綠色情調格格不入。

在〈夏日草地〉（1966）一詩中，特朗斯特羅默把他的綠色體驗表現得情趣盎然：

草和花──我們在這裡著陸
草有綠色的經理
我報名求職

求職是參與意識的一種表現。社會參與和環保參與，是現代佛教徒的顯著特徵。

　　詩人的綠色體驗既滲透於大自然，也塗抹在藝術中，例如，他筆下的海頓的旗幟是綠色的。與身處古代的松尾芭蕉不同，處在現代社會的特朗斯特羅默，一方面對疾速的工業化和城市化感到憂慮，另一方面，他並不完全否定科技發展，而是寄予和諧的指望。在〈他醒於飄過房頂的歌聲〉（1958）一詩中，詩人的綠色體驗甚至點染到空中飛機上，產生這樣一種通感：「飛機馬達發出綠色轟鳴」。

　　綠色有聲音，也有味道，如詩人的〈夜書的一頁〉（1996）所描寫的那樣：

五月之夜我踏足上岸
月色涼爽
花草灰白
卻有綠色芳香

　　花草已被銀色月光染白，只有香如故。這裡體現了變中有常、常中有變的變異之道。

6.8

　　日本俳句和能劇都可能蘊含類似的道旨和禪意。俳句常見佛陀的形象，能劇也有代表神佛的「佛體」面具。芭蕉的下面兩首俳句都寫到能劇：

一次旅途中
我棲息櫻花樹下
進入能劇裡

我更想看到
破曉時分櫻花裡
神佛的面孔

這裡飛舞的櫻花，在詩人的想像中變成了能劇中靈動的神佛面具。這種在能劇中充一個角色的體驗，可以在特朗斯特羅默的〈畫廊〉（1978）中發現：

我們一步一步疾行
好像在一齣能劇裡
戴著面具唱著歌，嚷道：我，這是我！

6.9

日本俳句對特朗斯特羅默有綠色滲透，也有黑色感染。從詩的內證來看，詩人僅僅在〈禮贊〉（1966）一詩中提到正岡子規，把他稱為「用生命的粉筆在死亡的黑板上」寫詩的詩人之一。從子規的俳句來看，他筆下的死亡有秋葉的靜美：

真令人欽羨
片片楓葉榮光閃
沉思的死亡

〈某君死後〉（1966）是特朗斯特羅默沉思死亡的作品，有類似子規筆下的靜美。日本武士道與佛教相通的精神要義，在於無懼死亡。特朗斯特羅默的這首悼亡詩是他唯一一首提到日本武士的詩作，全詩如下：

曾經有一次震驚：
望斷一顆彗星拖長漸弱的亮尾
它扣留我們。它叫電視畫面模糊不清
它棲息在電線寒冷的點滴裡
你仍然可以在冬日陽光下慢慢滑雪
穿行於灌木叢時但見樹葉稀疏飄零
宛如舊電話簿上撕下來的黃頁
用戶的名字被寒冷吞噬了。
感到人心跳動仍然很美
但經常覺得陰影比色身更真實
那個武士看起來是可憐的
躺在他黑色龍鱗的盔甲旁邊

據布萊的說法，這首詩寫於特朗斯特羅默的一位舅父或叔伯死後，也正是約翰·甘迺迪遇刺的時候，即 1963 年底。布萊在給特朗斯特羅默的信（1965 年 12 月 1 日）中，談到他翻譯了這首詩。詩人在給布萊的復信（1966 年 1 月 30 日）中談到〈某君死後〉一詩的英譯時，解釋說，第三行的意思表明我們同樣是俘虜，同樣棲居在黯淡的彗星尾巴裡，殘留在那裡。更清晰地表達類似感受的，是詩人後來在回憶錄〈記憶看著我〉中描繪的彗星意象：

「我的人生！」想到諸如此類的詞，我就看到眼前有一條光帶。再近看一下，它就像一顆有頭有尾的彗星。最明亮的一端，頭部，是童年和青年時代。核心最濃密的部分，是嬰兒期，是決定我們一生的最重要特徵的初始時期。我嘗試記下來，我嘗試洞穿那裡。但很難步入這些中心地帶。這是危險的，甚至令人感到這是趨近死亡本身。再看後部，彗星淡出了——這是更長的尾部。它愈來愈稀薄，但同時更開闊了。寫下這些話時，我已年滿六十，拖著人生彗星的尾巴。

　　這裡夾雜著人生的悲哀和達觀。這也許是因為，彗星在斯威登堡那裡可以象徵六翼天使。在《天堂地獄紀事》中，斯威登堡通過一個出離地獄的魔鬼告訴我們：「除了是一些拖著長長的尾巴有其同仁緊緊尾隨的彗星之外，六翼天使還能是別的什麼嗎？」[11]

　　作為一個精神醫生，特朗斯特羅默看重嬰兒期對人生的決定作用，可以見出佛洛伊德的影響。中國人眼裡的「耳順」之年，一般早就了悟天命。值得欽佩的是，早在寫作〈某君死後〉時，即詩人「而立」之年不久，就有禪宗的圓融，既熱愛生活，又無懼死亡：「感到人心跳動仍然很美／但經常覺得陰影比色身更真實」。這首詩既是對死者的悼念，又是詩人的一種自我觀照，同時是對瀕臨死亡者的一種臨終關懷。

　　詩人悼念的對象並非現代社會已經絕跡的日本武士，可他為什麼在詩的最後要把死者稱為或比為「武士」？

　　作為現代香巴拉佛教的創立者，創巴在〈覺悟勇士〉（Shambhala: The Sacred Path of the Warrior）中強調說：人類以林國格薩爾王、中國武聖關羽、日本武士道、西方羅賓漢為代表的「聖勇之道」，仍然可以體現

在現代社會的日常生活中。類似的勇士征服世界，不是靠暴力和侵犯，而是通過君子之風的仁愛、勇敢和自我認識。

由此可見，〈某君死後〉正好借武士的形象體現了這種日常生活的「聖勇之道」。「陰影比色身更真實」這句話，我在翻譯中借佛教術語，彰顯了詩人對「色即空，空即色」的了悟。「那個武士看起來是可憐的」這句話，原文形容詞「obetydlig」有「無意義的，無足輕重的」等多種意義，我取瑞典文詞典上的 ynklig（可憐的）這一釋義，以示詩人的同情。此處「黑色龍鱗的盔甲」，不是一種好戰的武裝，而是無懼死亡的象徵。

因此，當詩人悼念的武士像彗星一樣消失時，那顆彗星的亮尾「愈來愈稀薄，但同時更開闊了」。另一次新的生命的可能性已經打開了。

這首詩也許可以與金斯堡獻給他的上師創巴的短詩〈向金剛師致敬〉（Homage Vajracarya）進行比較：

> 此刻，武士的弓箭、煙灰墨筆、茶杯
> 和帝王的禦扇，統統在您手中擺平
> ── 一杯水的風景怎樣？
> 大西洋噴湧而出。
> 坐下來用餐，盤子裡盛滿日月星辰。

金斯堡筆下「武士的弓箭」的意象貼近日本禪。從武士道的弓箭術發展而來的弓道，早已揉進禪學，成為富於禮儀特徵和道德涵養的「站立禪」。茶杯的意象貼近中國禪。帝王的禦扇貼近藏密金剛乘，因為金剛乘也被稱為帝王乘，意思是每個人都應當修煉成為自我的主宰。但是，大西

洋浩瀚的「宇宙意象」和用餐的盤子（不是印度的木缽西藏的木碗或中國的瓷碗），則帶有美國詩風的特徵。惠特曼在《草葉集》的〈闡釋之歌〉（Song of the Exposition）中寫到，繆思「移民」美國後，已經「安住在炊具中間」。這就是二十世紀美國詩壇繼承的從荷馬史詩的英雄主義轉向日常生活的傳統。

在特朗斯特羅默的「茶杯裡的宇宙」或「一杯水的風景」中，我們經常看到的是波羅的海噴湧而出。「盤子裡盛滿日月星辰」，正是特朗斯特羅默詩歌富於禪意的特徵。

6.10

惠特曼是對特朗斯特羅默有深刻影響的詩人之一。惠特曼的《草葉集》集中體現了詩人獨特的綠色體驗。他的旗幟，像特朗斯特羅默描寫的海頓的旗幟一樣，是一面綠色旗幟。在〈自我之歌〉第六節，當一個孩子拿一把小草問詩人什麼是草時，詩人的第一個回答是：「我猜它定然是標榜我的氣質的旗幟，由充滿希望的綠色原料織成。」

特朗斯特羅默青睞的另一位崇佛的美國詩人和作家，是散文名著《湖濱散記》的作者梭羅。像惠特曼一樣，梭羅摯愛大自然，把大自然視為大謎團，永恆的靈感源泉，或證悟「大我」（the Great Self）的觸媒，這是與禪宗相通的。如一則禪話所說的那樣，「青青翠竹，盡是法身；鬱鬱黃花，無非般若」。或如《魯拜集》中的一首詩所寫的那樣：「千樹閃耀，無非摩西手，／萬物吐芳，皆是耶穌魂。」[12]

梭羅比特朗斯特羅默更大膽地承認自己是神祕主義者，是愛默生一樣

的超越主義者（Transcendetalists），堪稱美國佛教的先聲。特朗斯特羅默的〈致梭羅五章〉（1954），由五節薩福詩節組成，靈感主要來自作者讀《湖濱散記》的體會，蘊含禪意：

一

又有人離棄沉重都市裡
貪婪的石頭圈子。晶瑩的鹽
那是饒有風趣的水，浸潤
　　所有真逸士的頭腦

二

在一個悠緩的漩渦中
寂靜從地心冒出，紮根生長
以茂盛的花冠遮蓋此人的
　　日照暖和的樓梯

三

無意中踢一株蘑菇。一朵雷暴雲
在天際龐然生長。彎曲的樹根
銅號般尖亮，樹葉
　　倉皇飛散

四

秋日狂野的隱逸是他輕盈的外衣

不斷鼓翼直到從寒霜和灰燼中回家
多少寧靜的日子來到群獸中
　　在清泉中濯洗腳爪

五

信，一個看到天然噴泉的人走來
從頑石枯井中逃逸，像梭羅一樣
深深隱匿在他內心的綠蔭中
　　巧妙，充滿希望

　　第一節寫梭羅逃離塵囂的隱逸。在梭羅的想像中，清澈的湖水像恒河水一樣聖潔。特朗斯特羅默的詩句令人想到梭羅自己描寫的體驗：「這是一個美妙的傍晚，全身只有一個感覺，每個毛孔都浸潤著喜悅。我異常自由地步入大自然，成了她本身的一部分。」梭羅就是這樣一個「真隱士」。

　　第二節寫到梭羅 1845 年在瓦爾登湖邊為自己建造的那間小木屋。棲身木屋的兩年間，梭羅獨自一人種地、讀書，神游東方古國，過著樸素恬淡的生活。但是，梭羅的隱逸並非絕對避世。由於反對「黑奴制」、拒交「人頭稅」，梭羅曾被捕羈獄一天。梭羅就此寫出著名政論，即後來定名的〈論公民的不服從權利〉（Civil Disobedience）。

　　最值得注意的是第三節。在森林裡採蘑菇是文明的行為，踢蘑菇則是粗暴行徑，暴殄天物的劣跡。誰在無意中踢蘑菇，這裡沒有主語。在梭羅筆下，森林中既有兇狠的野獸，也有不文明的人，濫伐森林的人和覬覦瓦爾登湖的功利作用的人，他們自然不會珍惜蘑菇。特朗斯特羅默接著寫到的雷暴雲，可以視為大自然中一種費解的「突現」現象。山雨欲來的景觀，

仿佛是大自然對破壞生態平衡的粗暴行為的一種報復。

　　林格仁認為，特朗斯特羅默在這裡把蘑菇和雷暴雲的意象勾連起來，暗示了原子彈「蘑菇雲」的威脅。埃斯普馬克認為這種解說有點牽強附會。[13] 但我認為，將這兩個意象聯繫起來，暗示了一種因果關係，是合情合理的。依照氣象學的「蝴蝶效應」，一隻蝴蝶在巴西輕拍翅膀，可能導致美國德克薩斯州的一場龍捲風。這樣的說法不也有些誇張嗎？可它形象地體現了宇宙萬物相互聯繫的觀點。「蝴蝶效應」是洛倫茲於 1969 年提出來的。特朗斯特羅默暗示的因果關系，不妨稱為「蘑菇效應」，它早於「蝴蝶效應」的提出。詩人闡釋自己的詩學的一段話，有助於我們理解這裡的意象：

　　我的詩歌是交會場所。常規語言和觀點往往把現實的某些方面割裂開來，我的詩歌力求以一根紐帶把它們聯繫起來。宏觀風景與微觀風景相遇，分離的文化和人們在一部藝術作品中一起流淌，大自然與工業相遇，等等。乍看之下對抗的事物實際上連接在同一根紐帶上。[14]

　　有趣的是，佛經的梵文詞「經」（Sūtra）的本義，與特朗斯特羅默的這段話非常接近，也許直接啟迪了詩人的靈感。「經」的詞根源於動詞「縫」，意即像線一樣把不同事物縫在一起，因為即使相差十萬八千里的事物也有隱祕聯繫。瑞典的佛經譯者 Kurt Qvist 把「經」的引申義當作它的本義，解釋為「交會場所」。

　　因此，把特朗斯特羅默詩中踢蘑菇和雷暴雲的意象置於同一根紐帶上，或用一根線縫在一起，我們就能看到不同的「交會場所」，看到瓦爾

登湖畔林間的一念之差，一舉之錯，看到廣島、長崎升起的蘑菇雲的巨大黑影，以及二戰前後翻捲的歷史風雲。

宇宙萬物相互聯繫的觀點，實際上滲透在東方和西方思想中。例如，《中阿含經》界定的作為佛教根本教理的緣起論：「若此有則彼有，若此生則彼生，若此無則彼無，若此滅則彼滅」。《華嚴經》則借助傳說中的因陀羅網來說明：物理實相的每個部分都是其他所有部分共同構成的。柏拉圖以來的「存在大鏈」的比喻，闡明的是類似的道理。用波普〈人論〉中的話來說，始於上帝的「存在大鏈」，「無論你打破哪一環──第十環／或第萬環，都會同樣打破自然之鏈。」特朗斯特羅默在〈豐沙爾〉（1978）中引用的鄧約翰（John Donne）的名言「沒有人是一座孤島」，同樣表達了萬物相互聯繫的觀點。

這些富於哲理和詩意的說法，與現代科學觀點取得了驚人的一致。愛因斯坦談到「馬赫原則」（Mach's Principle）時，早就認為一個微小粒子的變化可以導致整個宇宙的變化。高能物理學的「靴絆（bootstrap）」理論把世界看作一個相互聯繫的動態網，試圖以散射矩陣的原理解開強相互作用的靴帶。接著便有人把「靴絆」理論比況為佛教的緣起論。而特朗斯特羅默以「蘑菇效應」敲響警鐘，「喚醒」人們呵護大自然的一草一木，慎於毫釐，以免千里之謬，防範蟻穴，以免長堤崩潰。

第四節，林間湖畔短暫的騷亂過後又恢復了寧靜。如梭羅描寫的那樣：「像湖水一樣，我的寧靜只有漣漪沒有凌亂。……寧靜從來就不是絕對的。狂暴的野獸並沒有寧靜，此刻還在獵食；狐狸，臭鼬，兔子，還在原野林間漫步，一點也不害怕。」「多少寧靜的日子來到群獸中」這行詩，

如果把「日子」視為主語，「日子」就被擬人化了，如果視為狀語，省略的主語就是「他」（梭羅）——他已經與群獸親密地廝混在一起了。

最後一節，特朗斯特羅默把梭羅外部環境的寧靜歸結為他「內心的綠蔭」，猶如內心的淨土，猶如「摩西手」，「耶穌魂」。這也是特朗斯特羅默自己內心的福田和天國。或如劉勰〈文心雕龍‧體性〉所言：「夫情動而言形，理發而文見，蓋沿隱以至顯，因內而符外者也。」

特朗斯特羅默以〈致梭羅五章〉的五節詩，搬演了一齣大自然有聲有色的戲劇，它同時也是隱居的梭羅和詩人自己內心戲劇的外化。

6.11

特朗斯特羅默筆下梭羅的「內心的綠蔭」，可以視為一種「深層意象」（deep image）。作為這種詩學的闡釋者之一，布萊早就向佛，是金斯堡的道友，接近「披頭禪」。七十年代起，布萊與金斯堡等許多美國詩人師從創巴學佛參禪多年。布萊贊同龐德以意象作為審美基石撞擊讀者的詩學，又覺得意象派已經在很大程度上淪為「圖像派」（Picturism），艾略特的「客觀對應物」和「逃避個人情感」的說法，則過於缺乏激情，因此想擺脫龐德和艾略特的陰影。[15] 布萊推崇的，是西班牙語詩人聶魯達、洛加、德語詩人里爾克、特拉克、法語詩人蘭波、波德萊爾和博納富瓦（Yves Bonnefoy）等人的詩風，例如博納富瓦的〈戲劇〉（13）中捕捉的非客觀意象：

被盤旋的群鷹照亮的內海

這是一個意象
我冷靜地把你留在我心深處
那裡再也沒有意象產生

　　用詩中靈魂深處的鷹的意象來形容「鷹詩人」特朗斯特羅默，是非常貼切的。以禪法觀之，博納富瓦的寥寥數行，就精彩地展示了從禪修觀想到「入定」的過程。「入定」並非絕對靜止，而是心無旁騖，聚神於一，直指先天情思，力求達到由深層意識主導的境界。一旦入定，就再也不會生起別的意象。

　　布萊以別具一格的詩集《雪原靜悄悄》（Silence in the Snowy Fields）體現了他的「深度意象」詩學主張，例如詩集中的短詩〈驅夜車到鎮上寄信〉：

天寒夜雪。大街荒落。
靜中唯有雪花舞。
掀開郵筒門，手觸一團寒鐵。
我愛獨處度雪夜。
驅車兜圈子，把更多光陰虛擲。[16]

　　英國詩人馬威爾（Andrew Marvell）在〈致他羞澀的情人〉（To His Coy Mistress）中寫道：「在我背後我總是聽到／插翅的時間車輪匆匆趨近」。這種原本屬於及時行樂及時相愛的時間的緊迫感，到了現代社會，到了汲汲於名利的人心裡，變成了「時間就是金錢」的緊迫感。為了反撥這種現代和後現代的拜金主義時間感，向佛的美國藝術家阿潔勒斯（José

Argüelles）提出了「時間就是藝術」的口號。在布萊那裡，時間就是藝術：假如他沒有「虛擲」時間，就不會寫出這樣貼近禪宗富於「深度意象」的詩作。

澳洲詩人和批評家哈斯克爾（Dennis Haskell）把深度意象的技巧準確地概括為「非理性素材的理性駕馭」。[17] 禪和禪詩的素材同樣來自非理性。當特朗斯特羅默把的一些非理性的夢變為詩歌時，他承認，「寫作是理性與非理性的融合」[18]，所以，他的詩法接近禪法，他的意象接近「深度意象」。

在一次訪談中，特朗斯特羅默說，布萊的詩集《雪原靜悄悄》雖然是美國風格的，但他感到詩中有他非常熟悉的內容。[19] 六十年代，詩人與布萊結識後，長期通信，交流日常生活體驗，討論詩歌和翻譯，建立了終生友誼。在〈奧克拉荷馬州〉（1966）中，特朗斯特羅默寫到他美國之旅的印象，第一節如次：

> 南行列車緩慢停住。紐約正飛雪。
> 你可以穿長袖衫整夜兜圈子。
> 不見人影，只有幾輛車
> 點亮自己的車燈掠過，一個個飛碟。

這裡「整夜兜圈子」而「虛擲」的時間，同樣是一種藝術。如詩人在〈復信〉（1983）中所寫到的那樣：「時間不是一條直線，而是一座迷宮」。在時間的迷宮中兜圈子，有可能找到人生的轉捩點，從而贏得新生。

6.12

　　空間和時間是宇宙的兩大基石,是詩歌中常見的主題之一,也是各種精神傳統沉思的物件和科學探討的範疇。伯斯登在闡釋特朗斯特羅默的〈管風琴音樂會的休息〉、〈教堂樂鐘〉和〈舒伯特幻想曲〉等詩作時,用古老的神祕哲學的「關聯法」(The Law of Correspondence)來闡釋:依照其拉丁文公式,「因為在天上,所以在地下」(Sicut superius, et inferius)。特朗斯特羅默詩中對應的公式是:因為在室外,所以在室內。反過來說,同樣有效。[20] 或者,如〈舒伯特幻想曲〉的結尾:

> 此刻跟隨我們的執著的哼唱
> 向上的
> 深處

　　向上不是走向高處,而是向下走向深處或深淵,無異於說:向上就是向下。[21]

　　這種古老的宇宙法則,與「存在大鏈」的觀念是相通的,在不同的文化中有大同小異的闡釋和生發。奧古斯丁告誡人們:「你想上升嗎?從下降開始!」對於荷爾德林來說,沒有所謂祖國,也沒有德國境內境外的區別,甚至沒有生死之別。向內和向外,都是在一個迷宮中不斷兜圈子。艾略特也曾把赫拉克里特的名言「上坡和下坡是同一回事」作為〈四個四重奏〉的題詞之一。

　　在東方文化中,不難發現類似的表述。藏祕《時輪大法》第一章開宗明義指出:世界乃人心之宏觀宇宙:「因為它在外部世界,所以它在人的

內部世界」。唐代布袋和尚從秧田插秧的情景，悟出「退步原來是向前」的道理，同樣體現了「關聯法」的慧見。

6.13

在禪師眼裡，時間的先後也是一種假分別。上文已經涉及這個問題，這裡進一步討論特朗斯特羅默詩歌中的時間的悖論和無時間性的境界。

《華嚴經》（卷 59）強調時間的圓融觀念，把過去、現在和未來的線性流逝和分野通通消除，三時圓融互攝：「過去一切劫，安置未來今。未來現在劫，回置過去世。」在道家的〈太極圖〉中，最上一層圓圈，稱煉神還虛，複歸無極。步入虛空大道，就是無時間性的境界。

艾略特的〈燃燒的諾頓〉，一開始就表現了類似的無時間性的境界：

> 現在的時間和過去的時間
> 也許都呈現於未來的時間
> 未來的時間包含在過去的時間中

艾略特的這種時間感，一般認為可能受到愛爾蘭作家 J. W. 鄧恩（J.W. Dunne）的〈時間實驗〉（An Experiment With Time）的影響。特朗斯特羅默同樣讀過鄧恩的著作。榮格曾借鄧恩的夢境成真的實驗和體驗，並借《易經》來支撐他的共時性原則。

最能體現特朗斯特羅默的時間感的，是他重寫夜鶯原型的散文詩〈巴德隆達的夜鶯〉（1989）中的一段話：

時間從太陽月亮急流直下，跌入所有滴滴答答感恩的鐘錶。可這裡沒有時間。只有夜鶯的歌聲，天然洪亮的曲調，擦亮夜空明晃晃的鐮刀。

詩人暗用了幾個關於時間的傳統比喻。這裡既有地球上激流或洪流般快速的時間，又有沙漏般慢速的時間。可是，詩人筆鋒一轉，以主觀的非時間性否定了已有的時間感。「這裡沒有時間」。如果有時間，也是末日審判之後的時間。用維摩詰的話來解說，就是「不舍道法而現凡夫事」，「不斷煩惱而入涅槃」。[22] 換言之，這裡沒有過去與未來的分別，只有當下解脫。這種非時間性，是經由夜鶯的歌聲，即經由永恆的藝術而贏得的。

在莎士比亞的十四行詩（第 12 首）中，鐮刀是時間的象徵：「沒有什麼能抵禦時間的鐮刀」。特朗斯特羅默詩中的「夜空明晃晃的鐮刀」這個比喻的本體，是初月——時間從那裡流瀉出來的星球之一。因此，這個意象，可以隱約見出一種「鐘錶時間的暴政」。[23] 這種喋血的暴政最形象化的表現，也許是德語作家賽巴德（W.G. Sebald）在小說《奧斯特裡茨》（Austerlitz）中的時間之劍的比喻：「當指針向前挪動時，宛如一把處決之劍，把這個小時的六十分之一從未來切割下來。」賽巴德描寫的是端坐在比利時安特衛普市火車站大廳上方，位於所有目光彙聚之處的一座大鐘——那裡正是老教堂的建築師安置上帝之眼的位置。

但是，從末世學的角度來看，像斯威登堡一樣，特朗斯特羅默解構了以末日審判為終點的線性時間觀。這裡既沒有時間又同時含有過去、現在和未來的所有時間。如鈴木大拙在〈答胡適〉一文中所說的那樣：「歷史像禪一樣涉及時間，卻有這樣的區別：歷史對無時間性（timelessness）一

無所知，也許把它當作一種『虛構』，禪卻把時間與無時間性扭到一起。這就是說，時間在無時間性中，無時間性在時間中。禪就活在這種矛盾中。……準確地說，在禪法中，沒有什麼復活的事，因為既沒有生也沒有死；我們都活在無時間性中。」[24] 這就是一種深得禪宗旨趣的時間的非二元論。看到所有的事物和現象的同一瞬間，是見空和破除色與空的二元性的絕妙瞬間。

6.14

歷史與禪相比，另一個區別是：歷史是要立文字的，青史留名是歷史人物的熱望；禪則主張不立文字，又「不離文字」。這同樣是一種矛盾。因此，歷史更多地屬於重大事件，禪更多地屬於日常生活。特朗斯特羅默獲中國「詩歌與人・詩人獎」時的答謝詞，重複了他多次強調的一段話，談到詩歌與語言和禪修的關係：

在與世界打交道碰到問題時，意欲達到明確的具體目標時，常規語言和觀點是必要的。但是，我們從經驗得知，在生活至關重要的時刻，它們就不夠用了。假如我們允許它們完全主宰我們，我們就會相互隔膜，無法溝通，甚至走向毀滅。我把詩歌視為抵抗這一趨向的媒介之一。詩人是積極的禪修者，不想昏睡而保持警覺。[25]

常規語言，甚至詩的語言，都有正邪之分。作為佛教「八正道」（正見、正思惟、正語、正業、正命、正精進、正念、正定）之一的正語，或《阿含經》開示的菩提綸音，禪林慧語，是與真正的詩語相親的語言。

在語言領域，除了常規語言的窠臼之外，更令人苦惱的「邪語」，是政治洗腦的語言、謊言和暴力語言。在〈守夜〉一詩中，特朗斯特羅默從七十年代的收音機裡聽到的，就是諸如此類的聲音：「語言和劊子手齊步進軍／因此我們必須找到一種新的語言。」除了從日常生活的語言中提煉詩語之外，詩人經常走向大自然去尋找鳥語花語，尋找各種動物和植物的清新的語言。他的〈來自 1979 年 3 月〉（1983），是一首既涉及歷史又涉及語言的短詩：

> 厭倦所有的來人只攜帶詞語——詞語而不是語言
> 我來到冰雪覆蓋的島嶼
> 無詞的沒有馴化的野地
> 未書寫的篇頁向每個方向散發！
> 我踏上雪地上野鹿的蹄印
> 語言而不是詞語

詩人首先將語言與詞語區別開來。從語言學的角度來看，人類語言反映的是人與環境或世界的關係，而詞語（實詞）僅僅反映一件孤立的具體事物，虛詞離開了語句就沒有具體意義。用猶太人的語言神話的比喻來說，詞語是世界的建築石料，語言是房舍。

詩人描寫的是一個遠離塵囂的島國，在那裡，大自然本身就是純真的語言，或者說，大自然擁有豐富多彩的無詞的語言，可以向人類傳遞各種或尋常或神祕的資訊。

詩人看到並且加以否定和疏遠的，是天人相離的一面，是既與大自然

為敵也與人類為敵的人。大自然擁有的，是「語言而不是詞」，人擁有的，是「詞語而不是語言」。以〈法句經‧千品〉的經文來解讀：「縱聚一千言，若無意義者，不如一義語，聞而得寂靜。」某些人擁有的不是純真的人道的有意義的語言，而是非人的「邪語」或「非語言」，不能撫慰人心，如詩人在〈守夜〉（1970）中寫到的與劊子手齊步進軍的語言，即暴力語言。在某種意義上，暴力語言是紊亂無序七零八碎不守語法不合規範違背常理的謊言，因此，暴力語言只是貌似語言的詞語。用一句批評人的俗話來說：「你說的不是人話！」瑞典作家赫爾斯朋（Lennart Hellspong）在《語言哲學概論》中涉及這樣一個悖論：暴君所操的既是「語言」又是「非語言」，他們往往用「詞語」來阻止其臣民的自由思考，這方面最極端的例子見於歐威爾的《1984》。但這樣的「非語言」是轉瞬即逝的。[26]

作者說了一句深得佛教「諸法無常」的法印。不難看出，這同樣是體現在特朗斯特羅默的詩歌中關於語言的一個悖論和佛理。

《法句經‧刀杖品》對那些操暴力語言的人這樣正言相告：「對人莫言粗暴語，汝已言者返言汝。」但是，新批評家理查茲（I. A. Richards）在〈科學與詩歌〉中所說的作為詩的「情語」（'emotive' language）的「假言」（pseudo-statement），並不是謊言，因為，這種「真事隱去假語稱言」的文學語言，提供的是一種特殊的藝術「真實」。因此，英國詩人錫德尼（Sir Philip Sidney）早就在〈詩辯〉（Apology for Poetry）中說道：詩人「絕無誑語」（never lieth）。佛教禪宗充滿悖論的慧言和大自然的「情語」，往往屬於這樣的「假言」。與劊子手相反的禪修者，大自然的情人，人文主義者，即使在沉默中也擁有一種獨特純真的語言：不立文字的語言，像

佛陀那樣拈花微笑的語言，義人君子無言之教的語言，「靜止的舞蹈」的語言，無聲的音樂的語言，宛如活人面孔的面具的語言，無染的冰雪的語言，「野鹿的蹄印」的語言⋯⋯。

特朗斯特羅默筆下的野鹿可以視為詩人的自況，就像華茲華斯〈丁登寺旁〉的比喻一樣：

> 那時候我像一頭小鹿，
> 騰跳在山嶺間，嬉戲在
> 深水邊和獨享的溪頭，
> 隨大自然的引領信步而去，與其說
> 尋覓鍾情的山水，更像是
> 逃避所怕的塵囂。

特朗斯特羅默同樣有避世的一面，但他在避世與入世之間，在個體的獨立與集體的涅槃之間始終保持一種審美的張力。用〈半完成的天空〉的兩行詩來說：

> 每個人都是一扇半開半掩的門
> 引向為大家安頓的房間。

伯斯登在〈室內與室外〉一文中就這兩行詩論及詩人的人生哲學：「敞開之門意味著自身的損失，關閉之門意味著唯我論的、自戀的自我封閉。兩者都有人生愚見。人必須既是他或她自己，又是可以讓他人參與進來的，既信賴自己的內在世界，又可以接納所有人的經驗或體驗。」[27]

一般來說，好熱鬧而不能靜心讀書的人，喜歡終日敞開家門或外出混日子。藝術家的關門哲學和閉門造車的創作方法，好比作繭自縛的象牙塔模式。而特朗斯特羅默的「半開半掩的門」的人生哲學，接近明心醉眼觀世相的人生哲學，接近禪修之道：該閉關就閉關，該出關就出關。既不獨清於濁世，也不隨波而逐流。這種哲學，也類似於希臘哲學中「凡事勿過度」的黃金中道。在瑞典文化中，「中道最佳」（Lagom är bäst）是一句口頭禪，是不走偏端的瑞典人恪守的至理名言。

詩人把他摯愛的大自然比喻為一本書，她的「未書寫的篇頁向每個方向散發！」在天人合一的理想中，人是這本書的一部分，甚至可以成為其中最精彩的章節。這樣的比喻，可以上溯到英國詩人錫德尼的組詩《愛星者與星》（Astrophel and Stella），在其中的一首十四行詩中，詩人把大自然喻為最美的書本，他所愛的斯黛拉（拉丁文擬人化的星）好比書中寓德於美的絕妙詩章，她的「明眸的光輝出自內在的太陽」。在特朗斯特羅默的詩中，我們看到的大自然這本書到處散發的篇頁，是詩人「內在的太陽」散發的光芒。正是在這種意義上，詩人達到了天人合一的境界。

6.15

當我們以語言談禪論道時，似乎就是一件自相矛盾的事。創巴著有《動中靜修》（Meditation in Action），這一書題，以及可以稱之為動中靜修的舞蹈禪、步行禪，等等，更是自相矛盾。特朗斯特羅默的〈騷動的靜思〉（1954）這一詩題，是與「動中靜修」類似的冤親詞。詩中的動中靜修的畫面形成了基督教與禪宗之間獨特的無聲對話：

風暴驅策磨坊的帆翼狂野地轉動
在夜的黑暗裡，碾磨空無——你
以同樣的法則守夜
灰色鯊魚的肚皮是你微弱的燈盞

無形的記憶沉入深海
在那裡硬化為陌生的石柱——海藻泛綠
是你的精神支柱。一個
出海的人僵直回歸

　　首先，從詩題來看，冤親詞或類似的表達方法是西方和東方共有的手法。它是佛教禪宗破除二元性的一種妙法。典出《維摩經》的「一默如雷」的說法，換個修辭手法，就是冤親詞「沉默的雷霆」。英國詩人勃朗甯夫人（E. B. Browning）在十四行詩〈希倫・包爾斯的希臘奴隸〉（Hiram Powers's Greek Slave）就用過冤親詞「白色沉默的雷霆」（thunders of white silence），用來形容一尊大理石雕，石雕展示的是一位白人女奴在中東奴隸市場被販賣的形象。

　　其次，如上文論及的，磨坊是基督教的一個獨特意象。這裡的「空無」可以視為佛教概念。詩人把風暴和磨輪的劇動與磨坊工人一動不動的靜修揉合起來。石磨成了動中靜修的精神守夜者的象徵，近乎詩人的自況，或真正藝術家的象徵。海藻泛起的綠色，成為詩人主要的精神色彩。

6.16

　　禪修或靜修，並非佛教禪宗的專利，多種宗教有類似的靜修的因素。

基督教傳統中類似於禪修的「沉思」（contemplation），往往是一種不拜偶像的祈禱形式。

明白了這個道理，就不難欣賞特朗斯特羅默〈大謎團〉中這首俳句：

風浩蕩徐來
起於大海圖書館
我可棲身處

圖書館這個比喻，可以令人想起「天藏簿」──它被描繪為涵蓋人類體驗和宇宙歷史的一切知識的「天」、「太空」或「乙太」，因此被喻為圖書館和「上帝的心智」。

見神論的首倡者布拉瓦茨基夫人（Madame Blavatsky），在鈴木大拙眼裡是一位深得大乘精髓的靈修教師，在西方有深遠的影響，也許啟迪過特朗斯特羅默的靈感。至少，她的《寂靜的聲音》（*The Voice of the Silence*）中的一段話可以與特朗斯特羅默的這首俳句相比較：

你不應當把你的小存在與大存在和別的事物隔離開來，而應當融為這浩瀚大海的一滴，內海的一滴。

你將與萬有的生命水乳交融，把愛帶給人們，視其為同一位大教師的親如兄弟的弟子，同一位慈祥母親的兒子。

在所有的教師中，靈魂大師只有一位──作為宇宙魂的阿賴耶識。[28]

特朗斯特羅默筆下的天風海浪，是「天藏簿」呈現的奇觀，是詩人和詩魂的來處和去處──殊勝的精神彼岸。他的「弟子」瓦爾科特深得「先

生」心傳，既仰觀天象，「研究星辰」，又擁抱大地，熱愛海浪。在〈風暴過後〉（After the Storm）一詩中，瓦爾科特寫道：「我的第一位朋友是大海，現在是我最後一位」。這首詩與特蘭斯特羅的上述俳句，可以很好地用來互相闡發。

艾倫·瓦茲（Alan Watts）在〈禪的精神〉中談到道家與禪宗的差異時說：「禪宗並不像消極的道家那樣始終是一陣微風，而更像一股強風，無情地席捲眼前的一切，或像一股寒流，滲透萬物的腹地而直達彼岸。」[29]

瓦茲闡明的這種禪的精神，可以借芭蕉的一首俳句來形象地說明：

冬日風暴起
且入竹林好藏身
然後靜無聲

這裡的風暴是人格化的，是風暴自己進入竹林藏匿自己，象徵的是人從心理騷亂到入靜的禪修過程，可以借用特朗斯特羅默的「風浩瀚徐來」的悖論來形容。這樣的詩人，兼得道家和禪宗意境風味。芭蕉筆下的竹林風聲，更帶外動內靜的東方色彩。類似的是，瓦爾科特筆下的海景，既有加勒比海外海的喧囂和深度，又有〈遺囑附件〉（Codicil）中的那種詩人內海的禪定：「心中無物，無懼死亡」。特朗斯特羅默則揉合了西方文學的水和深海的原型意象，表現了入寂「棲息」之前「騷亂的沉思」，啟人從輪回中當下解脫，直達淨土或基督教末日救贖的彼岸。

6.17

陶淵明在〈歸去來辭〉中「心為形役」的惆悵，或蘇東坡在〈臨江仙〉中「長恨此身非我有」的感歎，均隱含著一個「非我之我」的冤親詞。這種一個人有兩個我的情形，用斯特林堡在〈摔跤的雅各〉（Jakob brottas）一文中的話來說，導致雙方的對立：「我唯一的敵人，是我自己」。這裡的兩個我，一個以雅各為象徵，一個以天使為象徵。雙方角力，很容易生出一個追根究底的問題：「我是誰？」。瑞典作家斯利克（Magdalena Slyk）的《「我是誰？」：特朗斯特羅默作品中的抒情主體及其偽裝》一書，看起來是個富於禪意的書題，可是作者研究的主要是特朗斯特羅默的詩文的抒情主體的不同表現，抒情主體是否等於作者本人的問題。[30]

我的視角與各家不同。特朗斯特羅默在多首詩中直接提出了「我是誰」或「我是什麼」的問題，值得從禪宗角度來解讀這種「非我之我」的悖論現象。

散文詩〈名字〉（1970），寫的是詩人的一次旅途體驗，全詩如下：

驅車途中我昏昏欲睡，把車開到路邊樹下。蜷縮在後座中睡著了。多久？幾個小時。

黑暗降臨。 突然醒來時，我失去了自我的感覺。完全清醒了，卻一點沒有幫助。我在哪裡？我是誰？我是在後座上醒來的某種東西，像麻袋裡的一隻貓在惶恐中扭動。誰？

我的人生終於復歸。我的名字像一個天使一樣出現。幾堵牆外，一支號角吹響（好比在〈利奧諾拉序曲〉中），援救的腳步很快來到這長

長的樓梯。這是我！這是我！

可是，難忘的是在遺忘的地獄裡掙扎的十五秒鐘，離主道只有幾米，那裡車輛來來往往，車燈閃亮。

〈帶解析的肖像〉（1966）描寫的一個男人，有一張「蒼白的半完成的臉」，是一個有地位有財富的人，汲汲營營，卻處在認同危機中：

他中之我在休息
此我存在。他不去感知
所以同樣活著和存在

我是什麼？很久以前
有時我在幾秒鐘內貼近
大我的內涵，大我，大我。

可是一旦我看見大我
大我就消失了，一個洞張開口
我像愛麗絲一樣掉進洞中

這兩首詩可以視為姊妹篇。中譯為「大我」的，原文是以大寫字母拼寫的「我」。「我」與「大我」區別在哪裡？首先，讓我們看看瑞典和美國評論家的觀點。

伯斯登在〈我是什麼？我是誰？〉一文中和後來的專著中的觀點前後是一致的，可以概括如下：

在〈名字〉中的「我」，處於「自我意識的存在中形成的中心」，是一個帶有盲目性，處在被囚禁狀態，甚至處在死亡威脅下的意象。詩人把經由貝多芬的音樂失而復得的自我意識與名字等同起來。「肉體與靈魂在人生之旅改變了，那個『我』和名字卻沒有改變。」交通旅行，在特朗斯特羅默的詩中一般來說象徵著廣義的人的溝通和共識，當那個旅行者遠離公路時，他就蒙受了「我」的損失。「我」是有前提的，「我」的認同要在兩個維度中達成：在內在的時間中，在外在的人際關係中。

在〈帶解析的肖像〉中，「我」是剛剛被處理的意識中心，「大我」是作為主體的「我」所探尋的一個物件。詩我像愛麗絲一樣掉入兔洞。這是自我意識對於「我」究竟是什麼的短暫的朦朧的認識。[31]

埃斯普馬克沒有論及〈名字〉，在評論〈帶解析的肖像〉時，他注意到這樣一種兩難選擇：「我」像愛麗絲一樣掉進兔洞，這是「我」在思考時付出的代價，但是，不思考的話，主體就得付出另一種代價：讓自己的臉停滯在「半完成」狀態。[32]

據一篇網文，美國女學者賽菊克（Eve Sedgwick）寫有尚未發表的〈來如你所是〉（Come as You Are）一文，文中引用了索甲仁波切的《西藏生死書》的一個片段，認為這一片段與特朗斯特羅默的〈名字〉有類似之處。可惜，賽菊克已於 2009 年逝世，她的遺作不見面世，無從窺見作者的分析和觀點。[33]

我借鑒他們的評論，同時以禪宗另作闡釋。

首先應當明白的是，禪林修行悟道，有三關之說，解說甚多，最簡明的闡釋是：轉凡入聖為初關，轉聖入凡為重關，不滯於凡聖，而凡聖俱泯

為牢關。

愛默生在《佈道》（*Sermon 165*）中把「外在我」（the outer self）與「內在我」（the inner self）作了這樣的區分：前者是「犯錯誤的、有渴念的凡俗的我」，後者是「至上的、寧靜的、不死的精神」。這裡的「外在我」與「內在我」，相當於凡聖之別。

可以說，轉凡入聖相當於「出世」，轉聖入凡，相當於以出世之心做入世之事。當一個人並不以悲天憫人的精神居高臨下的姿態來救助苦難，而是既伸出援手又自然而然地依照「內在我」的本性來行事，不圖回報不求名利時，他才有可能破了牢關，達到凡聖俱泯的境界。

青原惟信禪師談到的見山見水的參禪三階段，或認為就是三關，但早就有人指出：這裡其實只有兩關，因為青原惟信自言第一次見山見水，是參禪之前的凡夫境界。他所說的「山」、「水」，可以替換成「我」，儘管證得「法空」比證得「我空」更上一層樓。我看我，同樣可以有三個階段：見我是我，見我不是我，見我還是我。

在東方與西方思想中，可以與此說相比較的說法甚多，我取尼采的說法作為參照，並且與特朗斯特羅默的詩歌相互闡發。尼采在《智慧之路》（1884）的筆記中把他自己的精神發展分為三個階段：第一個階段踏上合群的精神苦旅，第二個階段投身獨立的精神拓荒，第三個階段致力積極的文化創造。這三個階段同樣只有兩關。

在第一個階段，「我」作為群體中的一員，既服從社會，又對這種狀況感到不滿，意識到「我就是我」。例如，〈名字〉中的「我」在驅車途中，首先必須服從交通規則。在〈帶解析的肖像〉中，「我」是以「他」的存

在為前提的：「他中之我在休息／此我存在。」用莊子〈齊物論〉的話來解讀：「非彼無我，非我無所取。是亦近矣，而不知其所為使。」「彼」，或解讀為大自然，但也可以解讀為人際關係中與「我」相對的所有的他者。這就是說，我與我的對應面，都是以相互的存在為前提的。如伯斯登指出的那樣，這是「我」的自我認同的條件之一。

第二個階段，對現實狀況感到不滿，或出於精神困惑的「我」，開始提出「我是誰」或「我是什麼」的問題，由此進入轉凡入聖的初關。特朗斯特羅默詩中「掙錢多如晨露」的人，同樣不滿於財富的佔有，同樣有精神追求，同樣會提出這樣的問題，並且有可能悟出「我不是我」。

這是一個不穩定的階段，用尼采的比喻來說，是一個「沙漠階段」。在這個階段拓荒開路，既可能開啟智慧，也可能引發心理障礙和精神官能症。特朗斯特羅默的詩歌表現了這兩種可能性。

首先，是開啟智慧的情形。在〈帶解析的肖像〉中，「大我」不是「真宰」，因為這個「大我」是可以瞥見的一個物件，而「真宰」是看不見的。「大我」也不同於阿部正雄在《禪與西方思想》中所說的「真我」。因為，「您可以把你的『自我』物件化。但一個物件化的自我，不是真正的自我。真我必須是超越物件化的真正的主體性。」[34]「大我」消失掉入兔洞之後，「我不是我」，這個「非我」，實際上進入了大自然的懷抱。在卡洛爾的童話《愛麗絲夢遊仙境》中，愛麗絲跌入兔洞後，遇見了聰明的毛毛蟲。她跟毛毛蟲一樣只有三英寸長。毛毛蟲坐在一個蘑菇上，向她提出了「你是誰」的問題。愛麗絲覺得自己早上起來還知道自己是誰，此刻卻弄不明白了，回答說：「我不是我自己了，你看。」

其次，是引發精神官能症的可能性，愛麗絲的困惑就潛伏著這種可能性。創巴在《笑對恐懼》中說：「在你的人生和實修中，當心智與身體同步時，精神官能症很難有機可乘。精神官能症的基礎，乃至任何身體不適和痛苦的原因，均在於心智與身體不能融為一體。有時身在，卻心不在焉，仿佛離了數里之遠，或心在此處身在彼處。」[35] 這一點在特朗斯特羅默的〈名字〉中表現得很鮮明。「我」甚至覺得自己「像麻袋裡的一隻貓一樣在惶恐中扭動」。這種處在「遺忘的地獄」或輪迴的漩渦中的時刻，好比弗萊在《批評的解剖》中所說的「儀式性死亡時刻」（point of ritual death），即文學故事接近結尾的危機時刻，接著便是「發現」，這時，有人會發現自己變成了動物，例如在莎劇《錯誤的喜劇》中，大德洛米奧發現自己「真是一頭驢子」。[36]

但是，危機也是轉機，精神官能症也可以轉化為一種積極的能量，由此進入參禪的第三階段。

在第三個階段，「我還是我」的發現，在〈名字〉中是通過穿牆飄來的號角聲促成的。「我」恢復了名字，贏得了自由，就像貝多芬歌劇《費德里奧》中深陷地牢的弗羅萊斯坦被第三號序曲的號角喚醒一樣，自由的光輝照進牢房……。音樂欣賞不完全是被動的接受，同樣可以成為尼采所說的「積極的文化創造」活動，或能動的審美活動。

伯斯登和埃斯普馬克肯定了特朗斯特羅默詰問自我的積極意義，有助於破除我執，儘管他們採用的是非佛教的語彙和概念。真我的證悟，對於這兩首詩的「我」來說，對於愛麗絲來說，還有漫長的路要走。破牢關，是詩歌結尾之後的事情，即愛麗絲掉進兔洞之後的事情。這是詩人「留空

白」的藝術，讓讀者自己去尋求證悟的藝術。愛麗絲是通過「儀式性死亡」之後，通過眼淚的「洗禮」而接近徹悟的。依照基督教傳統，接受洗禮，就向天國趨近了一步。類似的是，有了以眼淚為象徵的慈悲，就向涅槃趨近了一步。

6.18

特朗斯特羅默的詩歌，有時帶有亦禪亦密的野狂之氣。例如，上帝雖然無所不能，在詩人筆下，有時卻呈現出一種「暗中龜縮的上帝的能量」（〈孤獨的瑞典小屋〉）。這首詩中詩人筆下的人們，生活在疾病、混亂、失序的可怕環境中，是被世界遺棄的，在焦慮不安中難免把生活的不如意歸咎於上帝的缺席。他的詩友索德堡寫過一首〈致特朗斯特羅默（重讀十七首詩後）〉，開頭一節就提到他對上帝的失敬：

> 你感到事物失序的關係，
> 石頭的煉金術，一個遮掩在上帝的
> 盲目光芒中的世界。

索德堡對特朗斯特羅默並沒有微詞，因為他自己也有類似的傾向，認為上帝隱匿得太深，對上帝寄於厚望有點吊詭。在古希臘喜劇家阿里斯托芬的《財神》中，財神是個瞎老頭子，導致人類財富分配不公。但基督徒眼中的上帝畢竟不是希臘人眼中的神。基督教中這種對上帝失敬的傾向，可以追溯到艾克哈大師的偶像破壞。在《講道集》（87）中，艾克哈大師認為，語言和概念造成的有限的偶像限制了我們對上帝的理解，因此必

須擺脫這樣的偶像才能理解真正的上帝。他認為，通過崇拜偶像的儀式來尋找上帝，結果是得到儀式，卻失去了上帝。換言之，偶像崇拜，無異於捨本求末。因此，艾克哈以他特殊的方式來禱告：「我祈求上帝讓我擺脫上帝」。他的意思是說，只有當我們空掉自我，空掉一切，空掉關於上帝的先入偏見時，才能感覺到並參與上帝的永恆的新事業。我們要想不斷向上帝開放，就需要一顆不斷更新的心靈。

對於這種偶像破壞，可以借重拋卻一切崇拜、祈禱和儀式的禪宗來更好地解釋。德山宣鑒禪師有「逢佛殺佛，逢祖殺祖」之說，因為他認為，夢中所見，無論是佛是魔，都是心中妄想和執著帶來的，是不利修行的魔鬼。臨濟禪師也曾告誡學僧：向身外求佛、求道、求祖，是不可能如願的。

懂得這一點，便可以很好地理解特朗斯特羅默的〈管風琴音樂會的休息〉（1983）：

重溫一個夢，我獨立教堂墓園中
目力所及之處
到處有豔麗的石南花。我在等誰？一位朋友
他為什麼沒來？他早就在這裡

……

我醒著面對那不紛亂的「也許」
把我帶進這個不安定的世界的「也許」
而世界的每一幅抽象藍圖
像給風暴勾勒面孔一樣不可能

這個無相的朋友是誰，瑞典評論家有兩說：基督或死亡。前一個答案可以在瑞典牧師和詩人維林（John Olof Wallin）的著名讚美詩中找到：「我到處尋找的那個朋友是誰？」答案是不言自明的基督。後一個答案，也許是因為在瑞典民俗傳統中，石南開花是死亡的預兆。

這兩個答案都說得通。當然，基督徒更喜歡前一個答案，禪修者更喜歡後一個答案。與死亡交朋友，就是與自己交朋友，就是尋找自性，尋找人生的意義，尋找另一種生命形式。威克斯楚從特朗斯特羅默的內在之旅讀出了這樣一個悖論：「只有為了他人的目的而忘卻他自己的人能找到他自己。」[37]

在引用的特朗斯特羅默的詩行中，譯文加引號的「也許」，原文以大寫字母拼寫。詩人藉以表達面對死亡和死後另一種生命形式的不確定態度，對人生奧祕和宇宙奧祕的不確定態度。與「也許」對立的態度，也許就是詩人在〈紅尾蜂〉中所鄙夷的對事物「百分之百」肯定或否定的態度。從佛教的角度來看，「也許」的態度有助於避免陷入各種邊見的陷阱。

1. 丁歌.〈拜訪 2011 諾貝爾文學獎得主特朗斯特羅默〉,《新週刊》357 期。

2. David Wojahn. *From the Valley of Saying, in Planet on the Table : Poets on the Reading Life* , edited by Sharon Bryan and William Olsen, Sarabande Books, Inc. 2003, p.317.

3. 參看 Kjell Espmark. *Resans formler : en studie i Tomas Tranströmers poesi,*Stockholm : Norstedt, 1983, pp.47-48 ; Staffan Bergsten,*Den trösterika gåtan : tio essäer om Tomas Tranströmers lyric,* Stockholm : FIB : s lyrikklubb, 1989, p. 150.

4. William Johnston. *Christian Zen* ‧ Harper and Row, Publishers, 1979 ‧ p.1.

5. John Dryden, ' Juv. Preface'.

6. Kjel Espmark. *Att översätta själen : en huvudlinje i mordern poesi - från Baudelaire till surrealisme,* Norstedts, 2003.

7. Agneta Pleijel. ' Där Bilderna upphör om närvaron i Tomas Tranströmers diktning' , *Tomas Tranströmer / Medverkande :Ylva Eggehorn ...* , Poesifestivalen i Nässjö Tomas , 1997, p. 48.

8. 參看 Robert G. Jahn and Brenda J. Dunne, 'Sensors, Filters, and the Source of Reality' , *Journal of Scientific Exploration,* Vol. 18, No. 4, 2004, p. 549.

9. Lennart Karlström. ' Från Tang till Tranströmer, kinesisk, svensk och datorgenererad poesi' , December 26, 2011. http//www.usabloggen. se/2011/12/26 / fran-tang-till-transtromer-kinesisk-svensk-och-datorgenererad-poesi/

10. Jean Valentine. 'Letter to Tomas Tranströmer' , *Blackbird,* An online Journal of Literature and the arts, Spring, 2011, vol.10 no. 1。

11. Emanuel Swedenborg. *Memorabilier, Minnesanteckningar från himlar och helveten,* Rabén & Sjögren, 1988, p. 36.

12. 《魯拜集》(*Rubáiyát of Omar Khayyam,* Edited by Nathan Haskell Dole, Joseph Knight Company, 1896) ‧ 根據 J.B. Nicolas 的英譯 (On every branch shine Moses' hands to-day, / In every loud breath breathes Jesus' soul) ‧ 依照英譯注釋,此處的「摩西手」不是像麻瘋病人樣的白手,而是病後恢復健康的手,象徵冬去春來復蘇的花朵,「耶穌魂」象徵的是基督起死回生的力量。

13. 參看 Kjell Espmark. *Resans formler : en studie i Tomas Tranströmers poesi,* Stockholm : Norstedt, 1983,p.300, 埃斯普馬克認為這種解說有點牽強附會。

14. ' Dikter' , *Författacentrum,* Stockholm 1969.

15. 參看 Robert Bly. 'A Wrong-Turning in American Poetry' ,*Claims for Poetry,* Edited by Donald Hall. Ann Arbor : University of Michigan Press, 1982. 17-37.

16. 原文如下：Driving to Town Late to Mail a Letter：It is a cold and snowy night. The main street is deserted. / The only things moving are swirls of snow. / As I lift the mailbox door, I feel its cold iron. / There is a privacy I love in this snowy night. / Driving around, I will waste more time.

17. Dennis Haskell. 'The Modern American Poetry of Deep Image', *Southern Review* [Australia] 12（1979）: p. 142.

18. Lennart Karlström.*Tomas Tranströmer : en bibliografi*,Stockholm : Kungl. bibl., 1990-2001, 2 vol., 2. p.282.

19. Lennart Karlström. *Tomas Tranströmer : en bibliografi*,Stockholm : Kungl. bibl., 1990-2001, 2 vol., 2, p. 294.

20. Staffan Bergsten.*Den trösterika gåtan : tio essäer om Tomas Tranströmers lyric*, Stockholm : FIB : s lyrikklubb,1989, p. 10.

21. Staffan Bergsten,*Den trösterika gåtan : tio essäer om Tomas Tranströmers lyric*, 1989, Stockholm : FIB : s lyrikklubb, p. 55.

22. 《大正藏》第 14 冊，頁 539。

23. 參看 Joanna Bankier. *The Sense of Time in the Poetry of Tomas Tranströmer*. Bankier 1985, p. 28.

24. Daisetz Teitaro Suzuki. 'A Reply to Hu Shih', *Philosophy East and West*,V. 3 No. 1 ,1953, pp. 39-40.

25. 見 Rönnerstrand 的訪談，*Göteborgs-Tidning*, 18 November 1974.

26. Lennart Hellspong. *Kompendium i språkfilosofi*, 2002, p. 5.

27. Staffan Bergsten,*Den trösterika gåtan : tio essäer om Tomas Tranströmers lyric*, Stockholm : FIB : s lyrikklubb, 1989, p. 23.

28. 根據瑞典文譯本《寂靜的聲音》（*Tystnaden Röst*）轉譯。

29. Alan Watts. *The Spirit of Zen*, New York : Grove Weidenfeld, 1958, pp. 59-60.

30. 參看 Magdalena Slyk."*VEM är jag?*" : *Det lyriska subjektet och dess förklädnader i Tomas Tranströmers författarskap*, Uppsala. 2010.

31. 參看 Staffan Bergsten,*Den trösterika gåtan: tio essäer om Tomas Tranströmers lyric*, Stockholm : FIB : s lyrikklubb,1989, pp. 16-20 ; *Tomas Tranströmer : ett diktarporträtt*. Stockholm : Bonnier. 2011, pp. 32-33.

32. Kjell Espmark. *Resans formler: en studie i Tomas Tranströmers poesi*. Stockholm : Norstedt, 1983, p.201.

33. http://www.margaretsoltan.com/?p=32860。賽菊克所引用的索甲仁波切（Sogyal Rinpoche）《西藏生死書》（*The Tibetan Book of Living and Dying*）的片段，筆者中譯如下：

「想像一下：一個婦女遭遇一場車禍後突然在一所醫院醒來，發現自己的全部記憶都喪失了。表面上什麼都沒有變，面孔和體態依然故我，感覺和心智還在，但她一點也不知道自己究竟是誰了。在同樣的情況中，我們記不得自己的真正身份和原初本性。出於恐懼，我們狂亂地到處投射，臨時拼湊成另一個身份，像一個人不斷跌入深淵，深感絕望。這個假的妄執的身份，就是『自我』」。

「自我就是這樣，是在不能真正認識到我們究竟是誰的情況下招致的結果：一種不惜代價的拚命執取，為的是拼湊出我們自己的瞬息之相，一個終究要像變色龍一樣變異的假我，力求維持其虛幻的存在。在藏文中『自我』（ego）稱為 dak dzin，意為『對自身貪婪抓取』。……我們需要不斷貪求的這一事實表明，在我們存在的深處，我們知自己並非固有的存在，從這個祕密的、令人氣餒的認識裡，產生了我們的一切不安全感和恐懼。」（英文本第 116-117 頁）

34.　阿部正雄《禪與西方思想》，王雷泉、張汝倫譯，桂冠圖書有限公司，1992 年，頁 221-222。

35.　Chögyam Trungpa. *Smile at Fear : Awakening the True Heart of Bravery*, edited by Carolyn Rose Gimian, Pema Chödrön, Shambhala, 2009, p.75-76。

36.　Northrop Frye. *Anatomy of Criticism*，Princeton University Press, 1957, p.178.

37.　Owe Wikström. *Ikonen i fickan om yttre och inre resor*, Natur och natur, 1997, p. 122.

第七章

頭骨碗裡的驚濤：
特朗斯特羅默的中陰之旅

7.1

禪宗和藏傳佛教金剛乘的密宗，好比一根藤上的兩個瓜。禪宗的根是世尊在靈山法會上「拈花微笑」。由印度大師蓮花生傳入藏地的藏祕的根，是世尊表示意念時以屈指節示之的手印。但是，在歷史的發展中，由於禪宗與中國的儒道合流，藏密與西藏本土宗教苯教的結合，中國禪和藏密既保持了部分原汁原味，又或多或少改變了原色。相比之下，禪宗看重修行離相，密宗看重當下開悟。今天，禪宗與密宗可以相互從對方找到靈感。

在特朗斯特羅默的某些詩歌中，兼含禪宗和密宗的旨趣。

創巴在《茶杯與頭骨碗》一書中討論禪宗與密宗的異同，書題的兩個精彩的比喻值得借鑒。他認為禪宗與密宗均以靜修為基礎，但禪修者好比衣冠楚楚的紳士，好比精美的茶杯，修密者好比解甲歸田卻仍然滿臉鬍鬚的日本武士，好比粗糙的頭骨碗。換言之，禪宗屬於中道，密宗屬於極端。在《獅子吼：密宗導論》中，創巴進一步指出：「密宗的基本點是進一步把握現實。現實可以視為不現實的，超現實可以視為現實的。從根本上來說，這就是密宗的邏輯。」[1] 因此，禪宗是一種日常生活的現實主義，密宗可以視為一種精神冒險的超現實主義。

特朗斯特羅默與象徵主義、表現主義和超現實主義的聯繫，都是經由夢的魔毯。但是，在短詩〈航空信〉（1989）中，類似於魔毯的，是一件日常用品——「郵票的飛毯」。結果，悖論的是，飄離現實的夢幻之旅反而貼近了現實，貼近了日常生活。

頭骨碗展示的，首先是一種令人敬畏的精神奇觀。碗中的荊蠻叢林，是黑色森林，碗中翻滾的波浪，是黑色驚濤。我們不妨借尼采的空無深淵的意象來闡釋這樣的景觀。尼采在《超越善惡》中論道德時曾告誡我們說：「無論誰與魔怪搏鬥，都要小心防止自己變成魔怪。因為你凝視深淵，深淵也會反過來凝視你。」**2**

與自己的內魔搏鬥，也會有同樣的危險。但是，順利地穿越黑色森林跨越黑色海洋之後，洞穿了深淵之後，卻有這樣一種可能性：「一旦寧靜地越過那些骷髏地，上帝張開金色眼睛」——特拉克爾在這首〈讚美詩〉（Psalm）中之所以發現了這種可能性，也許是因為「骷髏地」實際上並不那麼可怕，正如布羅茨基在〈觀察的清單〉（詩集《言語的一部分》）一詩中寫到的那樣：「活人比骷髏更恐怖」。〈讚美詩〉最後一行的「宇宙意象」，對於佛教徒來說，只要把上帝替換成佛祖或真我就行。

7.2

1970 年，特朗斯特羅默的詩集《黑暗景觀》出版之後，瑞典作家帕爾梅對〈守夜〉等詩作的奇特意象感到極為震驚，在給特朗斯特羅默的一封信（1970 年 5 月 23 日）中寫道：

哪來這樣的份量？竟然以震撼整個時代的力量，抗衡根深蒂固的體系，承受重負，全書都是這樣嗎？埃格勒夫撞擊我的原因之一，是他喜歡讓天空和冥土互換位置，這樣一來，宇宙塞滿噩夢，腐爛的屍體和樹根，而冥土卻佈滿星辰和飛鳥。始祖鳥！當你讓一把輪椅以前所未聞的方式在天空隆隆滾動，我就想到這些。

帕爾梅提到的輪椅的意象，見於特朗斯特羅默的〈守夜〉一詩：「裝上鐵輪的輪椅隆隆滾過天際／那是笨重的夜班機」。埃格勒夫是瑞典第一位超現實主義詩人。帕爾梅把他的原創性喻為始祖鳥。實際上，在西方文學中讓天空與大地互換位置的景觀並不難發現。特朗斯特羅默推崇的意象派先驅休姆（T. E. Hulme），在〈堤岸〉（The Embankment）一詩中鋪開這樣一條地毯：「古老的吞噬星辰的天空地毯」。更深奧的是，策蘭在〈子午線〉（1960）演講裡說：「以頭站立的人，看到天國是位於他下面的一個深淵」。德國哲學家伽達默（Hans-Georg Gadamer）曾借用這句話來解讀策蘭的短詩〈歌吟的檣桅〉。福格特（Philippe Forget）把「以頭站立的人」解讀為「掉了腦袋的人」：他看到天空顛倒了，變為一個深淵，好比永墮地獄的威脅，而不是希望的地平線，安全的避難所或和平的應許地。[3]

對於熟悉密宗及其詩歌的人來說，諸如此類的時空顛倒的意象並非出奇。古印度佛教的八十四大成就者為數甚少的女性中，有一位瘋瑜伽女羅剎明迦羅，她創作的詩歌，充滿顛倒常理的意象，其中有歡笑的砍柴刀，吞噬了大象的青蛙，天空開放的花朵，跳舞的椅子，兩隻蜜蜂撐起來的大象的寶座，追趕貓咪的耗子，從狂怒的驢子身邊逃離的大象……。從現代

詩學的角度來看，這樣的意象屬於典型的超現實主義意象。在羅剎明迦羅眼裡，這些反常的現象都是心靈的體驗，是概念心解不開的疙瘩。解開這些「大謎團」的唯一法門，是「即刻拋棄概念！」[4] 她的詩歌開啟了弟子的非二元性智慧。

我們從上述特朗斯特羅默的許多引詩中，可以看到他的非概念心多麼接近密宗。

7.3

特朗斯特羅默的非概念心，與德國猶太裔哲學家漢娜·阿倫特（Hannah Arendt）有類似之處。阿倫特的思想在某些方面是與佛教相通的。她曾表示，要以一種全新的眼光來看世界，不再受任何傳統概念的桎梏或牽引。

經歷二戰的慘痛之後，阿倫特於 1961 年以英文出版了《過去與未來之間》（Between Past and Future），該書序言題為〈過去與未來之間的裂口〉（The Gap between Past and Future），作者自序引用了夏爾的話：「我們的遺產沒有經由遺囑留給我們」。夏爾用這句話來概括他在二戰中參與法國抵抗運動的體驗。但阿倫特認為，這句話表明歐洲人與傳統斷裂了，很好地說明了奧斯維辛之後的人類處境，同時也說明了一種文化危機。她認為，這種「裂口」在人類歷史上是不斷出現的，是「無時代的」（ageless），是一種「具體的現實和所有人的困惑」，但在現代社會表現得尤為突出。

阿倫特給西方人敲響了警鐘，特朗斯特羅默則以詩的形式敲響了類似的警鐘。他詩中的「我」或「我們」，有時可以讀為「瑞典人」、「歐洲人」或面臨同樣危機的世界各地的人們。阿倫特推崇的夏爾，也是特朗斯

特羅默最欣賞的詩人之一。在回憶錄《記憶看著我》中，特朗斯特羅默說，他高中時讀賀拉斯，就像讀同時代的夏爾和別的超現實主義者。

阿倫特該書出版不久，創巴到北美落腳傳法。在一系列講座中，他把阿倫特採用的 gap 一詞，解讀為《中陰聞教得度》中的藏文詞「巴多」（Bardo），即中陰。歷史上通常把這本經典視為人死後真實發生的事件的記述。但是，創巴強調說，不應當把「中陰」狹義地理解為實際的死亡中陰，而應當廣義地解釋：「巴」意為「裂口」（gap）或「中間」，「多」意為「島」，因此，「巴多」或「中陰」，意為「兩種情境之間的生存處境」。[5] 他還進一步指出：英譯的《西藏度亡書》，同時是一部關於「生活的書」，可以稱為「西藏誕生書」（Tibetan Book of Birth）或「空間書」（Book of Space），因為該書教授誕生與死亡的原則，象徵性的生生死死，發生在基本空間環境的每一個瞬間。[6]

類似的是，如果要給特朗斯特羅默的全部詩集命名，題為「空間書」也許最為恰當。在短文〈一位詩人的肖像〉中，彼特耶對特朗斯特羅默詩歌的空間特徵作了精彩評論，他指出：在詩人的精神之旅中，各種事件，記憶的軌跡和萬物的現象是在空間拋錨的，是在大自然的懷抱中，在斯德哥爾摩群島周圍和日常生活中拋錨的，所有這些都經由意想不到的並置展現出來。……特朗斯特羅默的典型特徵是空間的深思熟慮的運用。他不害怕空──即使在沮喪的時刻也無所畏懼，只是需要把一切寫下來。[7]

彼特耶所說的「沮喪的時刻」，屬於象徵性中陰界的時空，詩人寫下來的，無非「象徵性的生生死死」。

西方最早關於死亡的指南手冊，是中世紀拉丁文的《死亡藝術》（*Ars*

moriendi），授人以對治災難的精神良方，對後來爆發的黑死病的恐懼起了極大的緩解作用。類似的是，中世紀德國神祕主義宗師希爾德加德（Hildegard von Bingen）的《人生功德書》（*Liber vitae meritorum*），記載靈視中的善惡之爭和死後賞罰，被視為一本人生道德指南。

斯威登堡曾提前訃告天下，稱自己已死亡。他死後的離舍之魂旅行到天國和地獄，看到了人死之後的「靈界」或「中間地帶」（瑞典文譯為mellantillstånd，翻譯家用該詞譯「中陰」），多次往返生死兩界後撰寫的《天堂與地獄》，詳盡描繪了他的神祕體驗：開始，死者不知道自己已經死了，自以為仍然滯留人世，他會遇見亡故的親友，他們可以給他指點迷津。接著，死者可以隨心所欲地思維行動，他不再害怕失去什麼，生前隱私也可能和盤托出。最後，「邪靈」下地獄，「善靈」遇到的天使前來接引，走向光明。

伯斯登在評論特朗斯特羅默的〈舒伯特幻想曲〉時說：「舒伯特的音樂是一種死亡的音樂，但同時是對人生，對生命的歡樂和繁衍的大自然的一種致敬。」[8] 這句話，可以借來形容《西藏度亡書》等類似著作的意義。

7.4

在戲劇藝術中，死亡的戲劇也是常見的。創巴曾經把摹仿日本武士的切腹自殺作為一種家庭即興戲劇來表演。他首先信口胡謅幾句日文，然後服一種藥，以一把摺扇代替武士刀，「手起刀落」，就倒在地上「痛苦地」翻滾，藥品引起他口吐唾液，眼睛翻白，就像真的死了一樣。稍候他便「蘇醒」過來，放聲大笑。這可以視為一種外摹仿的中陰體驗，外現於筋肉動

作的審美摹仿活動。

詩歌與專事外摹仿的戲劇不同，與禪修的觀想類似。因此，關於死亡的詩歌，從美學角度來看，可以視為一種靈魂的內摹仿中陰體驗，然後通過語言「翻譯」出來。

從西方文學的歷史來看，許多描繪冥土之旅、地獄之旅的詩歌，同樣起到了人生的道德指南和審美教育的功用，同樣可以視為「翻譯靈魂」的中陰體驗。音樂家和詩人的原型奧菲斯就經歷了冥土救妻之旅。但丁的地獄之旅對特朗斯特羅默的影響，瑞典評論家已經作了比較分析。要以西方眼光來闡釋中陰觀念，莎士比亞的敘事詩《魯克莉絲受辱記》（*The Rape of Lucrece*）具有特殊的意義，詩人這樣描寫沉睡中的女主人公：

> 在這幅死亡的地圖上展示生命的勝利
> 在必死的人生中看死亡昏暗的面容
> 在她的睡眠中各自以美來修飾，
> 仿佛兩者之間既難相容又無衝突，
> 只是生寓於死，死寓於生。

魯克莉絲未死之前的睡態，像中陰狀態一樣。這幾行詩已經揭示了中陰之旅的要義。

這裡表現的生與死的悖論，不斷激起後世的迴響。「生中之死」成為浪漫主義詩歌中常見的一個悖論。葉慈在〈拜占庭〉中，把一個半是人形半是陰影的意象稱為「生中之死死中之生」。托爾西直接吸取佛教的靈感，在〈獅子吼〉（Lejonets röst）中讚揚一個學佛的兄弟參透了生死，站在書

架上的《死亡藝術》旁邊:「耳語傳到我耳邊:學會死──你就學會了生!」

　　特朗斯特羅默同樣有可能吸取了西方和東方關於「死亡藝術」的精神遺產。「死亡」是理解他的詩歌內容的關鍵詞之一。在長詩《波羅的海》第五節,緊接作那個音樂家的悲劇故事之後,詩人寫道:

> 幾個學期的死亡講座,我和我不認識的同學一起聽課
> (你是誰?)
> 後來每個人離去,一個個側影。
>
> 我眺望天空大地,直視前方
> 此後我給死亡寫了封長信
> 寫在沒有色帶只有地平線的打字機上
> 徒勞地打字,了無痕跡

　　我們有理由把《死亡藝術》、《人生功德書》、《天堂與地獄》和《西藏度亡書》等著作作為特朗斯特羅默研習的「死亡講座」的教科書,把那些表現生與死的悖論的詩歌,選為教科書的課文。研習「死亡講座」的現代派藝術家和詩人,像他們的先驅尼采、馬拉美和波德萊爾一樣,有一種「美杜莎情結」(The Medusa Complex)。他們在黑暗中,在價值虛無感中,迷戀對醜陋和死亡的凝視,敢於直面美杜莎的頭──哪怕自己變成石像,哪怕在自己身後「了無痕跡」,因為他們覺得,肉身與石頭之間的傳統邊界是值得懷疑的,有相無相的悖論是富於深意的。

　　用密宗來闡釋,萬法各自本來之形相,千姿百態,是為有相;一相之中具足一切相,卻不留一相,是為無相。用淨土宗來闡釋,在特朗斯特羅

默的詩中,「我眺望天空大地」,有可能悟出有相淨土與無相淨土的悖論,可以找到無所不在的淨土。換言之,儘管美杜莎情結是一種心理紊亂或輪回中的煩惱糾結,但經由無序和煩惱,你可以抵達有序的彼岸,解開疙瘩,證得菩提。而《西藏度亡書》正好打破了時空和生死的界限,同時帶有外民族文化的奇異特徵,因此,西方現代主義詩學與藏密法教一拍即合。

7.5

瑞典學者威克斯楚(Owe Wikström)在《論神聖》中認為,從深度心理學的角度來看,特朗斯特羅默的詩歌引向一個「內在的地獄」和「自身的冥府」,在那裡人必須死亡才能獲得新生。[9] 照此理解,那麼,特朗斯特羅默讓天國與冥土互換位置的顛倒的視角,就像「以頭站立的人」,「掉了腦袋的人」,即象徵性的「中陰身」的視角。這樣的中陰身,不妨借華茲華斯的〈完美的女性〉(Perfect Woman)中的詩語,簡明地界定為「生死之間的旅行者」。她或他有時是一個「愉悅的幻影」,但一般來說,中陰身是一個體驗死亡的痛苦的幻影。

據特朗斯特羅默在回憶錄《記憶看著我》中的自述,他生平第一次死亡體驗,是他五、六歲那年。那時他家住在斯德哥爾摩中心。一天,他媽媽帶他參加學校音樂會。散場時媽媽本來是牽著他的手的,但在出口處被人流沖散了,媽媽沒有找到他。夜幕降臨了,他站在那裡,完全失去安全感。他身邊的陌生人只顧自己的事情,根本沒有注意到他。但是,慌亂了一陣之後,他就開始想,應當可以自己走回家。他記得媽媽是帶他坐巴士來的,他像通常那樣跪在座位上從視窗向外看,巴士穿過他認得的王后

街。此刻沒有巴士了，為什麼不能一站接一站走呢？就這樣，經過一些周折，他終於走回家，多麼歡喜！這時，媽媽報警去了，外祖父祖母見了他非常驚喜。

這次有驚無險的意外事件，對於特蘭斯特羅默理解世界，尤其是理解死亡具有決定性的作用。當他回憶書寫這一事件時，他的心態也許有點像唐代詩僧寒山：

> 尋思少年日，
> 欲識生死譬。
> 蹭蹬諸貧士，
> 推尋世間事。

這就是說，特朗斯特羅默詩歌中經常描繪的「死亡體驗」，同時也是關於生活的「生死譬」。他關注的不僅僅是他個人的體驗，而是推己及人的寒士窮人的坎坷命運。詩人以小見大，借以明瞭世事的情理，尋找人生的真諦。後來，他不斷經歷了類似童年時代的事件，不斷在生死之間盤旋，同時也不斷在詩歌中表現出來。正是第一次難忘的死亡體驗，為日後詩人的中陰身視角作了心理鋪墊。

7.6

現在，讓我們跟隨特朗斯特羅默的詩的足跡，步入詩人的中陰之旅，深入詩人「內在的地獄」。

散文詩〈暮秋深夜小說的開篇〉（1978），好比描寫詩人的中陰之

旅的序曲，詩的開頭如下：

渡船散發汽油味，某種東西像揮之不去的思緒震顫不已。一盞燈點燃。船靠碼頭。只有我一個人下船。「要跳板嗎？」不必。我踉踉蹌蹌跳進黑夜，站在橋上，島嶼上。

這裡的渡船就像希臘神話中冥河船夫卡戎擺渡的渡船。點燃的燈盞，像靈柩前墳頭上讓人垂淚的長明燈。當死者獨自步入中陰，他立足的橋就像道教所說的奈何橋，而島嶼，正好與藏文「巴多」一詞十分吻合。但是，詩我經歷了種種奇特的中陰體驗之後，發現「別一世界也是這個世界」。

特朗斯特羅默《大謎團》中的一首俳句，更明確地寫到冥河渡船：

他寫著寫著……
粘膠寒凝入河道
冥河渡船來

此處凝練的詩意，可以給讀者提供想像的空間，不妨借獲得諾獎的波蘭詩人米沃斯和辛波絲卡的詩作來闡釋。

在米沃斯悼念亡妻的〈奧菲斯和尤莉狄斯〉（Orpheus and Eurydice）中，奧菲斯來到冥府入口，站在「鬼行道」的石板上，在一扇大玻璃門前準備接受「終級考驗」，他要救回自己的妻子，但他發現：「蜂擁的幽靈包圍著他。／他認出其中的一些臉。／他感覺到自己血液漲落的節奏。／強烈意識到自己帶罪的人生」。因此，詩人筆下入冥府下地獄的奧菲斯，不僅僅是詩人的自況，他已經成為有良知的歐洲戰後抒情詩人的象徵。

辛波絲卡描寫波蘭納粹集中營的〈雅斯洛饑餓營〉（Starvation Camp at Jaslo）一詩，開頭幾行的筆法與特朗斯特羅默的俳句更為接近：

> 寫下它，寫下它。用尋常的墨水，
> 在尋常的紙上：不給他們吃的，
> 全都死於饑餓。全部？多少人？

在苦難的波蘭，冥河渡船經常超載。類似的是，埃格勒夫的《渡船之歌》的開篇就寫到冥河渡船，暗示了二戰期間納粹反猶大屠殺造成的大量死亡。

特朗斯特羅默憑想像在冥河來回往返。像同輩詩人一樣，他要書寫的不只是一個神話。詩中隱含的當代性，在〈傳單〉（1989）一詩中表現得更為鮮明：

> 靜默的狂嘯在牆的內面塗鴉
> 果樹開花布穀鳥啼叫
> 這是春天的麻醉。可這靜默的狂嘯
> 在車庫倒轉著塗寫自己的標語
>
> 我們看著萬有和空無，直視
> 如冥河上焦慮的渡客擺弄的潛望鏡
> 這是幾分鐘的戰爭。醫院
> 塞滿傷病的停車場，上方炎日佇立
>
> 我們被活生生一錘錘釘入社會！

終有一天我們將擺脫一切縲絏
我們將感到羽翼下死亡的空氣
變得比這裡更溫柔，同時更狂野

　　布穀鳥在西方是春天的使者。春天來了，也會有倒春寒。西諺云：「只有受難的人才能理解布穀鳥的歌聲。」 在西方傳說中，布穀鳥啼叫與中國文化中的杜鵑啼血，有類似的象徵意義。詩中重複的「靜默的狂嘯」這一冤親詞，仿佛把禪宗與密宗融合起來，把茶杯與頭骨碗融合起來，把藏傳佛教的和平尊與忿怒尊並置起來，借以審視戰爭和戰爭的犧牲品。這裡的「溫柔」，是與狂野揉合在一起的，同樣可以採用一個冤親詞：溫柔的狂野。這種眼光和心態，有助於更好地審視人生苦難，傷病和死亡的苦難，尤其是非正常傷亡的苦難。

7.7

　　在發表於同一年的〈被遺忘的船長〉（1989）中：仿佛有一位端著頭骨碗的生者與墳墓中躺了四十年的死者相遇了。

我們有許多影子，九月之夜
我走在回家路上，Y
從他躺了四十年的墳墓裡一躍而出
伴我前行

最初他是空無，一個名字而已
但他思想的競遊

比時間的奔走更快
追上了我們

　　僅僅稱為 Y 的死者，是詩人的一位遠房親戚。在《禪與摩托車維修的藝術》中，主人公不斷撞見一個「鬼魂」──充當思想導師的主人公的前世。特朗斯特羅默遇見的雖然不是自己的前世，但 Y 同樣充當了思想導師，或詩人的祖父一樣的精神領航員。詩人把 Y 的眼睛放進自己的眼睛裡，回眸 1940 年大西洋海上烽煙。Y 是一艘聯軍包租護航的瑞典商船的船長，船隊可能被納粹魚雷擊中。船長究竟如何遇難，詩人在詩中僅僅告訴我們：「一陣內心的悲泣／使他在加地夫的一所醫院流盡最後一滴血」。在威爾斯的這個城市裡，當時還有許多居民和瑞典水手在納粹的空襲中遇難。納粹用兵的原因，是因為該城是英國的工業重鎮，擁有當時世界上最大的煤炭港口。

　　據《西藏度亡書》，在臨終中陰的第二個階段，當神識逸出後，「魂不守舍」時，色身就會暗自尋思：「我究竟是死了還是活著？」它無法確定。它可以看到自己的親戚朋友，宛如生前所見。它甚至還可聽到他們的哭號。這裡有一種奇特的兩種死亡的詩歌境界，即象徵性死亡與實際死亡之間的地帶。詩人經歷的是象徵性死亡，而 Y 早就死了。特朗斯特羅默像安提戈涅那樣，由於不能埋葬她的哥哥，出於痛苦和道德義憤，感到自己正在被活埋，而 Y 就像哈姆雷特的亡父的鬼魂遊蕩。有所不同的是，有思想的 Y 不甘願始終處在死亡狀態，但他要求的不是復仇，而是對於災難的歷史記憶。

阿諾德說過，「奧斯維辛之後寫詩是野蠻的」。這一帶有片面深刻性的名言，對於米沃斯、辛波絲卡、埃格勒夫和特朗斯特羅默等一代歐洲戰後詩人來說，既是寫詩的警號和禁令，也是寫詩的啟示和指南。他們以無辜犧牲品的中陰身的視角來回顧歷史，觀察現實，是避免後奧斯維辛寫詩的野蠻性，從事文明寫作的一種嘗試。這是我們理解詩人的中陰之旅的一個重要角度。

7.8

在〈悲歌〉中，特朗斯特羅默採用的瑞典文詞「裂口」（gap），與阿倫特採用的英文詞同形近義。詩人寫到一次「自豪的旅程」，可是詩人的筆鋒陡轉：

> 信天翁在這裡衰老，
> 變成時代的裂口中
> 一朵漂泊的雲。

在柯爾律治的名詩〈古舟子詠〉中，那個水手用石弓射殺了一隻信天翁，原本象徵吉祥的信天翁成了基督受難的象徵。波德萊爾在〈信天翁〉（《惡之花》）一詩中也寫到一隻信天翁，它被船上水手捕捉，用來取樂，慘遭折騰。最後，波德萊爾把詩人比喻為從天國流亡到大地的鳥。特朗斯特羅默的〈悲歌〉暗用信天翁的典故，以象徵手法寫詩人的中陰之旅。

在《波羅的海》第三節，詩人就像在夢中說夢一樣，在中陰界說中陰身：

在哥特蘭島教堂若明若暗的角落裡
　　在柔軟黴菌的光斑中
擺著一個沙岩石洗禮盆——十二世紀——
　　石匠的名字
仍然可辨，光閃閃
像萬人塚的一排牙齒：
　　　　赫瓦德（Hegwaldr）：
　　　　　　名字還在。他的雕鑿品
留在這裡，在另一些石盆的外壁，人群
　　從石頭裡走到路上的形象
善與惡的眼核在那裡爆炸
餐桌邊的希律王：煎熟的公雞驚飛叫喊：
　　「基督誕生了！」——侍者被處死——
近處孩子誕生，在成堆的面孔下——
　　在高貴的像猴子一樣無助的面孔下
虔誠的逃亡的足音
回蕩在佈滿龍鱗的下水道的裂口

　　詩人從中世紀的洗禮盆步入歷史之旅和中陰之旅。瑞典至今還保留著
這位石雕大師雕鑿的十一個洗禮盆。洗禮盆外壁描繪的，是福音書中記載
的耶穌誕生的情景。那時，「善與惡的眼核」，像原子彈一樣同時爆炸，
但前者出於驚喜，後者出於驚懼。耶穌誕生並且將作猶太人國王的傳聞，
使得當時耶路撒冷的希律王害怕失去王位。這個暴君聽說耶穌在伯利恆誕
生於瑪利亞和她的丈夫約瑟家裡，就露出殺氣。詩中寫到煎熟的公雞驚飛
的奇跡，是悲劇性情景中點染著的荒誕色彩。被處死的侍者，依照瑞典傳

說，是替希律王管理馬房的司提反，他仰觀星象，得知耶穌誕生，因此被希律王處死。這個傳說是《使徒行傳》中基督教烈士司提反的故事的北歐變異。聖母瑪利亞的丈夫約瑟夢中見到天使顯靈告誡，便立即攜全家逃往埃及。希律王為了殺害耶穌，為了避免耶穌漏網，錯殺了當地的無數嬰兒。

在特朗斯特羅默的想像中，赫瓦德當年在創造這些畫面時，就是被那集體墳墓的冤魂縈繞的中陰身，處在無辜犧牲品的中陰界。赫瓦德作為一個傑出藝術家的名字，以瑞典文雕鑿在洗禮盆上，的確像一排牙齒。但只有詩人由此聯想到萬人塚。

耶穌剛誕生就被迫成了天生的流亡者。流亡，從黑暗世界出發，在尚未抵達自由土地安全港口之前的途中體驗，是最典型的中陰體驗。從耶穌流亡埃及到希律王死後耶穌返回以色列的這段時期，正是西方歷史上集體受難的大中陰，大裂口！對於西方文化來說，天不生基督，萬古長於夜！直到耶穌開始傳道，歷史才閃現了一線光明，暫時走出了中陰。然後又是漫長的中世紀的黑暗……。

《波羅的海》的下水道及其裂口，像特朗斯特羅默的〈邊緣地帶〉（1970）寫到的工人施工的「下水道」、「交界區，死亡場所」一樣，均可以視為中陰界。詩人曾表示，他要以《波羅的海》這首詩來翻越邊界：現在與過去、貼近與疏遠、光明與黑暗、生存與死亡之間的種種邊界。[10]「邊界」成了這首詩的關鍵字。在他的觀念中，空間的邊界之分，時間的古今之別，往往在若有若無之間。從佛教的角度來看，就是以分別心來對治分別心。既有邊界又要超越邊界，這樣一來，就可以把彼地他人的苦難視為此地自身的苦難，把個人的坎坷與集體的涅槃聯繫起來。

7.9

特朗斯特羅默在〈夜曲〉（1962）中採用的「裂縫」（springan）一詞，也是一個與中陰概念接近的詞：

> 我躺著昏昏欲睡，看到陌生的意象
> 和符號正在一堵黑牆的眼皮後面塗抹
> 自己。在醒著與夢境的裂縫之間
> 一封巨大的信想擠卻擠不進來

這首詩可以借「夢境中陰」的概念來解讀。夢境中陰帶有「夢中說夢兩重虛」的特徵。詩中的這封信，像一個人一樣想達到一個目的，卻不能如願。如愛倫坡在〈夢中夢〉（A Dream Within A Dream）一詩中寫到的那樣：我站在海岸的濤聲中間，手裡抓著一把黃金沙礫，卻通通從指頭間溜進深海去了。在這樣的情境中，即使抓住一把金子，也可能導致彌達斯國王遭遇的那種饑餓中無食品的反諷。「想擠卻擠不進來」的信，也許處在求生不得求死不能的掙扎狀態。如果它擠了進來，也可能發現擠入的「裂縫」是死亡地帶一樣的囚籠。換言之，一個人瞄準的目的，其本身可能是虛幻的，應當放棄執著。

〈仲冬〉（1996）一詩，是特朗斯特羅默患病中風後用左手書寫的一首短詩，詩中再次出現「裂縫」一詞：

> 一道藍光
> 從我衣服裡湧流而出
> 仲冬

咚咚敲響的冰鈴鼓
我閉上眼睛
一個無聲的世界
一道裂縫
死者在那裡
走私過邊界

　　詩人感到死亡正在逼近。依照《西藏度亡書》，中陰身最初可以看
到物質聚合而成的本然狀態的色蘊，它往往是一道藍色光芒，是透明而燦
爛的法界智光，是身為父母的大日如來佛從心中向中陰界人發射出來的強
光。[11] 特朗斯特羅默筆下的藍光，也許可以如此解讀。這裡的「裂縫」，
顯然是生死兩界之間的裂縫。

7.10

　　象徵性的黑色森林在歐洲文學中有古老的根，往往富於深意。在但丁
《神曲‧地獄篇》的開篇，詩人就發現自己迷失在黑色森林裡──在象徵
意義上，這是主人公身心的迷失、道德和政治上的迷失。西方文學中黑暗
森林的象徵意義與中陰界的概念十分接近。向外看，黑暗森林象徵的是暗
無天日的現實，是戰爭、殺戮或瘟疫等人禍天災過後的死亡地帶，例如拜
倫在〈黑暗〉一詩中寫到的著火的森林，傾倒和正在消失的森林，屬於宇
宙本身的黑暗的一部分。艾略特在〈四個四重奏‧東科克〉中寫道：「我
們都在黑暗森林裡，荊棘中，／在沼澤邊緣，沒有安全落腳點／而且遭到
諸魔和虛幻之光的威脅／誘你去冒險。」向內看，黑暗森林是人體小宇宙

內魔出沒的心理暗角，有內在的潘朵拉匣子，一旦打開，就必須征服內魔，降服放出來的怪物，否則就有可能被魔怪慫恿走上犯罪道路，最終招致自我毀滅。

黑色森林的意象常見於特朗斯特羅默的詩歌中。在〈穿越森林〉（1962）中：

> 我從森林底部走上來
> 樹幹之間光芒閃爍

詩我在中陰界的最後一程看到的光芒，可以解讀為本初覺性開悟之際法喜的「明光」。這是生命的內光的外現。

但是，在他的〈四行詩〉（1989）中，五月的森林，雖然是中陰的象徵，其黑暗色彩已經被暖和的季節沖淡了，被那些與對立兩極揉合在一起的半明半暗、動靜得宜的意象沖淡了：

> 五月森林，我一生在這裡像幽靈出沒：
> 　看不見的遷徙。鳥的歌聲
> 　　寂靜的水池裡初生的蚊蠅
> 　　　狂舞的問號
>
> 我逃向同樣的地方同樣的詞語
> 　寒冷的海風吹拂，冰龍
> 　　舔著我的脖頸，頭上太陽灼熱
> 　　　遷徙的火焰清涼地燃燒

7.11

表現在〈尾聲〉（1954）一詩中的對立面的揉合，是一種悲喜交融的戲劇性：

> 風笛中飄出的一串樂音！
> 一段前進的風笛曲
> 掙脫束縛。一支隊伍。一座進軍的森林！
> 它繞著船頭呼嘯而來，黑暗在移動
> 海陸並肩前進。死者
> 沉入甲板之下，他們與我們
> 走在同一條路上：一次航行，一次漫遊
> 不是野蠻的追獵而是安全抵港
>
> 世界在不斷拆卸它自己的營帳
> 除舊佈新。……

詩人通過莎劇《馬克白》中森林進軍的錯覺進入中陰界。他以富於蘇格蘭民族特色的風笛象徵一支正義之師。蘇格蘭軍隊攻佔野心家馬克白的城堡時，士兵以樹枝舉在面前作為擾亂敵軍視覺的偽裝。「進軍的森林」的假像，正好應驗了巫婆對馬克白的告誡：「不要害怕，除非勃內森林會到鄧西嫩來」。馬克白由此預感到自己就要垮臺了。特朗斯特羅默把不同時空的運動揉在一起，讓劇中蘇格蘭軍隊的行軍與瑞典鄉村的日常生活之旅攜手前進，把死者的中陰之旅與生者的人生之旅相提並論，跨越了時空與生死邊界，從而昭示出整個世界歷史的風雲變幻，像人的死生一樣，總是在不斷「除舊佈新」。

7.12

外部與內部，同樣是對立的，但兩者之間的邊界是一個感覺地帶，是可以消融的。特朗斯特羅默的散文詩〈情歌〉（1989）描寫的森林，兼有內外兩方面的象徵意義：

> 我繼承了一座黑暗森林，很少去。可是死者與生者互換位置的一天來了。森林進軍。我們並非毫無希望。儘管許多員警費盡心機，那些最棘手的犯罪案件尚未破案。我們人生所經之地也有理不清的愛情。我繼承了一座黑暗森林，但我今天走進另一座明亮的森林。所有的生者都在搖頭晃腦地歌唱和爬行！這是春天，空氣濃烈。我從遺忘大學畢業了，像晾衣繩上的襯衣一樣兩手空空。

死者與生者互換位置的情形，是詩人預見的基督教末日審判的場景。但是，如前所述，在《末日審判和巴比倫的毀滅》中，斯威登堡說他早就見證了末日審判。依照他的說法，末日審判不是在物質世界而是在天堂與地獄之間的靈界進行的，每個人都要經過靈界，或上天堂或下地獄。[12] 以中陰法教的觀點來看，這是死者走出中陰轉生投胎的時刻，生者步入中陰剛剛死去的時刻。由此看來，死者與生者互換位置的情景，並不僅僅是未來的一幕，而是過去發生過現在正在搬演的戲劇。那些罪大惡極的罪犯，逃不脫靈界時常發生的末日審判。「森林進軍」，再次暗用了《馬克白》中的典故。這是審判馬克白之類的謀殺者和野心家的前奏，是佛教所說的報應的前奏。造成森林移動的業力，是個業和共業的合力。

詩人以一件兩手空空的襯衣自況，這是瀕臨死亡時最後一次證空的開

悟。創巴有句名言說，「開悟是我們的最後一次失望。」為什麼？因為，從自我的角度來看，開悟意味著殺死自我，是剝奪自我的一切「身外之物」。在馬克白的情形中，他的夫人之死，步步逼近的毀滅，是導致他接近開悟的催化劑。在果戈里的情形中，燒毀《死魂靈》第二卷手稿，就是一種殺死自我的儀式，一種從遺忘大學領取畢業證書的典禮。但是，對於榮格所說的自性來說，開悟並不是失望，相反，「我們並非毫無希望」，我們有可能臻於自性的圓滿。

從佛教的視角來看，我們的希望在於不斷開悟，如道元禪師在《正法眼藏》中開示的那樣：「學佛即學我。學我即忘我。忘我即借萬事開悟。借萬事開悟即脫落自我和他人之身心。開悟後了無痕跡，繼之以不斷開悟。」不斷開悟就是不斷殺死自我。「忘我」和關懷「他者」，是開啟天國之門的鑰匙，也是禪宗和密宗修持者達到的與萬物合一的完美境界。創巴在《茶杯與頭骨碗》一書中指出：記憶是二元性的開端，因此「密宗的目的是摧毀習慣性的記憶庫，這樣你才能準確而清晰地看事物。」[13]

特朗斯特羅默表現的，實際上是這樣一個記憶的悖論：當我們回憶往事時，仿佛不是在大腦的計算機裡搜索，而是基於我們生活中的「高峰體驗」而「再造」記憶。換言之，我們開始忘卻舊事，同時開始學習新事物。常人如此，詩人更是如此。

由此可見，特朗斯特羅默從所謂「遺忘大學」畢業，並非對歷史的遺忘，而是對自我的遺忘，對自我所擁有的一切「身外之物」的遺忘。

7.13

在長詩〈畫廊〉（1978）中，也可以看到一種不同尋常的中陰體驗。特朗斯特羅默開始寫作這首詩時，住在歐洲 3 號公路旁一家汽車旅館裡，正在為職業介紹所培訓求職者，教他們與雇主面談的技巧。在旅館裡，詩人仿佛看到先前在一個博物館裡見過的西藏面具和日本面具：

可現在不是面具而是面孔

他們從遺忘的白牆裡擠出來
為了一口氣，為了詰問
我醒著看著他們掙扎
消失又重來

有的互相借用特徵，交換面孔
潛入我內心
我心田上遺忘和記憶正在彼此交易妥協
他們從遺忘的刷新的白牆
擠出來
他們消失又重來

這裡有一種不叫痛苦的痛苦

普雷傑在〈像只獵狗在真理踏足的地方行走〉一文中認為，〈畫廊〉描繪的情景令她想起但丁的《神曲》。詩我所處的「兩界中央」是：「職業生活與詩人生活之間」，「兩個地方之間，兩種社會活動和兩種真實之

間，醒與睡之間，遺忘與記憶之間」。[14]

但是，更重要的是，詩人處在生死之間的中陰界。在特朗斯特羅默的詩的宇宙中，這首斷斷續續寫了十年的力作，處在中心地帶。他筆下那些被遺忘的亡靈，之所以還在掙扎，是因為心中有不平之氣，要作不平之鳴。正如一句俗語所說的那樣：「人爭一口氣，佛爭一柱香」。

我們無從窺見詩人在哪個東方博物館見過的西藏面具和日本面具。西藏面具歷史悠久，豐富多彩，在藝術表現方面，往往力求理解人生的苦難，以誇張的手法戰勝諸種外魔內魔。「苦中作樂」是其面具藝術的要義。從能劇面具，例如從慈眉善目的童子面具，甚至從悲劇性的《敦盛》中敦盛武士的面具上，我們看不到一絲痛苦的面相。因為在武士那裡，還有一種不叫死亡的死亡。

詩我像夢遊者一樣，「消失又重來」。這可以視為輪迴轉世的通俗說法。那些「潛入我內心」的面孔，即歷史苦難和戰亂中的死者，就像以藏傳佛教罕見的「奪舍法」一樣起死回生，借剛剛死去的詩我的形體充當他們的喉舌，演繹他們的精神。他們「重來」，詩我卻面臨「消失」的危機，步入中陰的危機。

接著，詩中「彼此交易妥協」之語，把記憶和遺忘人格化了，它們仿佛在討價還價。在《音樂哲學》中，阿多諾認為，「現代音樂以絕對遺忘為目的。它是來自船難中絕望的倖存的信息。」[15] 因為，阿多諾把表現對人類狀況的徹底失望視為一切藝術的使命。他的激憤之詞包含「片面的真理」，卻難免走向極端。音樂像別的藝術一樣，同樣是人類記憶的產物。現代音樂無法割斷與過去的音樂的聯繫，與記憶的聯繫。特朗

斯特羅默在東方藝術的啟迪下，在遺忘與記憶之間的「交易妥協」，是在兩個極端之間進行的。

在〈畫廊〉接著塑造的多個藝術形象中，最值得注意的是一位帶有詩人自傳色彩的藝術家形象：

> 一位藝術家說：先前我是一顆行星
> 有自己濃密的大氣
> 外來的光線在那裡碎裂成彩虹
> 雷雨在裡面不斷撞擊
>
> 現在我熄滅了，枯澀，敞開
> 我現在缺乏童心的能量
> 我內熱外冷
>
> 沒有彩虹
>
> 我躺在這間隔音不良的屋子裡
> 許多人想穿牆而入
> 但多數人進不來：
>
> 他們被遺忘的白色喧囂吞沒了
>
> 匿名的歌聲沉入層層牆壁
> 禮貌的敲門聲誰也不想聽
> 一聲浩嘆
> 我古老的回應緩慢爬行無家可歸

聽到社會機械性的自責
大電扇的聲音
像六百米深的礦道裡
人造風的吹拂

我們的眼睛在繃帶下面睜開

如果我至少能讓他們感覺到
我們腳下的震動
那就意味著我們正置身一座橋上⋯⋯

在這裡，可以穿牆而入的，是中陰身。在基督教那裡，只有復活的基督可以穿牆或行於水上。但是，藏傳佛教認為，在業力尚未形成前，中陰身同樣可神通自在，無所障礙的行動。艾呂雅曾經寫到他的前妻達麗（Gala Dali）在臨終前有穿牆透視的能力。也許就是提前顯現的中陰身。

這裡我們看到兩個重要意象：彩虹和橋。對於斯特林堡來說，彩虹象徵著他與永恆的上帝連接的一個紐帶。瑞典詩人和作家奧洛夫松（Tommy Olofsson）在〈橋上的祕密〉一文中就彩虹和橋的意象提出了下述問題：「像彩虹一樣，這座橋象徵著某種富於價值的東西。它是一種無法清晰勾勒的宗教的或神祕的靈視嗎？或者，這是一個有關某種更普遍的精神信念的問題嗎？每一種精神官能症能成為一個契機嗎？往往導致精神崩潰的精神官能症，在某些情形中也可以導致一種精神裂變，使得患者比先前更強大更明察嗎？」[16]

奧洛夫松以懷疑口吻提出的這些問題，佛學完全可以給予肯定的回答。

詩人筆下的彩虹，可以視為藏傳佛教所說的「虹光身」，一種由明光構成的生命的本來狀態，在那裡脈輪以其本初的靈力和色彩閃光。通過修行，血肉之軀可以轉換為虹光身，然後消失不見，回歸法身。套用斯特林堡的比喻來說，彩虹是高僧大德與佛性連接的一根紐帶。特朗斯特羅默筆下的藝術家，好比一個修大圓滿法的高僧，因此化為一道彩虹。

　　至於詩中的橋，可以聯繫特朗斯特羅默多首詩中的橋的意象進行綜合分析。〈落雪〉（2004）中的那座橋，是在葬禮中浮現的：

> 葬禮來了
> 愈來愈密集
> 像人靠近城市時
> 接踵而來的路標
>
> 千萬人在這悠長影子的
> 土地上匆匆一瞥
>
> 一座橋浮現
> 慢慢地
> 直接在宇宙中從拱起

　　這是已知與未知之間的無形的橋樑。上文已經談到，在〈暮秋深夜小說的開篇〉（1978）中，詩我抵達的那座橋，好比奈何橋。〈1966年——寫於融雪之際〉（1973）中的那座橋，被喻為「一隻揚帆翻越死亡的大鐵鳥」。

　　特朗斯特羅默在詩歌中喜歡提出問題，但並沒有答案，或者說，答案

是無聲的，靠「聆聽沉默」來解答。就像在《奧義書》中潛藏難知的「宇宙的大我」、「圓覺自性」，只有在寂靜中才能了悟。創巴常說的「問題即答案」，是一個以簡應繁的辦法。奧洛夫松的那些問句改為敘述句，就是現成的答案。

為了讓西方人更好地理解佛教的輪回觀念，創巴曾把輪回之苦解釋為與精神官能症的紊亂類似的現象。一個人患上精神官能症，就無異於處在中陰界。在佛洛伊德看來，每個人都是程度不同的精神官能症患者。因此，處在痛苦或憂鬱的中陰界是人生常事。在《獅子吼》中，創巴把憂鬱喻為一個旺盛、奇妙的能源庫，一個意欲有效爆炸的氧氣罐。從本質上說，憂鬱是空，是通往禪修之門。[17] 這正如尼采在《查拉圖斯特拉如是說》中所說的那樣：「人必須有自身的混亂才能釀生一顆舞蹈的星辰。」

特朗斯特羅默筆下的橋，具有類似的通道的價值。詩人以一個悖論表達了他對藏傳佛教哲學和藝術哲學的深刻理解：「這裡有一種不叫痛苦的痛苦」，同樣，這裡有一種不叫死亡的死亡——往生。

7.14

中陰法教的要義是：象徵性的中陰無所不在，無時不有，意識到這一點，當真正的中陰降臨，你就會覺得自然而然，無所畏懼。特朗斯特羅默的〈教堂樂鐘〉中最常被引用的一行詩，就是這樣一種暗示或提醒：

我有很低的兩岸，死亡只要上漲二分米，就會淹沒我。

這裡的詩我面臨的危險，不僅僅是詩人一個人面臨的危險，而是我們每個人的危險。詩人生動的表現了人在死亡面前的脆弱：達摩克利斯之劍始終懸在每個人的頭上。千鈞一髮的時刻，髮絲斷裂的可能性隨時存在。在《舊約・約伯記》（7:7）中，約伯說：「我的生命不過是一口氣」。類似的是，在佛經《四十二章經》中佛問沙門：「人命在幾間？」最後答案是在「呼吸間。」因此，悟出人生真諦的人，時刻準備跟死神走。

值得注意的是，特朗斯特羅默原文的「岸」（stränder）是複數形式，因此譯為「兩岸」，即此岸和彼岸。詩人的言外之意，也許有樂觀的一面。因為，任何危難險境，都有可能絕地逢生。即使是實在的中陰，也只需要七七四十九天就可以投胎他岸。

屬於生者和死者的「兩岸」，在〈教堂樂鐘〉的下述詩行中，是難分難解的：

屋頂和廣場之上，綠草和綠苗之上
樂鐘沖著生者和死者鳴響
很難把基督和反基督分開！
飛送我們回家的樂鐘終於敲響

他們安靜下來

我回到旅館：床，燈，
　窗簾。聽見奇異的響聲，地下室
　拖著身子上樓

我躺在床上伸開雙臂
我是一個渾身沉底的錨
牢牢扣住上面飄浮的碩大陰影
那龐然的未知，我是它的一部分
　它無疑比我重要

外面拖曳而過的，是我的足音死寂在那裡的
　人行道，同樣入寂的是寫作，是我給寧靜的序言
　把內面翻轉出來的讚美詩

　　在詩人耳邊鳴響的樂鐘，像《西藏度亡書》的法音梵鐘一樣，既是報喜的誕生的音樂，又是報喪的死亡的音樂。套用鄧約翰的詩句，無論它為誰奏響，都是為你奏響。在斯威登堡那裡，「善靈」與「邪靈」是容易分辨的。但是，他並沒有陷入絕對的善惡二元對立，而是認為那些「邪靈」的內心深處也可能有「善意」（grace）的殘餘，像艾克哈大師所說的靈魂深處神性的「火星」（scintilla animae）一樣，有可能改惡從善，從地獄獲救。同樣，佛教雖然有善惡的因果報應，但墮入地獄的，並非萬劫不復，因為眾生皆有佛性，只不過被塵染遮蔽了，因此才有想度空地獄的地藏菩薩。在特朗斯特羅默這裡，「很難把基督與反基督分開」。
　　詩我回到的旅館房間，就像艾略特的〈小老頭〉（Gerontion）中的主人公的「衰老的房子」一樣，面臨中陰界。不同的是，那是歐洲一戰之後的中陰界，特朗斯特羅默步入的是二戰之後的中陰界。詩的結尾可以有多種解讀，例如，詩人再次表現了詩歌與航海的關係。航船的拋錨，作為一種中陰體驗來說，既是人生的拋錨，也是一次創作過程完成後的拋錨。對

於波德萊爾來說，或對於現代派詩歌來說，人生和詩歌的航海，是「從污穢城市的黑海／航向另一片海，航向一片蔚藍的光明的／深沉如處女的璀璨的火焰」，航向「空無的深度」，「未知的深度，去發現新世界」。**18**

表面上看來，在航船「碩大陰影」的籠罩下，特朗斯特羅默的悲觀色彩更濃了。但是，仔細推敲，這裡並非完全了結，並非沒有希望和期待。早在基督教教會初期，信眾就用方舟、魚、餅和錨的圖像來表達信仰，錨的形狀往往被描寫為一個十字架。詩我「伸開雙臂」的形象，同樣形成一個人形十字架。在《新約‧希伯來書》（6:19）中，聖保羅說：「我們有這指望，如同靈魂的錨，又堅固又牢靠」。對於飽經顛簸之苦尋找安全港口的海員來說，錨是希望、穩固、寧靜和信念的象徵。

更值得注意的是，〈教堂樂鐘〉的詩我把自己視為「那龐然的未知」的並不那麼重要的一部分，體現了基督徒的謙卑，及其對集體拯救的終極關懷。

馬丁松有篇散文題為〈世界的遊牧者〉，同樣寫作者的布魯日之旅，可以與特朗斯特羅默的〈教堂樂鐘〉進行比較分析。如果說特朗斯特羅默寫的是中陰之旅，那麼，馬丁松首先鋪墊的，便是禪宗之旅：一種綠色體驗。在散文中，馬丁松夾有幾行詩：

> 我看到幾個秋波流轉的女尼
> 白楊之間年輕美麗的女尼
> 布魯日，你記得草木綠色的豐盈

突然，一片莫名其妙的陰雲飄來，籠罩綠地：

一天，憲兵來了，指著兩張匯款單和三張時間表
　把我遣送到安維斯。我感謝，鞠躬
　綠茵茵閃光的布魯日在爬行，消失

很難說，馬丁松的這首詩是寫實還是虛寫。解讀為虛寫，女尼的秋波流轉，便只是詩人的一種自作多情起欲的性幻想而已。下文作者沒有交代為何而來的憲兵，也就可以理解為一種滅欲的自我暗示。從佛洛伊德精神分析的本我、自我、超我的人格結構來看，馬丁松筆下的憲兵就是作為道德管家的超我。馬丁松的「兩岸」比特朗斯特羅默的「兩岸」也許要高一些，因為安維斯是比利時的群山峥嶸的島嶼，不管寫實還是寫虛，都可以視為意欲「殺死自我」的開悟的助緣，視為中陰界的象徵。在那裡，海水會怎樣上漲？

7.15

生命被海水淹沒，有時就像跨過一道門檻一樣容易。特朗斯特羅默的〈簽名〉（2004）中的門檻就是中陰的象徵：

我必須跨過
那道黑色門檻
一個房間
白色案卷閃光
重重身影移動
大家都要簽名

直到光明趕上我
把時間折疊合攏

我們要在哪裡簽名？詩人沒有說。日本作家瀨川紀雄在評介《葬禮小舟》日譯本的短文中說，這裡的簽名是「一種神祕現象的具體化」（顯現である），即人死之後無法確說的情形。[19] 依照東方傳說，閻王手裡握有「生死簿」。依照基督教，所有的人都要面對末日審判。末日審判之後，贏得光明的死者，將處在「時間折疊合攏」的無時間狀態嗎？《啟示錄》（20:15）說：「若有人名字沒有記在生命冊上，他就被扔進火湖裡」，這就是所謂第二次死亡。可資比較是，在佛教和道教傳說中，死者到了奈何橋上，生前善良的人由神佛護佑過橋，有罪的要被兩旁的牛頭馬面推入「血河池」，遭受蟲蟻毒蛇的折磨。

7.16

有時，中陰界就在崇拜上帝的教堂墓園旁或禮拜堂。在〈管風琴音樂會的休息〉中，詩我獨自站在教堂墓園旁步入中陰界。在〈禮拜後的風琴獨奏〉（1983）中，詩我在短暫休息期間所在的「寂靜的房間」，仿佛是「世界底層」，好比地獄底層：

> 我像一個抓鉤在世界底層拖行
> 一切都像我不需要的那樣釘牢了
> 疲憊的義憤，灼熱的忍受
> 劊子手操著石頭，上帝在沙上書寫

抓鉤是湖海水底撈物用的工具，形狀通常像鐵錨一樣，因此，這裡的「世界底層」處在水下，處在人間的無邊苦海之下。「疲憊的義憤，灼熱的忍受」仿佛展示了中陰界的憤怒尊與和平尊的面相。藏傳佛教認為，諸尊都是修持者觀想的心識幻化的形態，憤怒尊與和平尊是人的惡業和善業的見證。這樣的畫面，也像希爾德加德描寫的死後情景：「當靈魂出竅，光明和黑暗的精靈擦身而過，伴隨它的轉化……。因為，當靈魂離舍時，就會遇見見證過它的日工的善天使和惡天使。」[20]

7.17

有時，中陰界就在詩人的旅途中，在人文之旅和歷史之旅的勝地遺跡。第三章論及的「途中的詩人」，在不少情境中都是出入歷史的中陰身。

家史也是一種歷史，偉大作家筆下的家史，是可以以小見大的歷史。在〈搖籃曲〉（1989）中，中陰界直接設在棺木裡，那藍色棺木有點像詩人祖傳的藍房子：

> 我是個木乃伊，小憩在林間藍色棺木裡
> 在馬達、橡膠和瀝青的持續不斷的吼聲裡

依照藏傳佛教，中陰身的速度比光速還快，好比今天的科學家發現的超光速飛行的粒子。剛入中陰境相的中陰身，即靈魂剛剛離舍時，神識往上飄浮，往往會流連於自己的棺槨或病榻旁，反觀自己的色身。數十年來，科學家一直在研究這種超現實的「離舍體驗」（out-of-body experience），一些被搶救過來的瀕臨死亡者的體驗，與特朗斯特羅默和《西藏度亡書》

的描述非常接近。

這種情形，還可以與阿多尼斯的《大書：當下往昔的場景》中的序詩進行比較。該書堪稱阿拉伯的《神曲》，因此以藏密的觀點來看，同樣有豐富的中陰體驗：

> 在語言的荒漠上，詩人誕生
> 他過去仿佛活在棺木中
> 現在仿佛旅行在墳墓裡
> 在儀式中天國的和風
> 陣陣吹拂盈滿
> ……

與阿多尼斯的詩相比，特朗斯特羅默的詩沒有那麼沉重，因為如前所述，特朗斯特羅默只是半個黑暗詩人。

與〈搖籃曲〉有類似之處的散文詩〈藍房子〉，家史色彩更濃：「我好像剛剛死去，從新的角度看它」。藍房子就像停屍房一樣，是死者生者舊鬼新鬼同居的地方。從詩人家史的角度來看，那舊鬼是先前的房主，即詩人當領航員的外祖父，他雖死猶生，死了還能從房子裡面不用刷子把房子重新漆刷。以房舍喻肉身（色身）的意象，在西方文學中源遠流長。在拿撒勒的基督的情形中，肉身的房客是一個神，房舍就是廟宇。詩我把藍房子當作精神殿堂的禱告室，在那裡做臨終禱告：

> 裡面總是很早，在歧路前面，在無法取消的選擇面前。謝謝這次生命！我仍然懷念選擇。一切藍圖都夢想成真。

從佛教的業力的觀點來看，個業就是選擇，同時也是決定一個人將轉生下三道還是上三道的根本因素。從作為隱喻的情緒六道的角度來看，我們同樣總是不斷面臨新的選擇。難免選擇錯誤時，就要醒悟過來，作出新的選擇。

7.18

有時，中陰界就在詩人自己的心湖內海。苦海中的人無不期望拯救。但是，如果執著於最後拯救或涅槃，就偏離了密宗宗旨。無望和無懼，可以視為密宗的兩大法教。無望，不是絕對地對任何事情不抱希望，而是對離開苦難的快樂不抱希望。最大的無望，是對離開生死的涅槃不抱希望，即破除了輪回與涅槃的二元對立的一種心態，一種知足常樂的心態。無懼，是對受難的無懼。特朗斯特羅默說，他在寫詩時覺得自己是一件或幸運或受難的樂器。其實，這兩種體驗是可以同時發生的。最大的無懼，是對死亡的無懼。《法句經・心品》云：「超脫善與惡，覺者無恐怖。」類似的是，啟蒙哲學認為，恐懼源於無知，啟蒙就是要驅除恐懼。這一主旨與特朗斯特羅默的詩意無疑是吻合的。

特朗斯特羅默的詩句「我走進我自己，穿越空無的甲胄的森林」（〈禮拜後的風琴獨奏〉），可以用來形象地說明超現實主義的一個共同特點。這是一種既無望也無懼的態度，因為詩人不向外謀求權力和名利，悟出了空性。這行詩可以借夏爾在〈玫瑰之額〉（Front de la rose）中的話來互相闡釋：「雨中在大地步行的人無須害怕那些地方的刺——不管那裡是已完成的還是帶有敵意的。但是，假如他不能與自己溝通，那就苦啊！」

瀕臨死亡的中陰身同樣需要與自己溝通。在〈在野外〉（1966）中，特朗斯特羅默寫道：「走近死亡真諦的人不懼怕天光」。這行詩也許可以用《西藏度亡書》的一段描寫來闡釋：

尊貴的某某，你的色身與心識分離之際，你必定會瞥見純真，它異常微妙，光焰閃爍，亮麗奪目，令人敬畏，猶如在波動不已的春溪上橫過的幻景。別氣餒，別害怕，那是你自身真性的閃光，認證它吧！……這時你的色身是你習染的意識身。由於你沒有血肉之軀，無論聲音還是輝光強射都無法傷害你：你不會再次死去了。所有那些幻相，不外乎你自身的意識生成，知道這一點就足夠了。請認證，這就是中陰身。[21]

7.19

有時，中陰之旅的詩人直接與死神遭遇，與死神賭棋以定生死，如《大謎團》中的一首俳句，原文、拙譯和瑞典駐日本大使 Lars Vargö 的英譯如次：

Döden lutar sig
Över mig, ett schackproblem.
Och har lösningen.

死神躬身看
看我對弈遇難棋。
棋局有解答。

Death leans over me,
a chess problem.
And has the solution .

馬悅然先生的中譯與拙譯有細微的差異，錄於次以便比較分析：

死神俯著身
細查當棋局的我。
勝計已了然。 **22**

　　這首俳句顯然受到伯格曼的影片《第七封印》的影響。騎士布羅克在十字軍東征之後撞見死神，他要求與死神弈棋以定生死，他最後雖然輸了棋，卻因此開悟。這一情節不斷啟迪了特朗斯特羅默。不同的是，伯格曼把死神外化為一個黑暗形象，特朗斯特羅默把死神內化為一道並不那麼可怕的心靈的陰影。

　　在詩歌中表現神人之間的對弈，最著名也許是《魯拜集》中的一首詩，無法知道伯格曼和特朗斯特羅默是否讀過，菲茨杰拉德的英譯（69）和拙譯如下：

But helpless Pieces of the Game He plays
Upon this Chequer-board of Nights and Days；
Hither and thither moves, and checks, and slays,
And one by one back in the Closet lays.

與神對弈少相幫，
日夜輪盤他叫將，
橫掃直沖堵截殺，
敗軍輸子歸棋囊。

在隱喻意義上，我們一生可能會多次與死神弈棋。開局不慎，中局較量，殘局救亡，都可能出現困局難棋。每次捨一個子，都令人痛心，都要經歷象徵性的死亡。死神最後一將軍，吾輩焉能有勝計？每個死者，就像被吃掉的棋子一樣，先靠邊站，最後回歸靈柩般的棋囊或棋匣裡。

懂得此中奧祕，就不難理解特朗斯特羅默的俳句。第三行，原文沒有主語，直譯是「有解答」，多家英譯補充了主語「he」（死神），我認為是欠妥的。我以「棋局」作為補充的主語，因為，依照我的理解，這裡的意思很微妙。究竟是「我」暫時有了「解答」得以倖存，還是死神即刻奪命，在佛家看來，沒有勝負生死二元論。對於我們這些必死的棋手來說，勝是解，負亦解，生是法喜，死亦法喜，如深諳禪宗自稱「小乘僧」的蘇軾在〈觀棋並引〉一詩中表達的那樣：「勝固欣然，敗亦可喜」──這才是真正的解答，這才是坦然面對死神的開悟！

死亡的法喜，常人不容易理解。但是，對於西方詩人來說，這種喜悅並不陌生。濟慈在他的名詩〈夜鶯頌〉中表示：「多少次我險些癡情地愛上『死』的逍遙，……此刻的死比任何時候都要富麗，在這午夜無痛苦地寂滅」。在勃朗寧夫人的《葡萄牙十四行詩》第一首中，當詩人被一個「神祕黑影」從背後逮住，她以為是死神，但銀鈴般的回音告訴她：「不是死，是愛！」可見中陰體驗與愛的體驗有相似之處。

7.20

〈火的塗鴉〉（1983）是特朗斯特羅默詩歌中少有的愛情詩，其神祕色彩不容易把握，可以多角度解讀。中譯帶有詞曲體風味，因此附錄原文和 Robin Fulton 的英譯以資比較：

〈 *Eldklotter* 〉

Under de dystra månaderna gnistrade mitt liv till
  bara när jag älskade med dig.
Som eldsflugan tänds och slocknar, tänds och slocknar
  - glimtvis kan man följa dess väg
i nattmörkret mellan olivträden.

Under de dystra månaderna satt själen hopsjunken och livlös
men kroppen gick raka vägen till dig.
Natthimlen råmade.
Vi tjuvmjölkade kosmos och överlevde.

陰鬱歲月，唯有你我雲雨時，
生命之光閃爍，
恰似螢燈點燃，火蟲明滅，
此道一線輝光，人可尾隨，
橄欖樹間，夜路濃黑。
陰鬱歲月，靈魂消沉萎謝時，
精氣日漸枯竭。

肉身依然挺直，向你疾步走來，
夜空哞哞鳴叫，我們偷擠
宇宙乳汁，倖免死劫。

〈*Fire-Jottings*〉

Throughout the dismal months my life sparkled alive only when I
*   made love with you.*
As the firefly ignites and fades out,ignites and fades out, — in
*   glimpses we can trace its flight*
in the dark among the olive trees.

Throughout the dismal months the soul lay shrunken, lifeless,
but the body went straight to you.
The night sky bellowed.
Stealthily we milked the cosmos and survived.

　　詩無達詁。瑞典人有句話說，「詩大於對詩的解釋」。在翻譯方面需
要說明的是，中譯依照原文，每節五行。英譯改為四行一節。原文第一節
第四行，直譯是「閃爍中人可跟著它的（螢火蟲的）道路」。瑞典文「道路」
（väg）一詞，也用來譯中國哲學的「道」的概念。在英譯中該詞變通為「飛
行」（flight），並無不可。中譯直譯為「道」，此中意味，可由讀者自
己品味。
　　我認為，這首詩可以從道家的房中術和源於印度的藏密雙修來解讀。
道家的採陽補陰或採陰補陽之說是有爭議的，但是，道家還有《仙經》教

授的「男女俱仙之道」，帶有男女平等色彩。藏密的雙修也頗多非議。但首先應當懂得：第一，所謂雙修並不一定是真實做愛，可以只是修持者的一種觀想，即觀想與明妃或空行母結合。西方有類似的與神靈交的隱喻，這一傳統在艾克哈大師那裡發展成為人與上帝的「直接結合」。第二，藏密強調修道的循序漸進，先修小乘、大乘，證得空性，有了慈悲心腸，再修密宗。作為一種精神冒險，修密是有危險的，迷路是難免的。修持者既可證得徹悟的法喜，也容易走火入魔。以走火入魔或借此道漁色的例證，把深奧的雙修統統指為淫邪，有失偏頗。

特朗斯特羅默在散文詩〈藍房子〉中以印度哲學的《奧義書》為喻：「雜草的《奧義書》」，意即在雜草這樣的尋常的小事物中，也蘊含著奧祕以及微觀世界與宏觀世界的相互感應。由此看來，男女之愛更是充滿奧祕和精神價值。《奧義書》並不把男女之愛視為禁果，而是可以靈肉一體地享受的至樂之一。但是，如果僅僅沉溺於肉體之愛，那就如《羯陀奧義書》（第四章）所言：「愚人尋求外在的享樂，掉進死神遍佈的陷阱」。類似的是，終身未娶的斯威登堡在《合歡之愛的智慧之樂》（1768）中，以抒情筆調寫道：與「淫蕩之愛」相反的「合歡之愛」，必須是男女雙方持續的精神淨化，作為「人類生活的珍寶」，這種結合將在死後延綿不斷。斯威登堡還曾借幻想來模擬猶太教神祕的「卡巴拉婚禮」（Kabbalistic marriage），把性能量轉化昇華為觀想的能量。

像通常的情形一樣，〈火的塗鴉〉的詩我不等同於詩人，做愛也可以僅僅理解為一種性幻想或精神修持的觀想。詩人寫的愛，用斯威登堡的觀點來看，既不是「淫蕩之愛」也不是淨化身心的「合歡之愛」。瑞典女詩

人和批評家普雷傑在〈愛的期待〉一文中認為：這首詩不是寫愛情本身，而是寫對愛情的期待，它表達的只是這樣一種見識：幸福實際上很難維持，甚至不等於愛情。[23] 換言之，沒有愛情的衣食住行的幸福，不是真正的幸福。

「唯有你我雲雨時，／生命之光閃爍」，表面上看來，這裡寫的是性高潮的欣喜。詩我瞥見的宛如螢火蟲的閃光，相當於藏密所說的「明光」。依照《西藏度亡書》，在瀕臨死亡之際和性高潮狀態，都可能有「明光」閃現並帶來「法喜」。

詩中橄欖樹的寓意，應當從基督教神祕主義傳統中尋找解答。在《聖經》中，橄欖樹象徵著兩個見證人：「他們就是那兩棵橄欖樹，兩個燈檯，立在世界之主面前的。」（《啟示錄》11:4）但是，穿行橄欖樹間，並不一定意味著得道。在《天堂地獄紀事》中，斯威登堡自稱曾在最低一層天上看到一個魔鬼化為光明天使，混雜在一群天使中間。後來那個魔鬼越過界線，站在兩棵橄欖樹之間。當天使到來時，魔鬼一陣陣抽搐，像條大蛇一樣爬起來，捲曲著直到精氣枯竭。被牽引到一個洞窟後，魔鬼由於情欲噴發的濃烈氣味才重新活過來。[24] 這段描述很可能啟迪了特朗斯特羅默的詩的靈感。

以印度密教的觀念來看這個神祕的魔鬼，它有點像以蛇為象徵的女性能量的神格化，即「靈蛇」（Kundali）。作為人的性力的一種形態，它像一條蛇一樣捲曲在人體輪脈的「海底輪」。「精氣日漸枯竭」的人，通過瑜伽修煉可以啟動生命的熱力。

在〈火的塗鴉〉中，由於並未如法得道，詩我很快轉喜為憂，即第二

節詩人直接寫到的過度的肉體之愛導致的「靈魂消沉萎謝」的情形。

　　頗有爭議的，是詩中沒有直言卻很明顯的「宇宙母牛」的隱喻。謝爾勒在《凝練的藝術》中認為，這個意象源於「銀河」一詞，銀河，英文和德文直譯都是「牛奶路」（The Milky Way, Die Milchstraße），而瑞典文直譯是「冬天路」（Vintergatan）。[25] 這種解讀是否太簡單了一些，是否有點牽強附會？

　　依照希臘四根說，牛的形象屬土，是大地母親的象徵。作為母親原型的宇宙母牛見於多種文化，例如，印度教神聖的母牛是大地母親的象徵。埃及神話中的母親女神哈托（Hathor），同時是以女身牛頭的形象出現的愛神，有呵護兒童和主持盛宴的神力。

　　林格仁在〈蝸牛修女〉一文中論及〈火的塗鴉〉時，簡單挑明了北歐神話中宇宙母牛的意味和有關的民間信仰：原始巨人伊米（Ymer）靠吸取原始母牛奧德福布拉（Ödhumbla）的乳汁存活。後來，諸神從伊米死後的遺體創造了世界，他的頭蓋骨化為天穹。巫婆借巫術「偷擠」農家的牛乳曾經是可以處以火刑的重罪。[26]

　　我要補充的是，北歐神話中的原始母牛是火界烈焰噴射到冥界冰河之後，由凝結的白霜形成的，她以乳汁哺育了原始巨人的這種創世紀活動，也可以稱為「火的塗鴉」。神牛的水火交融之象，可以視為原始的雌雄同體、陰陽和諧的意象。文化上或精神上的雌雄同體，是一種完美的理想人格。

　　但是，這種精神意涵並不那麼容易把握。艾克哈大師在《講道集》（72）中針砭過這樣一種傾向：「許多人想以看一頭母牛的方式來看上帝。

你愛一頭母牛是因為愛其乳汁和乳酪，出於你自身的利益。這正是那些為了身外的財富和內心的慰藉而愛上帝的人們的行事方式。……他們所愛的是他們自身的利益。」

在〈火的塗鴉〉的結尾，「夜空哞哞鳴叫，我們偷擠／宇宙乳汁，倖免死劫」。這種行為，如果帶有魔法或巫術色彩，那就像時人非議的藏密雙修一樣，值得進一步探討。

謝爾勒在〈穿過針眼的自由〉一文中認為：從「偷擠宇宙乳汁」的行為中，我們看到了在困境中，在人生夜空下的一種拯救活動。詩人筆下生氣勃勃的在黑暗中瞬間閃光的性交，與母性和豐產的意義是平行不悖的。[27] 但是，在其專著《凝練的藝術》中，謝爾勒改變了他的看法，認為他們的結合並非兩者精神上的充分發展或完美的愛，只是肉身相愛而已！「偷擠宇宙乳汁」是一種犯罪，一種不道德的行為。這一行為暗示了在更大的環境中，即在宇宙中愛如何昇華的問題。[28] 這種指責，類似於艾克哈大師對謀利傾向，對只顧從母牛索取的權宜之舉的針砭。

作為隱喻的宇宙乳汁，還可以解讀為非物質的精神。克林克曼（Sven-Erik Klinkmann）在〈候鳥群的祕密方向舵〉一文中把這種「如神的乳汁」等同於「靈感」，「這裡表現的是某種更大的既可怕又奇妙的感覺」。[29] 在精神領域內的「可怕」的歧路，用創巴的術語來解釋，就是前文提到的「精神上的唯物」。

中文領域關於這首詩的譯介和評論，有陳黎、張芬齡根據英文轉譯的〈火之書〉，最後兩行譯為「夜空鳴叫如牛。／我們祕密地自宇宙擠奶，存活下來。」在譯注中，譯者認為：「此詩雖短，但意象精準壯麗，末兩

行尤其動人──讓我們心悅誠服地相信，戀人們陰陽相合的『小宇宙』其實是和整個『大宇宙』一樣遼闊而相通的。」[30] 由於轉譯不能直譯出「偷擠宇宙乳汁」的關鍵詩句，自然不存在「小宇宙」的尷尬與「大宇宙」的壯麗之間反諷的對比，謝爾勒提出的「犯罪」和「不道德行為」之類的批評也就沒有立足的根基了。

此外值得一提的，有茉莉的〈我們偷擠宇宙的奶汁而倖存──讀特朗斯特羅默的愛情詩〉一文。作者認為，在詩的第一節詩我是分裂的，「身體和靈魂各自走著不同的方向」，但是，在詩的結尾，「身體和靈魂的分裂已經結束了。肉體之愛喚起了靈魂的悸動，靈魂和身體開始水乳交融。詩中的「我」度過了陰鬱的日子，和所愛的人一起倖存下來。」[31]

據我看來，依照古代哲學家普羅提諾（Plotinus）的觀點，這裡的「宇宙乳汁」是永恆的「大一」或神性在虛無黑暗中噴射的光芒。但是，詩中愛侶並沒有達到靈肉一體與神性合一的境界，因為，依照新柏拉圖主義的體系，這是清心寡慾的生活贏得的福果。

以基督徒的眼光來看，「偷擠宇宙乳汁」，也許像亞當夏娃受魔鬼誘惑偷吃知識樹上的禁果一樣。人類祖先失去樂園，卻贏得開啟知識和增長智慧的機遇。此外，值得注意的是，毒參茄的希伯來文詞（Dudaim）就是由「愛情」（Didi）變化而來，因此別名「愛慾蘋果」（love-apple），而阿拉伯人卻稱之為「魔鬼蘋果」（Satan's apple）。除了有現代「威爾剛」的功用外，毒參茄還可以增強女性魅力並治療不育。在《創世記》（第三十章）中，雅各不孕的妻子拉結就是吃了毒參茄果之後生了孩子。生孩子，對西方人來說，就是延續生命的一種「倖存」形式。詩中愛侶的「精

氣枯竭」的後果，如過量食用毒參茄的效果有相似之處，即先興奮後衰竭。但如法適度食用，就能變魔鬼為天使，或像修密者用為象徵的孔雀那樣，化毒蟲為營養。

在大乘《涅槃經》中，佛陀依次以牛乳及其加工製品酪、生酥、熟酥和醍醐喻佛經美味。後世因此把佛陀喻為母牛。特朗斯特羅默詩中的愛侶，有性高潮的亢奮，卻沒有「醍醐灌頂」的法喜。他們好比修密宗雙修失敗的人，剛回過頭來重修小乘，吸取生澀的牛乳。「精氣日漸枯竭」的一對愛侶，正處在恢復元氣的過程中。

我們還可以從精神分析的角度來看這首詩。諾曼・布朗（Norman Brown）在《生與死的對抗》中指出，佛洛伊德有一派「不肖門徒」，他們「把性高潮美化為解決一切社會疾病和肉體疾病的萬應靈丹」。[32] 作為訓練有素的心理治療醫生，特朗斯特羅默屬於這一派別嗎？答案是否定的。因為，他筆下的愛侶，在最後陷入「偷擠宇宙乳汁」的生存和道德的雙重危機。

我認為，詩人實際上是欲抑先揚。以西方修辭手法來說，他首先以「高調陳述」（overstates）來張揚性高潮的亢奮，然後以相反的「低調陳述」（understates）來表達詩人的真實立意：做愛不是人生唯一的亮點，不是陰鬱荒原上唯一的花朵；「偷擠宇宙乳汁」雖然有點尷尬，但不是犯罪行為，甚至不是佛教所說的犯戒行為。

如果說，詩人並非欲抑先揚，那麼，我們可以借用辛波絲卡的〈幸福的愛情〉中的詩句提出這樣的質疑：「幸福的愛情。這是正常的／明智的有益的嗎？／不面向這個世界的／兩個人的世界是個什麼樣子？」

沒有一對情侶是一個孤島。上帝創造了兩個人的世界，但這是轉瞬即逝的。將〈火的塗鴉〉與特朗斯特羅默另一首愛情詩〈C大調〉相比，就不難發現：相同的是，兩首詩都寫到愛的高峰體驗；不同的是，在〈C大調〉中，「他在愛的約會後來到街頭」之後，融入大自然，融入社會，融入人群，融入音樂，在他與周圍環境的融洽中體驗到一種欣喜，「所有的疑問號開始歌唱上帝的存在」。可是，在〈火的塗鴉〉中，那對愛侶只有兩個人的世界，只是最後才與宇宙母牛發生一種尷尬的關係而得以倖存。這種關係並不意味著肉體之愛已經昇華到靈肉一體的境界，昇華到人與宇宙合一的境界，而是暗示了或提出了這個問題，即謝爾勒所說的，在宇宙中愛如何昇華的問題。

　　依照佛教《緣起經》，愛有三種，謂欲愛色愛無色愛。要昇華到無色愛，以禪宗三關之說來看，就要破牢關。

　　這所謂三關，歷來說法甚多，不妨借用特朗斯特羅默詩歌的幾個關鍵字來簡明闡釋：初關是一扇「半開半掩的門」，它「不是空」，而是「開放」，即打開自我封閉的第一道門，初步面相世界的情形。重關是「真空妙有」或「上帝的存在」（〈C大調〉）之「空」的狀態，即打破多重界限，尤其是打破有無的界限和人我界限的情形。初試雙修，應當不分你我，不辨陰陽地交融一體，讓「生命之光閃爍」。破牢關，就像特朗斯特羅默筆下飛出少管所大牆的那個足球一樣，衝出此生的牢獄之門，面相他生的「一道宏光」（〈序曲〉）或「明光」閃現，即參透生死，打破生死界限。災難過後的倖存，往往是破牢關的最佳契機。它有可能導致倖存者的人生觀發生奇妙的變化，並極大地影響他們此後的人生選擇。〈火的塗鴉〉的

結尾，正好遇到這樣一個契機。

7.21

特朗斯特羅默另一首與宇宙母牛有關的詩，是他寫於少管所的這首俳句：

> 少年吸乳汁
> 在囚室安全入睡
> 石頭的母親

石頭既囚禁了你，又為你擋風擋雨。落紅不是無情物，在特朗斯特羅默筆下，石頭也不是無情物。

對於基督徒來說，信仰的父母是天父上帝和教堂母親。經由天國之旅的耶穌開通了回歸天父之路。他擴大了我們的房間，把聖靈灌注在他的教堂之上，因此，教堂就是我們的母親，有能力經由洗禮來養育我們。

但是，依照佛教信仰，「眾生皆父母」。這種信仰體現的非人類中心的慈悲心腸，在藏傳佛教大師第六世班禪喇嘛的〈時論之道祈請〉中得到生動的表現，其中一節，試譯如下：

> 時輪無起始，我生已多世，
> 天下眾生命，皆為我生母，
> 心懷大慈悲，時刻來呵護。
> 大難降臨時，眾生受折磨。
> 他人煎熬中，我心強忍苦。

願在靈啟中，體驗崇高義。
心中有宏願，何時得徹悟，
開悟即助緣，助我益於世。

　　如我們所知，有些身陷囹圄的無辜的佛教徒把監獄變成閉關房，在囚室中步行禪修或打坐。類似的是，特朗斯特羅默把少年犯的監獄變成教堂，把囚室石壁化為教堂母親。作為少管所心理治療醫生的詩人，同時充當了牧師的角色，而牧師的角色與詩人的角色，從文學原型的角度來看，歷來就是不可分的。

　　但是，從另一個角度來看，這裡還是可以見出詩的反諷：我們來於大地母親，歸於大地母親。我們希望回到溫暖的母腹，卻處在冰冷的現實的石牆構築的母腹中。這一情境的反諷或困境，不僅僅屬於那些少年犯，而且屬於絕大多數人。在這裡，同樣可以見出特朗斯特羅默的人類關懷。

1. 參見 Chögyam Trungpa, *The Teacup & The Skullcup : Chogyam Trungpa on Zen and Tantra*, Vajradhatu Publications, 2007；*The Lion's Roar : An Introduction to Tantra*, Boston : Shambhala, 1992, p.133.

2. Friedrich Nietzsche. *Jenseits von Gut und Böse : Vorspiel einer Philosophie der Zukunft*‧Aphorism, 1868, p. 146.

3. 參看 Diane P. Michelfelder & Richard E. Palmer（ed.）*Dialogue and Deconstruction : the Gadamer-Derrida Encounter*, State Universityof New York, 1989, p.147.

4. 參看 Miranda Eberle Shaw. *Buddhist goddesses of India*,Princeton University Press, 2006, pp. 410-412.

5. Chögyam Trungpa, *Transcending Madness : The Experience of the Six Bardos*, Shambhala, 1992, p. 73.

6. 參看 *The Tibetan Book of the Dead : The Great Liberation Through Hearing in the Bardo*, By Karma-gliṅ-pa, Francesca Fremantle, Chögyam Trungpa, Shambhala, 1975, p.1.

7. Jukka Petäjä, 'The portrait of a poet'，*Helsingin Sanomat*, 7.12.2011.

8. Staffan Bergsten.*Tomas Tranströmer : ett diktarporträtt*. Stockholm : Bonnier,2011, p. 276.

9. Owe Wikström. *Om heligheten. Stockholm*. 1994, p. 145

10. Lennart Karlström,*Tomas Tranströmer : en bibliografi*,Stockholm : Kungl. bibl., 1990-2001, 2 vol., 1,p.233.

11. *The Tibetan Book of the Dead Or the After-Death Experiences on the Bardo Plane*, English translation by Lāma Kazi Dawa-Samdup Compiled and Edited by W. Y. Evans-Wentz, E-book by Summum, p.13.

12. 原作系拉丁文‧參看瑞典文譯本 *Apocalypsis revelata*...Uppenbarelseboken afslöjad, p.298.

13. Chögyam Trungpa. 'Zen Mind, Vajra Mind, Buddhadharma'，*The Practioner's Quarterly*, Fall Issue 2007 Fall Issue 2007.

14. Agneta Pleijel. ' Att gå som en spårhund där sanningen trampade'，*Lyrikvännen*, NR 5 1981, p.301.

15. Theodor W. Adorno. *Philosophy of Modern Music*. Translated by Anne G. Mitchell, Wesley V. Blomster, Continuum International Publishing Group, 2003, p.133.

16. Tommy Olofsson. ' Hemligheter på bron'，*Lyrikvännen* NR 5 1981, p. 310.

17. Chögyam Trungpa, *The Collected Works of Chögyam Trungpa*, Volume Two, Shambhala, 2004, p. 513.

18. 參看波德萊爾《惡之花》(Les Fleurs du mal) 第二版中的〈苦悶與流浪〉(Moesta et Errabunda)、〈航海〉(Le Voyage) 等詩篇。

19. 詩集『悲しみのゴンドラ』トランストロンメル　エイコ・デューク訳 思潮社 2011.11 刊。

20. Hildegard von Bingen. *Scivias*, Berlin, pp. 37-38.

21. *The Tibetan Book of the Dead Or the After-Death Experiences on the Bardo Plane*, English translation by Lāma Kazi Dawa-Samdup, Compiled and Edited by W. Y. Evans-Wentz, Oxford University Press, 1960, p.104.

22. 見托馬斯·特朗斯特羅默：《巨大的謎語》，馬悅然譯，行人出版社，2011 年。

23. Agneta Pleijel. ' I väntan på Kärleken', *Göteborgs-Posten*, 84-06-29.

24. Emanuel Swedenborg. Memorabilier, *Minnesanteckningar från himlar och helveten*, Rabén & Sjögren, 1988, p. 117.

25. 參看 Niklas Schiöler. *Koncentrations konst : Tomas Tranströmers senare poesi*, Stockholm : Bonnier,1999, P. 29.

26. 參看 Magnus Ringgren. ' Syster snigel', *aoB*, #4/5 1996, p. 20.

27. 參看 Niklas Schiöler. ' Friheten hos det som gått genom nålsögat', *Tomas Tranströmer / medverkande :* Ylva Eggehorn ... ,Poesifestivalen i Nässjö Tomas , 1997, pp. 73-75.

28. Niklas Schiöler. *Koncentrations konst : Tomas Tranströmers senare poesi*, Stockholm: Bonnier, 1999，P. 29.

29. Sven-Erik Klinkmann. ' Det hemliga rodret i flyttfågelsflocken', *Vasabladet* 11.6.1985. Vasa.

30. 陳黎、張芬齡譯《世界情詩名作 100 首》，九歌出版公司出版，2006 年。

31. 茉莉 〈我們偷擠宇宙的奶汁而倖存──讀特朗斯特羅默的愛情詩〉，臺灣《中國時報》2012 年 3 月 9 日。

32. 參看 Norman O. Brown. *Life against Death*, Wesleyan University Press, 1985, p. 29.

尾聲：

無目的之旅的終點

　　馬丁松曾經在二十年代花了七年時間，水陸兼程，周遊世界。他的遊記題為《無目的之旅》（*Resor utan mål*）。無獨有偶，創巴以英文寫作、開示靜修的一本著作同樣題為《無目的之旅》（*Journey without Goal*）。創巴認為，設定精神之旅的目的，同樣有可能執迷於目的。他把密宗之旅喻為爬山，走的是一條彎彎曲曲的山路。一路上險關障礙接連不斷。當修持者歷經艱難險阻最後達到山頂，回顧來路向下看，勝景迭出，但不能把自己的成就視為最後勝利，而應當以完全開放的態度，把終點視為一個新的起點。[1]

　　依照藏傳佛教寧瑪派的法教，密宗之旅的最高階段是大圓滿，大圓滿就是回歸大素樸。

　　這正如艾略特在〈東科克〉中寫到的那樣：「我的開始就是我的結束」，「我的結束就是我的開始。」

　　特朗斯特羅默的詩歌之旅，是馬丁松和創巴一樣的「無目的之旅」，是一種精神遊牧。他的終點既是原初的起點又是有所不同的新的起點。他抵達大圓滿之後回歸的大素樸，可以以〈站崗〉（1973）作為典範。這首詩的靈感，來自詩人青年時代服兵役時一個夜晚在營帳外站崗的體驗。

全詩如下：

我被指令站在石堆裡
僵立如鐵器時代高貴的屍體
其他人回到營帳裡睡覺
像車輪輻條一樣舒展

營帳裡火爐主宰：像條大蛇
嘶嘶吞噬一團火球
外面春夜靜悄悄
在寒石中等候天明

在野外寒氣中我開始飛行
像個薩滿巫師飛入她的體內
那身著比基尼有白色斑點的軀體
我們在陽光下，蒼苔暖和

我掠過溫暖的瞬間
卻無法久留
他們的口哨聲穿越空間召我回來
我從石堆裡爬出來。此地當下

任務：人在哪裡就守在哪裡
扮演滑稽而嚴肅的
角色——我就是不動的地方
創造在自性創造的地方

破曉，稀疏的樹幹
有色彩了，霜打的林花
悄悄組成尋覓的團隊
尾隨黑暗裡的失蹤者

我卻守在那裡。等候
我擔憂，死等，困惑
尚未發生的事件，他們早就在那裡了！
我感到。他們在外面：

大門外一群耳語的人
他們只能一個接一個穿過
他們想進入。為什麼？他們來了
一個接一個。我是一扇十字形旋轉門

　　站崗，可以視為承擔社會責任的一種隱喻。那是一個寂靜的春夜，營帳內的爐火難敵外面的寒冷。但是，石堆和周圍的環境因為人心不冷而暖和起來。詩人由靜態跳向劇動的飛行。

　　在石堆旁容易引起薩滿教聯想，因為古老的薩滿教圖像往往描繪在洞穴的石壁、石頭或岩石上。薩滿教與藏傳佛教相結合的信仰，一度在中國元朝和清朝奉為國教。北歐薩滿教，作為古老的印歐文化的支派之一，與密宗非常相似。要修煉成薩滿巫師，就必須經歷象徵性死亡。重要的途徑之一，是室外獨坐，即選擇能量豐富的場地，例如密宗修煉者青睞的墳地、深山。長久靜坐過後，就能與冥界溝通，了悟生死的奧祕。因此，當

特朗斯特羅默以薩滿巫師自況，他就是中陰界過來人。「薩滿巫師飛入她的體內」，似乎可以令人聯想到男女雙修的觀想。但是，「我」不僅僅與「她」在靈視中結合，而且與「他們」有密切聯繫。特朗斯特羅默自己解釋說：「入睡的士兵構成了一個曼陀羅，這在我寫作這首詩時自然是沒有想到的。」[2]

　　源於印度哲學的曼陀羅，可以在不同文化中發現類似的圖形，例如，基督教以不同的動物形象象徵耶穌門徒或黃道十二宮的教堂壁畫，也可以視為一種曼陀羅。藏傳佛教中作為宗教藝術的曼陀羅，稱為沙壇城，以五色沙礫代表「五大」的假合聚散，既可以象徵外在的宇宙，又可以象徵融通內攝的自我證悟的禪圓。榮格把相當於我執的「自我」（Ego）與相當於佛性的自性（Selbst）區別開來，強調一個人必須捨棄作為意識的中心的自我，以曼陀羅作為自性的象徵性體現，抵達精神生活的目標。[3]

　　〈站崗〉中形成的曼陀羅，可以視為自性的表現：「人在哪裡就守在哪裡／創造在自性創造的地方。」在這個詩意的曼陀羅中，有象徵空大的寒氣，或屬於空大的哨聲穿越的空間，有象徵水大的霜，象徵土大的石堆、寒石，象徵風大的春天，中央是屬於火大的營帳火爐，是修持能量的中心。

　　詩歌結尾，詩我經由「擔憂，死等，困惑」而漸悟，最後把自己比喻為一扇十字形旋轉門。最初由四葉鐵條或木條組成形如十字架的旋轉門，是一種應對人流擁擠的通道，常見於機場、火車站等公共場所，乘客只能一個接一個秩序井然地進出。它即可以視為基督受難的十字架的象徵，又可以視為一個靜靜恭候他人的曼陀羅意象。它動靜得宜，接近如來金剛不壞身，因為「流水不腐，戶樞不蠹」。

由此可見，〈站崗〉一詩，兼具有基督精神和佛教精神，可以視為詩人發行願度苦厄的表現，已經達到禪宗破牢關的境界。晨光熹微中，其自度度人的身影，如恒河上一葉小舟，風雨無阻，如一扇十字形旋轉門，無心自動。

　　布萊對這首詩的評論值得引用。在一次訪談中，他把詩我與特朗斯特羅默本人等同起來，十分讚賞十字形旋轉門的比喻：「他僅僅是一扇十字形旋轉門。這是如此美麗，如此不同於米開朗基羅——這個畫家曾誇口說：『我創造了這一切。我就是上帝。』」[4]

　　經由夢境抵達大圓滿之後回歸大素樸的特朗斯特羅默，不同於以上帝自詡的米開朗基羅，也不同於有「伊卡洛斯執迷」的林德格仁。埃斯普馬克把特朗斯特羅默第一部詩集的〈序曲〉中的跳傘稱為一種「反伊卡洛斯」，[5] 類似於對這個希臘神話及其悲劇性詩歌的「反其意而用之」。

　　因此，讓我們擁抱大地綠蔭，跟著詩人的無目的之旅回到大素樸的原點，即〈序曲〉的起句：

驚醒是從夢境跳傘。

1.　參看 Chögyam Trungpa, *Journey without Goal : The Tantric Wisdom of the Buddha,* Shambhala, 1981, pp.133-134.

2.　轉引自 Staffan Bergsten. *Tomas Tranströmer : ett diktarporträtt,* Stockholm: Bonnier., 2011, p. 284.

3.　參看卡爾‧古斯塔夫‧榮格著《夢‧記憶‧思想 榮格自傳》，陳國鵬、黃麗麗譯，國際文化出版公司，2011 年，頁 367 - 368。

4.　Francis Quinn. An Interview with Robert Bly, *Paris Review,* April 2000.

5.　Kjell Espmark. *Resans formler : en studie i Tomas Tranströmers poesi,*Stockholm : Norstedt, 1983,p.76.

本書涉及的特朗斯特羅默的著作的書題和詩題中譯原文對照

Appendix

The Origianal and Translated Titles of the Books and Poems of Tranströmer Dealed
With or Quoted in This Book

詩集《十七首詩》（*17 dikter*, 1954）

〈序曲〉（Preludium）、〈風暴〉（Storm）、〈黃昏－早晨〉（Kväll-morgon）、
〈重複的主旋律〉（Ostinato）、〈致梭羅五章〉（Fem strofer till Thoreau）、〈果
戈里〉（Gogol）、〈船長的故事〉（Skepparhistoria）、〈聯繫〉（Sammanhang）、
〈騷動的靜思〉（Upprörd meditation）、〈午夜轉機〉（Dygnkantring）、〈歌〉
（Sång）、〈悲歌〉（Elegi）、〈尾聲〉（Epilog）

詩集《途中的祕密》（*Hemligheter på vägen*, 1958）

〈孤獨的瑞典小屋〉（Svenska hus ensligt belägna）、〈四種氣質〉（De fyra
temperamenten）、〈狂想曲〉（Caprichos）、〈午睡〉（Siesta）、〈伊茲密三點鐘〉
（Izmir klockan tre）、〈途中的秘密〉（Hemligheter på vägen）、〈一個貝寧男人〉
（En man från Benin）、〈巴拉基列夫的夢〉（Balakirevs dröm）、〈劫後〉（Efter
anfall）、〈旅行的程式（自巴爾幹半島，五五年）〉（Resans formler）

詩集《半完成的天空》（*Den halvfärdiga himlen*, 1962）

〈樹與天空〉（Trädet och skyn）、〈臉對著臉〉（Ansikte mot ansikte）、〈穿越
森林〉（Genom skogen）、〈旅行〉（Resan）、〈C 大調〉（C-dur）、〈冰雪
消融〉（Dagsmeja）、〈從山上〉（Från berget）、〈濃縮咖啡〉（Espresso）、
〈宮殿〉（Palatset）、〈在尼羅河三角洲〉（I Nildeltat）、〈悲歌〉（Lamento）、
〈活潑的快板〉（Allegro）、　〈半完成的天空〉（Den halvfärdiga himlen）、〈夜
曲〉（Nocturne）、〈冬夜〉（En vinternatt）

詩集《鐘聲與足跡》（ *Klanger och spår*, 1966 ）

〈帶解析的肖像〉（ Porträtt med kommentar ）、〈里斯本〉（ Lissabon ）、〈選自非洲日記〉（ Ur en afrikansk dagbok ）、〈禮贊〉（ Hommages ）、〈冬天的程式〉（ Vinterns formler ）、〈晨鳥〉（ Morgonfåglar ）、〈關於歷史〉（ Om historien ）、〈孤獨〉（ Ensamhet ）、〈某君死後〉（ Efter någons död ）、〈奧克拉荷馬州〉（ Oklahoma ）、〈夏日草地〉（ Sommarslätt ）、〈在壓力下〉（ Under tryck ）、〈一位北方藝術家〉（ En konstnär i norr ）、〈在野外〉（ I det Fria ）

詩集《黑暗景觀》（ *Mörkerseende*, 1970 ）

〈名字〉（ Namnet ）、〈順流而下〉（ Med älven ）、〈邊緣地帶〉（ Utkanstområde ）、〈守夜〉（ Nattjour ）、〈打開的窗戶〉（ Det öppna fönstret ）、〈序曲〉（ Preludier ）、〈書櫃〉（ Bokskåptet ）

長詩《波羅的海》（ *Stigar*, 1973 ）

〈給境外的朋友〉（ Till vämmer bakom en gräns ）、〈1966 年 —— 寫於融雪之際〉（ Från snösmältningen—66 ）、〈站崗〉（ Posteringen ）、〈1972 年 12 月之夜〉（ Decemberkväll—72 ）、〈被驅散的會眾〉（ Den skingrade församligen ）、〈五月暮〉（ Sena maj ）、〈挽歌〉（ Elegi ）

長詩《波羅的海》（ *Östersjöar*, 1974 ）

詩集《真實的柵欄》（ *Sanningsbarriären*, 1978 ）

〈公民〉（ Citoyens ）、〈交界處〉（ Övergångsstället ）、〈林間空地〉（ Gläntan ）、〈暮秋深夜的小說開篇〉、（ Början på senhöstnattens roman ）〈舒伯特幻想曲〉（ Schubertiana ）、〈畫廊〉（ Galleriet ）、〈黑色山巒〉（ Svarta bergen ）、〈久旱後〉（ Efter en lång torka ）、〈豐沙爾〉（ Funchal ）

詩集《野蠻的廣場》（ *Det vilda torget*, 1983 ）

〈管風琴音樂會的休息〉（ Kort paus i orgelkonserten ）、〈來自 1979 年 3 月〉（ Från mars-79 ）、〈記憶看著我〉（ Minnena ser mig ）、〈冬天的目光〉（ Vinterns blick ）、〈車站〉（ Stationen ）、〈復信〉（ Svar på brev ）、〈銀蓮

花〉（Blåsipporna）、〈藍房子〉（Det blå huset）、〈黑色明信片〉（Svarta vykort）、〈火的塗鴉〉（Eldklotter）、〈許多腳步〉（Många steg）、〈禮拜後的風琴獨奏〉（Postludium）、〈夢的講座〉（Drömseminarium）、〈手抄本〉（Codex）、〈教堂樂鐘〉（Carillon）、〈莫洛凱島〉（Molokai）

詩集《為生者和死者》（*För levande och döda*, 1989）

〈被遺忘的船長〉（Den bortglömde kaptenen）、〈六個冬天〉（Sex vintrar）、〈巴德隆達的夜鶯〉（Näktergalen i Badelunda）、〈四行詩〉（Alkaiskt）、〈搖籃曲〉（Berceuse）、〈上海街道〉（Gator I Shanghai）、〈歐洲深處〉（Djupt i Europa）、〈傳單〉（Flygblad）、〈室內無盡頭〉（Inomhuset är oändligt）、〈維米爾〉（Vermeer）、〈羅馬式拱門〉（Romanska bågar）、〈警句〉（Epigram）、〈十九世紀的女人肖像〉（Kvinnoporträtt-1800-tal）、〈航空信〉（Air Mail）、〈重唱曲〉（Madrigal）、〈紅尾蜂〉（Guldstekel）

自傳《記憶看著我》（*Minnena ser mig*, 1993）

詩集《葬禮小舟》（*Sorgegondolen*, 1996）

〈四月與沉寂〉（April och tystnad）、〈夜書的一頁〉（Nattboksblad）、〈葬禮小舟（二號）〉（Sorgegondol nr 2）、〈陽光下的風景〉（Landskap med solar）、〈像個孩子〉（Som att vara barn）、〈俳句〉（Haikudikter）、〈仲冬〉（Midvinter）、〈1844 年的速寫〉（En skiss från 1844）

詩集《監獄：寫於少管所的九首俳句》（*Fängelse : nio haikudikter från Hällby ungdomsfängelse*（1959，2001））

《航空信：托馬斯特朗斯特羅默與羅伯特 · 布萊 1964－1990 年間的通信》（*Air Mail. Brev 1964–1990, brevväxling mellan Tomas Tranströmer och Robert Bly*, 2001）

詩集《大謎團》（*Den stora gåtan*, 2004）

〈老鷹巖〉（Örnklippan）、〈落雪〉（Snö faller）、〈簽名〉（Namnteckningar）

新萬有文庫

夢境跳傘——特朗斯特羅默的詩歌境界
A Parachute Jump from Dreams：The Poetic World of Tomas Tranströmer

作者◆傅正明
發行人◆施嘉明
總編輯◆方鵬程
叢書主編◆葉幗英
責任編輯◆王窈姿
文字編校◆時獵文化

出版發行：臺灣商務印書館股份有限公司
編輯部：10046 台北市中正區重慶南路一段三十七號
電話：(02)2371-3712 傳真：(02)2375-2201
營業部：10660 台北市大安區新生南路三段十九巷三號
電話：(02)2368-3616 傳真：(02)2368-3626
讀者服務專線：0800056196
郵撥：0000165-1 E-mail：ecptw@cptw.com.tw
網路書店網址：www.cptw.com.tw
網路書店臉書：facebook.com.tw/ecptwdoing
臉書：facebook.com.tw/ecptw 部落格：blog.yam.com/ecptw

局版北市業字第 993 號
初版一刷：2013 年 7 月
定價：新台幣 400 元

夢境跳傘：特朗斯特羅默的詩歌境界 / 傅正明
著 . -- 初版 -- 臺北市：臺灣商務, 2013. 07
    面 ； 公分
ISBN 978-957-05-2840-4(平裝)
1. 特朗斯特羅默（Tranströmer, Tomas,1931- ）
2. 詩歌 3. 詩評

881.321   102010167